BLUTROTER MAIN

Nach ihrem Studium zur Diplom-Kauffrau promovierte Christina Wermescher in England und arbeitete bei verschiedenen Unternehmen. Die Geburt ihres Sohnes bewog sie jedoch dazu, sich voll und ganz ihren Geschichten zu widmen. Christina Wermescher liebt es zu reisen – sowohl in ihren Büchern als auch in der Realität.

CHRISTINA WERMESCHER

BLUTROTER MAIN

Kriminalroman

emons:

Bibliografische Information der Deutschen Nationalbibliothek
Die Deutsche Nationalbibliothek verzeichnet diese Publikation
in der Deutschen Nationalbibliografie; detaillierte bibliografische
Daten sind im Internet über http://dnb.d-nb.de abrufbar.

© Emons Verlag GmbH
Alle Rechte vorbehalten
Umschlagmotiv: arcangel.com/Magdalena Wasiczek
Umschlaggestaltung: Nina Schäfer, nach einem Konzept
von Leonardo Magrelli und Nina Schäfer
Umsetzung: Tobias Doetsch
Gestaltung Innenteil: DÜDE Satz und Grafik, Odenthal
Lektorat: Marit Obsen
Druck und Bindung: CPI – Clausen & Bosse, Leck
Printed in Germany 2024
ISBN 978-3-7408-2083-1
Originalausgabe

Unser Newsletter informiert Sie
regelmäßig über Neues von emons:
Kostenlos bestellen unter
www.emons-verlag.de

Für André

Wie es aussieht,
mache ich dich doch noch
zum Krimileser :-)

1

Nur nicht zur Kamera sehen, sagte sich Märker im Stillen. Mit einem leichten Lächeln, das er extra noch einmal vor dem Spiegel geübt hatte, blickte er in die Runde, nickte dem ein oder anderen freundlich zu. Er hatte sich pudern und frisieren lassen, schließlich war das Licht hier eine Katastrophe. Am liebsten hätte er ein Spotlight installiert, doch das wäre wohl etwas zu viel des Guten gewesen. Er musste mit dem arbeiten, was er hatte.

Jemand putzte sich geräuschvoll die Nase. Zum Glück lief der Stream noch nicht. Die meisten Stadträte kümmerten sich nicht darum, dass der öffentliche Teil der Sitzungen online live übertragen wurde. Aber sie saßen ja auch mit dem Rücken zur Kamera und waren die meiste Zeit überhaupt nicht zu sehen. Und wenn man mal ehrlich war, kam es auf die auch nicht an. *Er* war die Hauptfigur.

Einer glücklichen Fügung des Schicksals war es zu verdanken, dass der Oberbürgermeister gerade krankheitsbedingt ausfiel. So konnte er dessen Platz einnehmen. Jetzt noch als Detlefs Vertreter, nach den Wahlen dann ganz. Dem Bierhoff als offiziellem ersten Stellvertreter hatte das gar nicht gefallen, doch schließlich hatte er sich gefügt und war heute nicht einmal aufgetaucht, um ihm ans Bein zu pinkeln.

Märker hatte sich wie so oft mit den richtigen Leuten gut gestellt, und bei der nächsten Wahl würde der OBM nicht mehr antreten und stattdessen ihn als Nachfolger vorschlagen. Seit er das eingefädelt hatte, war jeder öffentliche Auftritt im Grunde schon Wahlkampf, auch wenn die bevorstehende Sitzung eher langweilig werden würde. Seine Hauptaufgabe bestand darin, nach Gegenstimmen zu fragen, die es nicht gab.

Weiter hinten hatte sich ein Grüppchen um Fritz Hebelmeier und Mona Kist zusammengefunden. Sie wirkten gut gelaunt, fast friedlich. Bei der letzten Sitzung hatten sich die beiden etwas auf ihn eingeschossen, aber nach einer Wiederholung sah es im Moment nicht aus. Auch die Themen waren heute eher belanglos, und Märker vermutete, dass die beiden sich gut in Schach halten lassen würden. Obwohl es auch ein schlechtes Zeichen sein konnte, dass sie sich wie Verschwörer leise unterhielten. Bisher hatten sie dabei allerdings nicht zu ihm herübergesehen, und so aufmüpfig die beiden auch waren, besonders diskret waren sie nicht. Die Chancen, dass es eine ruhige Versammlung werden würde, standen also trotz ihres Getuschels gut. Mehr Bauchschmerzen bereitete ihm da eher die Bauausschusssitzung nach der sommerlichen Sitzungspause. Aber auch das würde er irgendwie hinkriegen. Er war schließlich nicht irgendjemand, er war Karl-Heinz Märker.

Der Kameramann gab ihm ein Zeichen, dass er bereit war. Märker schaute auf seine Armbanduhr und nickte. »Ich wünsche allen einen guten Tag, bitte nehmen Sie Platz.«

Im Schneckentempo setzten sich die Umstehenden in Bewegung, während Märker versuchte, seine Ungeduld hinter seinem einstudierten Lächeln zu verbergen. Es zog ihn hinaus aus diesem mausgrauen Sitzungssaal. Heute war ein wunderbarer Sommertag, da hatte er weiß Gott Besseres zu tun, als ewig hier herumzuhocken. Zumal in der Nacht Regen aufziehen und die Temperaturen fallen sollten. Sobald die Sitzung beendet war, würde er eine Runde Golf spielen. Der Gedanke munterte ihn ein wenig auf. Stühle wurden gerückt, dann kehrte endlich Stille ein.

Märker begrüßte alle Anwesenden, stellte fest, dass die Ladung form- und fristgerecht erfolgt war, und erteilte Verwaltungsdirektorin Schulmeister das Wort. Der Name war bei ihr Programm: Mit ihrem anthrazitfarbenen Kostüm und der schwarzen Lesebrille wirkte sie wie eine strenge Lehrerin. Heiß sah sie aus. Bei der würde er gern mal Nachhilfeunterricht nehmen.

Ihm wurde bewusst, dass er sich mit der Zunge über die Lippen fuhr. Zum Glück war die Kamera auf die Verwaltungsdirektorin gerichtet. Heutzutage musste man vorsichtig sein, sonst hatte man schneller Sexismusvorwürfe an der Backe, als man gucken konnte. Dabei war Gucken doch nichts Schlimmes und die Schulmeister nun mal ein echter Hingucker. Wie auch immer, er konzentrierte sich lieber mal auf die Agenda, die vor ihm auf dem Tisch lag. Ihm reichte schon das Tamtam, das die Umweltschützer veranstalteten, da musste er nicht auch noch unbedacht irgendwelche Emanzen auf den Plan rufen. Wobei, manche von denen zogen sich ja für die gute Sache aus. Er grinste in sich hinein. Diese Art von Protest würde er sich schon gefallen lassen.

Ein Rascheln zog seine Aufmerksamkeit auf sich. In der letzten Reihe wurde von einem Tisch zum nächsten eine große Schachtel weitergereicht. Stadträtin Krauß klappte den Deckel auf und nahm ein bunt verziertes Gebäckstück heraus.

Was sollte das denn? Das machte ja einen ganz tollen Eindruck, wenn sie hier während der Sitzung Krapfen futterten. Hoffentlich war aus dem Blickwinkel der Kamera nichts davon zu sehen.

Märkers grimmiger Gesichtsausdruck wich Verwunderung, als die Krauß ihn auf einmal anlächelte und das Teilchen in die Höhe hielt, als wollte sie ihm damit zuprosten. Machte sie sich etwa lustig über ihn? Nun nahm sie tatsächlich noch ein zweites Gebäckstück aus dem Karton, ehe sie ihn an ihren Nebenmann weiterreichte. Ganz schön gefräßig.

Da stupste ihn die Schulmeister auffordernd unter dem Tisch an. Auch das noch, jetzt hatte er seinen Einsatz verpasst. Pflichtergeben fragte er nach Gegenstimmen, niemand meldete sich, und er setzte einen Haken unter den ersten Tagesordnungspunkt. Dann atmete er tief durch und moderierte das nächste Thema an. Inzwischen war der Karton weitergewandert. Märker bemühte sich, den Störenfried und die Unruhe, die er verbreitete, zu ignorieren. Wo kam das blöde Ding überhaupt her?

Er richtete den Blick auf die Kamera. Mist, jetzt hatte er doch hingesehen. Na ja, einmal war keinmal. Er straffte sich und übergab das Wort an den nächsten Redner. Dass die Hälfte der Stadträte vor ihm mit vollen Backen kaute, machte ihn rasend. Doch er ließ sich davon nichts anmerken. Vielleicht sollte er gar hoffen, dass die Kamera sie einfing? Schließlich disqualifizierten sie sich dadurch womöglich selbst bei den Zuschauern.

Er lehnte sich etwas zurück und konzentrierte sich auf die Seidenstrümpfe der Verwaltungsdirektorin. Der Anblick ließ ihm das Wasser im Mund zusammenlaufen und war ihm tausendmal lieber als irgendwelche Krapfen.

Die Sitzung zog sich heute wie Kaugummi. Im Saal hatten sich nur eine Handvoll Zuschauer eingefunden. Ohne die Kamera vor und die Schulmeister neben sich wäre Märker wahrscheinlich eingeschlafen.

Jetzt landete der Karton doch tatsächlich hier vorne in seiner Reihe. Die Schulmeister schaute das Ding in etwa so irritiert an wie er selbst. Nachdem sie einen vorsichtigen Blick hineingeworfen hatte, nahm sie sich jedoch allen Ernstes ein Teilchen heraus und schob den Karton mit einem unsicheren Lächeln zu ihm weiter. Kurz vergewisserte er sich, dass die Kamera auf den Sprechenden gerichtet war. Dann klappte er den Karton auf. Er enthielt Krapfen, die mit buntem Zuckerguss so dekoriert waren, dass sie kleinen Weltkugeln glichen. Innen im Deckel klebte eine Notiz: »Liebe Freund*innen, lasst es euch schmecken. Euer Karl-Heinz Märker«.

Er blinzelte und las noch einmal. Sein Gehirn weigerte sich für einen Moment zu glauben, was dort stand. »Euer Karl-Heinz Märker«, was sollte das? Hatte die Krauß ihn deshalb angegrinst wie ein Honigkuchenpferd, weil sie dachte, er sei der Sponsor dieser Schachtel?

Ratlos fuhr er sich über die glatt rasierte Oberlippe. Das

war nicht seine Handschrift, und jeder wusste, dass er sich diesem neumodischen Genderwahnsinn nicht beugte. Und erst der bunte Zuckerguss! Angesichts anhaltender Konflikte mit den hiesigen Umweltschützern käme er niemals auf die Idee, Krapfen im Weltkugeldesign zu verteilen. Irgendjemand machte sich hier lustig über ihn.

Aufmerksam sah er von einem zum anderen. Alle wirkten sie ganz unbedarft. Sein Blick blieb an Stadträtin Krauß hängen. Ihr Grinsen hatte sie zusammen mit dem Gebäck längst runtergeschluckt. Nun starrte sie ihn an. In ihrer Nähe hatte er den Karton zuerst bemerkt. Ob sie womöglich hinter dieser Farce steckte? Bisher hatte er sie in ihrer Unscheinbarkeit nicht als ernst zu nehmende Widersacherin in Betracht gezogen. Ein Fehler womöglich. Er fixierte sie, und sie hielt seinem Blick stur stand. Dann entglitten ihr auf einmal die Gesichtszüge, und sie erbrach sich direkt auf den Tisch.

2

»Hast du schon die Zeitung gelesen?«

Mira hatte Sylvia bereits im Gang gackern hören. Nun betrat sie die Kaffeeküche, wo ihre Kollegin mit Philipp stand und aufgeregt die Tageszeitung schwenkte. Mira fühlte sich, als wäre sie eben erst aufgestanden. Lediglich wegen der Aussicht auf Koffein war sie in Richtung Kaffeemaschine gelaufen. Doch Sylvias Augen leuchteten, und es war allzu offensichtlich, dass sie Neuigkeiten hatte, die sie loswerden wollte.

»Morgen erst mal.« Mira nickte Sylvia und Philipp zu, der ihr eine gefüllte Kaffeetasse in die Hand drückte. »Danke, Lieblingspraktikant.« Dann wandte sie sich an Sylvia. »Nein, wieso? Ist etwas Spannendes passiert?«

»Das kannst du aber laut sagen! Der Stadtrat ist vergiftet worden.«

»Welcher?«

»Alle! Na ja, fast alle. Und die Referenten und zwei Dienststellenleiter noch dazu.« Sylvia hielt ihr die Zeitung unter die Nase und tippte auf den betreffenden Artikel: »Giftanschlag auf Bayreuther Politiker«.

Mira nahm die Zeitung und überflog die Zeilen.

»Krass, oder?«, kommentierte Philipp. »Ich hab's heute früh im Radio gehört. Die Story schlägt ziemliche Wellen.«

Kein Wunder. Mira konnte sich nicht erinnern, dass so etwas hier in Oberfranken schon einmal passiert wäre. Dem Artikel zufolge hatte jemand Krapfen, die mutmaßlich vergiftet gewesen waren, in die Stadtratssitzung geschmuggelt. Dabei wartete die Geschichte mit zwei Besonderheiten auf: Der Täter hatte seine Opfer mit einer handschriftlichen Notiz nicht nur glauben gemacht, edler Spender des Gebäcks sei Karl-Heinz Märker, berufsmäßiger Stadtrat, der als nächster Oberbürgermeister gehandelt wurde. Die Krapfen waren auch so verziert gewesen, dass sie wie kleine Weltkugeln aussahen. Deshalb hatte der eifrige Reporter am Ende seines Artikels direkt ein paar Umweltschützer zu Wort kommen lassen. »So einen Anschlag kann man natürlich nicht gutheißen«, wurde eine Dame zitiert. »Aber das Bild, das hier gemalt wird, ist schon bezeichnend. Sie konsumieren, ja fressen unsere Erde und schaden sich damit am Ende selbst. Wollen wir hoffen, dass der Vorfall den Stadträten nicht nur auf den Magen, sondern auch aufs Hirn schlägt und sie endlich erkennen, dass eine Umweltpolitik nicht erst auf Bundesebene beginnen darf.«

Mira seufzte. Ein paar Stadträte, allen voran Märker, hatten sich in der Vergangenheit beim umweltbewussten Teil der Stadtbevölkerung nicht gerade beliebt gemacht. Sie erinnerte sich zum Beispiel noch gut an das leidige Thema um die sogenannte »Monstertrasse«. Der Streit um die Leitungen des SüdOstLinks, die Strom aus erneuerbaren Energien von Nord- und Ostdeutschland nach Bayern transportieren und dabei womöglich auch an Bayreuth vorbeiführen sollten, lag schon ein paar Jahre zurück. Inzwischen war geplant, die Leitungen unterirdisch und weiter östlich zu verlegen, doch die Diskussion war nach wie vor präsent. So hingen in einigen Orten rund um Bayreuth noch immer Schilder, die gegen die Trasse wetterten, und auch Märker hatte erst vor Kurzem wieder bei einem öffentlichen Termin betont, dass er eine oberirdische »Monstertrasse« im Bayreuther Raum niemals zugelassen hätte. Ob er mit solchen Aussagen provozieren oder einfach Aufmerksamkeit erregen wollte, wusste Mira nicht. Außerdem bezweifelte sie, dass er die Macht gehabt hätte, das Projekt maßgeblich zu beeinflussen. Er war auch nicht der Einzige im Bayreuther Stadtrat, dem Umweltthemen lästig statt wichtig waren. Aber keiner ließ das so heraushängen wie er. Darum betrachtete Mira es durchaus als eine Art tragische Ironie, dass gemäß dem Zeitungsartikel ausgerechnet Märker keinen der womöglich läuternden

Krapfen verspeist hatte. Die Hoffnung der Zitierten würde in seinem Fall wohl verpuffen.

»Stadträtin Monika Krauß musste sogar ins Krankenhaus«, bemerkte Sylvia mit gewichtiger Miene.

»Was war das denn eigentlich für ein Gift?«, fragte Philipp. »Vielleicht kann man darüber den Täter ermitteln.«

Mira zuckte mit den Schultern. »Dazu steht hier nichts. Wahrscheinlich ist der Giftstoff noch nicht analysiert. Das Ganze ist ja erst gestern Abend passiert. Ist eh eine Leistung, dass sie so schnell mit einem so ausführlichen Artikel reagiert haben. Da war jemand auf Zack.«

»Die waren bestimmt froh, dass endlich mal wieder was Interessantes passiert ist. Zurzeit ist ja wirklich gar nichts los. Das Sommerloch zieht sich dieses Jahr ganz schön in die Länge«, stellte Philipp fest.

»Sag so was nicht«, murrte Mira. »Keine Nachrichten sind meistens gute Nachrichten. Frag die Stadträte. Nach der gestrigen Sitzung werden sie mir bestimmt recht geben.«

Sylvia unterbrach das Geplänkel, indem sie grinsend eine Mappe zwischen Philipp und Mira hielt. »Ich hab hier den kriminaltechnischen Bericht zu den Krapfen«, verkündete sie triumphierend.

»Wieso erzählst du uns das nicht gleich?« Mira griff nach der Mappe, doch Sylvia zog sie weg und gab ihr einen Klaps auf die Finger, als sei sie ein unartiges Kind.

»Nichts da! Den kriegt erst mal der Chef.«

Mira verdrehte genervt die Augen. »Was lungerst du dann noch hier in der Kaffeeküche herum? Ab in sein Büro, husch, husch!«

»Da war ich schon, aber er telefoniert gerade.« Sylvia fächerte sich mit der Mappe kokett Luft zu.

Mira winkte lachend ab. Nichts brachte Sylvia so in Fahrt wie Tratsch und Geheimnisse. Doch sie würde ihr nicht den Gefallen tun und weiter nach dem Bericht fragen. Was drinstand, würde sie noch früh genug erfahren.

»Ich habe vorhin extra auf der städtischen Internetseite nachgesehen«, plapperte Sylvia weiter. »Den Livestream der Stadtratssitzungen kann man sich da ja auch im Nachgang immer noch angucken. Diesmal allerdings nicht.«

»Das wäre auch ziemlich makaber«, gab Mira zu bedenken.

Sylvia kniff die Lippen zusammen. Ob das an ihrer Enttäuschung über Miras Zurückhaltung lag oder daran, dass der Chef in diesem Moment hereinkam, war nicht ganz klar.

»Guten Morgen«, grüßte Nils die Runde. Als er sich einen Kaffee nahm, streifte er mit der Hand wie zufällig Miras Arm und lächelte sie an. Mira spürte ein leichtes Kribbeln an der Stelle, die er berührt hatte, und lächelte zurück. Sie würden den Kollegen bald sagen müssen, dass sie zusammen waren, bevor die von selbst drauf kamen. »Ihr seid schon informiert, wie ich sehe.« Nils deutete auf die Zeitung.

»Über die gestrige Stadtratssitzung?« Sylvia nahm den Faden freudig auf. »Ich habe den Bericht dabei. Das ist ja 'n Ding, oder?«

»Ist es.« Nils nickte. »Mira, Philipp, würdet ihr den Fall bitte übernehmen?«

»Klar«, kam es von Philipp in seiner gewohnt entspannten Art, obwohl ihm der Stolz darüber, als Praktikant so mit eingebunden zu werden, anzusehen war. Für ihn war es ein Glücksfall, dass Mira gerade keinen Partner hatte. Aber sicher würde Nils sich zum Ausgleich etwas mehr in den Fall einbringen.

Auch Mira nickte. Sie fragte sich, welches Motiv hinter diesem Krapfenanschlag stecken mochte. Im Vergleich zu ihren letzten Ermittlungen kam ihr die Angelegenheit eher vor wie ein Dummejungenstreich.

Nils schien ihr ihre Gedanken an der Nasenspitze anzusehen. Wie so oft war sie ein offenes Buch für ihn. »Es ist zwar gestern für alle noch mal glimpflich ausgegangen, aber solange wir nicht wissen, was dahintersteckt, stufen wir die

Sache als potenziellen Mordversuch ein. Und so oder so war es natürlich Körperverletzung. Hinzu kommt das öffentliche Interesse und nicht zuletzt Märker. Der macht Druck, weil er sich übel verarscht fühlt.«

Soso, Karl-Heinz Märker war in seiner Ehre gekränkt. Wie dem auch sei, Nils hatte völlig recht: Eines der Opfer war ins Krankenhaus eingeliefert worden. Ganz ohne war die Sache also nicht gewesen.

Mira nahm Sylvia nun doch die Mappe mit dem Bericht aus der Hand und grinste sie dabei frech an. »Ich mache für Nils eine Kopie. – Alles klar«, ergänzte sie an Philipp gewandt. »Du kannst ja wieder eine Wand aufstellen, um dich auszutoben und eine Übersicht zum Fall zu basteln. Die Lösung hat uns das zwar letztes Mal nicht gebracht, aber ich will mal nicht so sein. Ich weiß ja, wie gerne du amerikanische Crime-Serien nachspielst«, stichelte sie, und Philipp bekam prompt rote Ohren.

3

Der Karton, in dem man die Krapfen herumgereicht hatte, war von Fingerabdrücken übersät gewesen, schließlich war er durch die Hände des gesamten Stadtrates gegangen. Die Kriminaltechniker würden für den Abgleich mit allen Sitzungsteilnehmern wohl ein paar Tage brauchen. Mira schaute sich kurz das Foto vom Karton an. Auch ohne den Schriftzug »Konditorei Klemm« hätte sie ihn anhand der goldenen Schnörkel zweifelsfrei zuordnen können. Ein Foto von der handschriftlichen Notiz, von der in dem Zeitungsartikel die Rede gewesen war, fand sie in dem Bericht jedoch nicht, nicht einmal erwähnt wurde er hier.

Sie blätterte weiter. Was die Forensiker über das Gift herausgefunden hatten, würde sicherlich weitaus erhellender sein. Ob die Konditoren womöglich mit Hygiene oder Haltbarkeit geschlampt hatten? Voreilig ausschließen durfte sie nichts.

Muscarin. In Miras Kopf ploppten Fragezeichen auf. Hatte sie das Wort nicht schon einmal in Zusammenhang mit dem Gift des Fliegenpilzes gehört?

Sie öffnete eine Suchmaschine und gab den Begriff ein. Da, tatsächlich: »Muscarin ist ein toxisches Alkaloid, das in geringer Menge im Fliegenpilz, aber vor allem bei bestimmten Risspilz- und Trichterling-Arten vorkommt. Typische Symptome einer Muscarinvergiftung sind Magen-Darm-Krämpfe, Erbrechen, erhöhter Speichelfluss, Pupillenverengung, Muskelzittern und Tod durch Herzlähmung.«

Was, um Himmels willen, hatte das in einem Krapfen zu suchen?

Gifte waren leider ganz und gar nicht Miras Spezialgebiet. So oder so, eine zufällige Verunreinigung konnte sie sich kaum vorstellen. Allem Anschein nach hatte das Gift in der

Füllung gesteckt oder war im Nachhinein in die Krapfen gespritzt worden.

Mira lehnte sich in ihrem Schreibtischstuhl zurück und starrte an die Decke. Sie musste mehr über dieses Gift herausfinden. Sylvia hatte den Bericht zwar vorbeigebracht, aber der Abschnitt, in dem es um das Gift ging, wies Hubert Kranich als Ansprechpartner für Rückfragen aus. Mira griff zum Telefonhörer und rief den Kollegen an.

»Guten Tag, Streitberg hier. Ich lese gerade den Bericht zu den Stadtratskrapfen und hätte da noch ein paar Fragen.«

»Was möchten S' denn wissen?«

Mira kannte Kranich nur vom Sehen und hatte vorher nie mit ihm gesprochen. Seine tiefe Stimme und der leichte Dialekt passten allerdings sehr gut zu dem Bild, das sie von dem gemütlichen Mittfünfziger hatte. »Muscarin. Das ist das Gift, das man in Pilzen findet, nicht wahr?«

»Ja, da liegen Sie richtig. In unserem Fall wurden aber keine Schwammerl verwendet. Das Gift ist synthetisch hergestellt worden. Soll ich Ihnen ein Datenblatt dazu schicken?«

»Das wäre sehr nett, vielen Dank.« Mira war sich nicht sicher, ob dieses Datenblatt sie wirklich weiterbringen würde, aber einen Versuch war es wert. Außerdem wollte sie Kranich nicht vor den Kopf stoßen. Bisher hatte sie es noch nie mit einem Mord oder Mordversuch zu tun gehabt, bei dem Gift zum Einsatz gekommen war. Und da der Mann sich mit der Materie auszukennen schien, würde Mira ihn vielleicht noch brauchen. »Und wo bekommt man das her? Kann man synthetisches Muscarin einfach im Internet bestellen?«

»Das Datenblatt, das ich hier habe, stammt von einem großen deutschen Pharmabetrieb. Erwerben kann man es also grundsätzlich schon, aber ich würde meinen, dass es nur im Forschungsbereich vertrieben wird.«

Mira notierte »Uni?« und »Krankenhaus?« auf ihrem Schmierzettel. Sie bedankte sich für die Auskünfte, legte auf und las den Absatz über die Dosierung des Giftes. Die Menge pro Krapfen war demnach zu gering gewesen, um Menschen ernsthaft zu gefährden. Laut Bericht lag die für Erwachsene letale Dosis bei mindestens der drei- bis vierfachen Menge. Die Analyse der übrig gebliebenen Krapfen deutete also darauf hin, dass es sich hier nicht um einen Mordanschlag handelte.

»Philipp, kommst du mal bitte?«

Er tauchte sogleich in der offenen Tür zum Nebenzimmer auf und trat mit fragender Miene an Miras Schreibtisch heran.

»Der Stadtrat hat so etwas Ähnliches wie eine Pilzvergiftung.«

»Ich dachte, es wäre eine Krapfenvergiftung.«

»Na ja, es ist wohl eine Mischung aus beidem.«

Philipp setzte sich an den Schreibtisch gegenüber von Miras, der zurzeit unbenutzt war. Nils hatte die freie Stelle gerade erst ausgeschrieben. »Erzähl mir mehr«, forderte er interessiert.

Sie schob ihm den Bericht rüber und tippte mit dem Zeigefinger auf die betreffende Stelle. »Das Gift, das in den Krapfen verwendet wurde, heißt Muscarin. Man findet es in verschiedenen Giftpilzen, für Forschungszwecke wird es aber wohl auch synthetisch hergestellt. Wir bekommen gleich noch ein Datenblatt dazu. Die große Frage ist nun, wie man an das Zeug rankommt. Und da dachte ich an dich.«

»Du willst mich jetzt aber nicht Pilze suchen schicken, oder?«

»Ein bisschen Bewegung würde dir sicherlich guttun, aber nein, keine Bange.« Sie ignorierte schmunzelnd das empörte Luftschnappen ihres keinesfalls unsportlichen Praktikanten und fuhr fort: »Schau doch bitte mal, was du im Netz dazu findest.«

»Alles klar, ich kopier mir die Seite aus dem Bericht und lege direkt los.«

»Lass uns erst zur Konditorei Klemm fahren. In der Zwischenzeit kommt dann wahrscheinlich auch das Datenblatt bei uns an.«

»Dort wurden die Krapfen gebacken?«

»Genau. Ich kann mir zwar nicht vorstellen, dass die Klemms für so eine Aktion ihren guten Ruf aufs Spiel setzen würden, aber vielleicht steckt ja ein Mitarbeiter dahinter, wer weiß. Außerdem ist es momentan unsere einzige Spur. Ich bin gespannt, wo sie uns hinführt. Vielleicht bekommen wir die Kontaktdaten des Käufers der Gebäckstücke.«

»Na, du bist heute ja ganz schön optimistisch«, erwiderte Philipp.

Mira ignorierte seinen Einwurf, schnappte sich die Schlüssel zu dem Audi, der noch den ganzen Tag frei war, und verließ mit Philipp im Schlepptau das Büro.

Im Gang kam ihnen Sylvia entgegen, die neugierig nachfragte, wo die beiden hinwollten.

»Zur Konditorei«, antwortete Mira knapp und fragte sich, ob das Sommerloch, von dem sie gesprochen hatten, wohl auch die Kriminaltechnik erfasst hatte. Besonders gestresst wirkte Sylvia jedenfalls nicht, doch Mira würde sich hüten, das auszusprechen. Es gab Kolleginnen, da überlegte selbst sie es sich zweimal, ob ein dummer Spruch unbedingt sein musste.

»Dachte ich mir«, murmelte Sylvia interessiert. »Habt ihr schon eine Spur?«

»Ja, die Konditorei.«

Sylvia strafte Mira mit einem tadelnden Blick.

»Wie weit seid ihr denn mit den Fingerabdrücken? Vielleicht ergibt sich da ein zusätzlicher Ansatz«, sagte Mira schließlich doch, auch auf die Gefahr hin, dass Sylvia sich auf den Schlips getreten fühlte.

»Deshalb bin ich hier. Ich wollte mir Philipp ausleihen. Wir müssen ja sämtliche Teilnehmer der gestrigen Sitzung abklappern.« Sylvia machte ein leidendes Gesicht.

»Tut mir leid, bei uns ist immer noch eine Stelle vakant. Deshalb ist Philipp in diesem Fall quasi mein Partner.«

Der Praktikant streckte den Rücken durch und grinste stolz.

Mira klopfte Sylvia aufmunternd auf die Schulter. »Du schaffst das schon. Bei der Gelegenheit könntest du auch gleich mal nachhören, ob einer der Stadträte weiß, wer die Krapfen mitgebracht hat.«

Sie drehte sich um und steuerte den Ausgang an, bevor Sylvia sich beschweren konnte. Philipp folgte ihr mit federnden Schritten.

4

Die Konditorei Klemm war eine der ersten Adressen in Bayreuth, wenn es um süße Leckereien ging. Philipp machte ein beinahe ehrfürchtiges Gesicht, als sie vor dem Laden mit angrenzendem Café ankamen. Passend zum schnörkeligen Metallschild über der Tür waren an den Fenstern goldglänzende Aufkleber angebracht, sodass die Torten hinter der Scheibe wirkten, als seien sie Kunstwerke in einem prunkvollen Gemälderahmen. Als sie die Tür öffneten, stieß diese gegen ein altmodisches Glockenspiel. Auch das restliche Ambiente vermittelte einen Charme, als sei hier die Zeit stehen geblieben. Alles wirkte verspielt und gleichzeitig edel. Die Verkäuferin hinter der Theke trug ein Häubchen auf ihren hochgesteckten Haaren und eine weiße Rüschenschürze. Mira tat es fast leid, die Idylle zu stören.

Sie trat an die Theke, wies sich aus und stellte sich vor.

»Sie sind wegen der vergifteten Stadträte hier, nicht wahr?«, fragte die junge Frau nervös, noch ehe Mira ihr Anliegen vorgebracht hatte.

»Genau, können Sie mir dazu ein paar Fragen beantworten?«

Die Verkäuferin nestelte mit leidender Miene an ihrer Schürze herum. »Die Chefin war außer sich heut Morgen, als sie von dem Debakel in der Zeitung gelesen hat«, flüsterte sie.

Der Laden wirkte absolut perfekt in Szene gesetzt. Dass Frau Klemm über solch eine Publicity nicht erfreut gewesen war, konnte Mira sich gut vorstellen. Aber es war ja kein Name in dem Artikel genannt worden.

»Ist sie denn da, Ihre Chefin?«

»Sie ist nur kurz weg.« Die Verkäuferin blickte hilfesuchend auf ihre Armbanduhr. Selbst das filigrane goldfarbene

Schmuckstück sah aus, als wäre es passend zur Einrichtung ausgesucht worden. »In einer knappen halben Stunde müsste sie wieder da sein. Es wär mir schon sehr recht, wenn Sie direkt mit ihr reden würden.«

Mira hatte überhaupt keine Lust, so lange zu warten. Um zurück in die Dienststelle zu fahren, war die Zeit wiederum zu knapp.

»Wir könnten uns derweil ins Café setzen«, schlug Philipp vor.

Die Verkäuferin nickte eifrig. »Ich bring Ihnen auch gern einen Kaffee, geht aufs Haus.«

Mira nickte ergeben, Sie war anscheinend überstimmt.

»Und ich hätte gern ein Stück von der Sachertorte.« Philipp deutete auf das Schokoladenbömbchen hinter der Thekenscheibe.

»Sehr gerne. Darf es für Sie auch was zu essen sein?« Schon war die Verkäuferin wieder ganz in ihrem Element. Sie machte eine einladende Handbewegung, um Miras Blick auf die verschiedenen Kuchen, Torten und Teilchen zu lenken.

»Nein danke.« Fast erwartete sie, dass Philipp auf die Idee kommen könnte, ihr verschmähtes Stück für sich zu beanspruchen. Doch er folgte ihr kommentarlos in das angrenzende Café, in dem nur ein weiterer Tisch besetzt war. Mira wählte einen Platz am Fenster und schaute hinaus in den trüben Spätsommermorgen. Ob Philipp und sie im Goldrahmen ein schönes Bild für die Passanten abgaben?

»Toll hier!« Er sah sich zufrieden um.

Mira musste ihm recht geben. Man hatte beinahe das Gefühl, in einem Wiener Caféhaus zu sitzen.

»Wie lange bist du jetzt eigentlich schon bei uns?«, wollte sie wissen.

»Ich hab ungefähr Halbzeit.«

Wahnsinn, wie schnell die Zeit doch verging. Mira erinnerte sich genau an Philipps ersten Tag bei ihnen im K1. Das Erste, was ihr an ihm aufgefallen war, war sein zauseliger Bart gewesen. Inzwischen war der Bart etwas länger und dafür ein bisschen weniger zauselig geworden. Mit der silbernen Perle, die da neuerdings an seinem Kinn baumelte, hatte sie sich allerdings noch nicht anfreunden können. »Und wie gefällt es dir?«

»Super! Am liebsten würde ich hierher zurückkommen, wenn ich mit dem Studium fertig bin.« Er blickte vorsichtig zu ihr auf. Anscheinend war das nicht nur so dahingesagt, und ihn interessierten ihre Reaktion und Meinung dazu.

Mira fühlte sich etwas zwiegespalten. Sie mochte Philipp und kam gut mit ihm aus. Allerdings hatte sie bis vor ein paar Monaten einen erfahrenen Partner an ihrer Seite gehabt. Nachdem dieser in den Ruhestand gegangen war, war Mira erst aufgefallen, wie sehr sie sich immer auf ihn verlassen hatte. Und dieses Gefühl der Sicherheit vermisste sie. Doch vielleicht täte es ihr ja gerade deshalb gut, mit Philipp einen Neuling an die Seite gestellt zu bekommen. Sie wusste schließlich, was sie konnte, und sollte in der Lage sein, sich auf sich selbst zu verlassen. Allerdings war die Stelle jetzt vakant und nicht erst, wenn Philipp irgendwann einmal mit dem Studium fertig sein würde.

»Na, wir werden ja sehen, wie du dich in unserem neuen Fall machst. Bei unserer letzten gemeinsamen Befragung hast du dich ausschließlich auf die Gummibärchen konzentriert, die uns dort angeboten wurden«, entgegnete sie, um die Ernsthaftigkeit aus dem Gespräch zu nehmen.

In diesem Moment trat die Verkäuferin mit einem Tablett zu ihnen und stellte Kaffee und Kuchen auf den Tisch.

»Und jetzt Sachertorte«, bemerkte Mira, als sie wieder fort war. »Ich erkenne da ein Muster.«

Philipp winkte mit pikiertem Gesichtsausdruck ab und machte sich über das Schokostück her.

Kurz nachdem der leere Teller wenig später wieder abgetragen worden war, trat eine Frau an ihren Tisch. Sie trug das braune Haar mit blonden Strähnchen aufgehellt. Es reichte ihr in einem modischen Schnitt bis zu den Ohrläppchen, an denen große, bunte Ohrringe baumelten. Um die Schultern hatte sie sich einen ebenso bunten Schal geworfen. Auf den ersten Blick hätte sie auch eine Filmdiva sein können. »Guten Tag, Sie wollten zu mir?«

»Heide Klemm?«

Sie nickte. »Ich hab Sie schon erwartet. Lassen S' uns bitte nach hinten gehen.« Ihr Lächeln wirkte aufgesetzt, und sie blickte sich unwohl nach etwaigen anderen Gästen um.

»Natürlich.« Mira trank noch schnell ihren Kaffee aus, dann folgten sie der Konditorin aus dem Café in den Verkaufsraum.

Heide Klemm führte sie seitlich um die Theke herum, wo die Verkäuferin nun wieder ein recht betretenes Gesicht machte, und durch eine durch ein hohes Regal verdeckte Tür. Über den dahinterliegenden, etwas verwinkelten Durchgang erreichten sie die Backstube, die von der Chefin mit schnellen, energischen Schritten durchquert wurde. Hier herrschte emsige Betriebsamkeit. Bis auf ein paar verstohlene Blicke, die ihnen zugeworfen wurden, achteten die Angestellten nicht auf sie, sondern gingen weiter ihren Arbeiten an Kuchen und Torten nach. Erst als sie das Büro erreicht und die Tür hinter sich geschlossen hatten, hielt Heide Klemm inne und atmete tief durch. Sie erweckte den Anschein, als hätte sie einen Spießrutenlauf hinter sich, und wahrscheinlich war es genau das, was sie auch empfand.

5

»Wie geht es Ihnen?«, fragte Mira die gestresste Konditorei-Chefin.

Heide Klemm zögerte einen Augenblick, dann sackte sie etwas in sich zusammen und fasste sich in einer theatralischen Geste an die Stirn. »Es ist eine Katastrophe«, murmelte sie matt, ging um den Schreibtisch herum, ließ sich in den ausladenden Chefsessel fallen und deutete auf die Besucherstühle, die etwas abseits auf der anderen Seite standen. Mira und Philipp zogen sich jeder einen heran und setzten sich. »Zum Glück stand in der Zeitung nicht unser Name, aber die Leute können sich anscheinend denken, wo die vergifteten Krapfen herkamen. Sie haben ja gesehen, wie leer das Café ist. Ich bin ruiniert, Sie haben sich bestimmt auch nicht getraut, etwas zu essen, oder?«

»Doch, Sachertorte. Und sie war sehr lecker.« Philipp rieb sich lächelnd den Bauch, und ein Hauch von Erleichterung erhellte Heide Klemms Gesicht.

Der Karton, in dem die Krapfen gewesen waren, hatte Mira und Philipp zur Konditorei Klemm geführt. Und so, wie die Chefin nun sprach, war die Werbung auf der Verpackung kein Ablenkungsmanöver gewesen. Die Krapfen stammten tatsächlich von hier.

»Können Sie nachvollziehen, welcher Ihrer Mitarbeiter die Krapfen hergestellt hat?«, wollte Mira wissen.

Sofort erschien eine steile Falte auf Heide Klemms Stirn. »Sie nehmen doch wohl nicht an, dass diese Krapfen bereits vergiftet waren, als sie unser Haus verlassen haben? Wir haben mit dieser schrecklichen Geschichte nichts zu tun!«

»Das glaube ich Ihnen.« Mira bemühte sich um einen beruhigenden Tonfall. Heide Klemm war schon aufgebracht genug, und sie wollte nicht ihren Groll, sondern ihre Zuarbeit. »Aber wir müssen uns an die Fakten halten. Und je eher wir in der Lage sind, die Herstellung zurückzuverfolgen, desto schneller kann Ihr Name reingewaschen werden.«

Heide Klemm starrte sie noch einen Moment aus schmalen Augen an, nickte dann aber zackig. »Gebacken hat sie der Fritz. Der ist noch im ersten Lehrjahr und bekommt deshalb oft die etwas einfacheren Sachen. Da haben sich die Krapfen natürlich angeboten. Die Verzierung hat meine Tochter Stefanie übernommen.«

»Sind die beiden hier? Ich würde gerne kurz mit ihnen sprechen.«

Wieder nickte Heide Klemm, diesmal jedoch längst nicht mehr so zackig, sondern eher schwerfällig. Ihr gequälter Gesichtsausdruck ließ sie auf einmal älter wirken.

»Außerdem bräuchten wir natürlich Infos zu der Person, die die Bestellung bei Ihnen aufgegeben hat.«

Augenblicklich kehrte wieder Leben in die Konditorin. Sie streifte ihre Resignation ab und nahm ein Blatt in die Hand, das seitlich auf ihrem Schreibtisch lag. »Ich habe gleich heute Morgen, nachdem ich den Artikel in der Zeitung gelesen hatte, nachgesehen. Name und Telefonnummer der Kundin wurden für eventuelle Rückfragen notiert. Eine Adresse habe ich allerdings nicht, weil sie meinte, sie bräuchte keine Rechnung.« Sie schob den Zettel mit den Informationen über den Schreibtisch. »Camilla Schönberger«, stand darauf. »Ich weiß noch, dass ich mich gewundert habe. Die Bestellung war ja durchaus ungewöhnlich. Wer kauft schon im August Krapfen? Ich dachte: Ja, ist denn schon wieder Fasching?« Heide Klemm ließ ein freudloses Lachen hören. »Ich kann Ihnen die Frau beschreiben, wenn Sie möchten.«

Mira horchte auf. Auf eine Personenbeschreibung hatte sie gar nicht zu hoffen gewagt. »Aber natürlich, schießen Sie los!«

»Sie war noch recht jung, vielleicht um die zwanzig oder

knapp darunter. Nicht allzu groß, leger angezogen mit Jeans und T-Shirt. Ihre Haare waren braun, an die Augenfarbe erinnere ich mich nicht. Aber die Frisur war auffällig, sie hatte einen ungewöhnlichen Schnitt.« Heide Klemm überlegte kurz, ehe sie fortfuhr: »Also, sie waren glatt und in etwa so lang.« Sie markierte mit beiden Händen eine Linie oberhalb ihrer Schultern. »Und sie hatte einen Pony. Der war das Komische an der Frisur, denn der war sehr kurz. Ich weiß nicht, vielleicht trägt man das ja heute so.«

»Danke, das hilft uns weiter. Ist Ihnen sonst noch irgendetwas aufgefallen?«

»Na ja, das gewünschte Erdkugeldesign war natürlich etwas Besonderes. Deshalb ist sie wahrscheinlich auch zu uns gekommen. Ich meine, einen Krapfen kriegt ja jeder hin, aber so eine filigrane Zuckergussbemalung erfordert schon ein bisserl Geschick.«

»Gut, dann bringen Sie uns mal zu Ihren Mitarbeitern, bitte.«

Heide Klemm ging zur Tür. Anstatt in die Backstube zu gehen, rief sie von hier aus nach Stefanie und Fritz, die nur Sekunden später im Büro auftauchten. Beide gaben sich jedoch recht wortkarg. Mit bleichen Gesichtern standen sie Mira zögerlich Rede und Antwort und blickten immer wieder furchtsam zu ihrer Chefin. Heide Klemm hielt die Zügel in ihrer Konditorei allem Anschein nach straff in den Händen.

Im Grunde nahm Mira nicht an, dass einer der beiden oder gar Heide Klemm hinter dem Anschlag steckte. Die einzige Möglichkeit, die Mira hier in Betracht gezogen hätte, wäre eine versehentliche Vergiftung durch verunreinigte Zutaten, was beim verwendeten Gift jedoch eher unwahrscheinlich erschien. Trotzdem befragte sie die Mitarbeiter auch zu Themen wie Lagerung und Kühlung, ohne jedoch auch nur auf den geringsten Ansatzpunkt zu stoßen.

»Wie es aussieht, handelt es sich nicht um eine Vergiftung

durch verdorbene oder verunreinigte Lebensmittel«, murmelte Mira an Philipp gerichtet.

»Also, das verbitte ich mir!«, rief Heide Klemm empört.

»Keine Sorge, davon ging ich ohnehin nicht aus, der Bericht der kriminaltechnischen Abteilung scheint Sie diesbezüglich zu entlasten.«

»Das habe ich auch nicht anders erwartet.«

Mira ließ den aufgebrachten Tonfall an sich abprallen. Dass Heide Klemm gerade auf Hochtouren lief, war ja in gewisser Weise verständlich. »Trotzdem wurde Gift in den Krapfen nachgewiesen«, stellte sie fest.

Die Konditorin zog scharf die Luft ein.

»Danke, Stefanie, Sie können gehen«, sagte Mira zu Heide Klemms Tochter, was zur Folge hatte, dass Fritz' große, ängstliche Augen noch ein bisschen größer wurden. Beinahe tat der junge Kerl ihr leid. Hätte sie in dieser Konditorei einen potenziellen Täter kategorisch ausschließen müssen, sie hätte sich für ihn entschieden. Er wirkte unglaublich jung und sah aus, als könnte er keiner Fliege etwas zuleide tun. Mira schlug daher einen bewusst freundlichen Ton an, als sie sich nun wieder an ihn wandte. »Im Bericht stand, die Krapfen seien mit Hagebuttenmarmelade gefüllt gewesen?«

Er nickte ernst.

»Und Sie sagten, die meisten Zutaten würden im Kühlraum aufbewahrt. Diese Marmelade auch?«

»Ja«, flüsterte er heiser.

»Ist noch etwas davon übrig?«

Er bejahte erneut.

»Zeigen Sie es mir bitte.«

Fritz blickte zu seiner Chefin und wartete ab, bis sie nickend ihr Okay gab. Dann setzte er sich an die Spitze des kleinen Trupps. Sie durchquerten die Backstube. Stefanie stand tuschelnd mit einer Kollegin zusammen. Als sie sie erblickten, stoben die beiden jungen Frauen auseinander und widmeten sich mit geschäftigen Mienen wieder ihren Arbeiten.

Nacheinander betraten Fritz, Mira, Philipp und Heide Klemm den Kühlraum, der so groß war, dass sie alle vier bequem darin Platz fanden. Fritz deutete auf einen kleinen weißen Plastikeimer mit der Aufschrift »Hiffenmark«.

Mira zog ihn zu sich heran. Die Versiegelung war aufgebrochen. »Ist das genau der Eimer, aus dem Sie die Marmelade für die Krapfen entnommen haben?«

»Ja, er ist nicht ganz leer geworden.«

»Sehr gut. Wir werden ihn mitnehmen und untersuchen lassen, ja?«

»Tun Sie das«, sagte Heide Klemm. »Wir haben uns nichts vorzuwerfen.«

»Ich brauche bitte außerdem eine Liste mit den Namen aller Personen, die Zugang zu den Krapfen und der Marmelade hatten, vor, während und nach der Fertigung. Denn wie ich das hier so sehe, konnte grundsätzlich jeder an die Zutaten und das Gebäck heran, der Zutritt zur Backstube hat.«

Heide Klemm schaute zwar wenig begeistert, nickte aber. »Wenn es hilft, dieses leidige Thema aus der Welt zu schaffen, sollen Sie alles bekommen. Ich stelle Ihnen die Informationen gleich zusammen.«

6

»Wir haben dir etwas mitgebracht!«, rief Mira und stellte das Eimerchen mit der Hagebuttenmarmelade vor Sylvia auf deren Schreibtisch.

»Na, da habt ihr aber Glück gehabt, dass ihr mich antrefft. Ich bin nur kurz zur Mittagspause hier. Den ganzen Vormittag war ich unterwegs, um Fingerabdrücke einzusammeln, und damit geht es auch gleich wieder weiter.«

»Sehr löblich. Jeder Abdruck, den wir zuordnen können, bringt uns der Täterin hoffentlich näher.«

Sylvia nickte kauend.

»Warst du auch bei Frau Krauß? Wie geht es ihr?«, wollte Philipp wissen.

»Sie ist wohl stabil, aber noch nicht vernehmungsfähig. Der Arzt hat uns jedenfalls gebeten, mit dem Besuch bei ihr noch etwas zu warten, wenn möglich. Deshalb ist sie die Letzte auf unserer Liste.« Sie hielt inne. »Du sagtest ›Täterin‹. Gibt es neue Erkenntnisse?«

»Die Krapfen wurden von einer Frau bestellt.« Mira zog den Zettel aus der Tasche, den sie von Heide Klemm bekommen hatte. »Camilla Schönberger. Wir wissen noch nicht, ob das ihr richtiger Name ist, aber darum werde ich mich gleich kümmern.«

»Halt mich auf dem Laufenden«, meinte Sylvia wenig überraschend. Jeder in der ganzen Dienststelle wusste schließlich, dass sie die Neugier in Person war. Genüsslich biss sie von ihrem Wrap ab.

»Was hast du denn da dabei? Das sieht ja lecker aus«, bemerkte Philipp prompt.

»Ja, nicht?« Sylvia schien nur darauf gewartet zu haben, dass man sie auf ihre Pausenmahlzeit ansprach. »Das hat Frieder mir gemacht.«

»Frieder?«, hakte Mira nach.

»Mein Ex-Mann. Ich habe dir doch erzählt, dass wir uns wieder besser verstehen.«

Mira erinnerte sich dunkel.

»In zweiunddreißig Ehejahren hat er in Haushalt und Küche nie einen Finger gerührt«, erzählte Sylvia.

»Und jetzt, wo ihr geschieden seid, macht er dir Wraps für die Mittagspause?«, fragte Philipp ungläubig nach. »Wie hast du das denn hingekriegt?«

Sylvia lachte auf. »Wenn ich das wüsste, hätte ich den Trick ein paar Jahrzehnte früher angewendet!«

Mira schmunzelte, deutete dann aber auf den mitgebrachten Eimer. »Das ist Hiffenmark aus dem Kühlraum der Konditorei Klemm. Es wurde zum Backen der Krapfen für den Stadtrat verwendet. Ich bräuchte eine Analyse, ob das Gift hier im Eimer auch schon drin ist.«

»Okay, geht klar. Ich bringe ihn zu Hubert, bevor ich wieder losziehe«, versprach Sylvia.

Mira und Philipp bedankten und verabschiedeten sich. Als sie den Gang zu ihren Büros betraten, kam ihnen Nils entgegen. »Gut, dass ihr da seid! Könntet ihr bitte mal bei Karl-Heinz Märker vorbeischauen? Seine Sekretärin ruft halbstündlich an, um sich über den Ermittlungsfortschritt zu erkundigen.«

»Kann ich erst was essen?«, fragte Philipp.

»Geh schon. Ich sammle dich später an deinem Schreibtisch ein«, sagte Mira und wandte sich an Nils. »Wir haben einen Namen, eine Telefonnummer und sogar eine Personenbeschreibung der Kundin, die die Krapfen gekauft hat. Darum möchte ich mich noch kümmern, bevor wir zu Märker fahren.«

»Sehr gut.« Erleichtert fuhr er sich durch das kurze braune Haar. »Setz alles in Bewegung, damit wir diese Frau schnell finden. Bei mir läuft das Telefon heiß.«

Mitfühlend strich sie ihm über den Arm und nickte ihm aufmunternd zu, ehe sie zu ihrem Schreibtisch eilte.

Die Personensuche ergab keinen Treffer zum Namen Camilla Schönberger. Das fing ja schon einmal gut an. Mira wählte die Handynummer, die Heide Klemm ihr aufgeschrieben hatte. Das Mobiltelefon war ausgeschaltet. Beinahe hatte Mira das schon erwartet. Sie öffnete ihr Mailprogramm und forderte einen richterlichen Beschluss an. Sie musste regelmäßig prüfen, ob es eingeschaltet wurde, und es dann gegebenenfalls orten.

Alles deutete darauf hin, dass die Kundin in der Konditorei einen falschen Namen angegeben hatte. Blieb die Personenbeschreibung. *Setz alles in Bewegung, damit wir diese Frau schnell finden.* Nils' Worte hallten in Miras Kopf nach. Sie stand auf und klopfte einige Büros weiter an Guido Haferls Tür.

Haferl wurde von allen als komisch bezeichnet, auch wenn niemand richtig benennen konnte, was ihn so komisch machte. Stets umgab ihn eine diffuse Aura, die Unwohlsein bei jedem auslöste, der ihm zu nahe kam oder zu viele Worte mit ihm wechselte. Wobei er selbst immer den Eindruck machte, sich pudelwohl zu fühlen. Nichtsdestotrotz war er mit Abstand der Beste, den Mira kannte, wenn es um das Erstellen von Phantombildern ging.

Auf Miras Klopfen hin war ein lautes und deutliches »Herein!« zu hören. Sie öffnete die Tür und trat ein. Guido Haferl teilte sich das Büro mit Pamela, die jedoch gerade nicht am Platz war.

»Hast du kurz Zeit für mich?«

Guido nickte und deutete auf Pamelas Stuhl, ein Angebot, das Mira dankend annahm. So hatten sie die beiden Schreibtische zwischen sich, was ihr ganz recht war.

Guido trug ein weißes Hemd, die dunklen Haare hatte er zurückgegelt. Als er sie angrinste, entblößte er eine Reihe gerader, weißer Zähne. Schon als Kind hatte Mira sich davor geekelt, wenn jemand schlechte Zähne hatte. Guidos Gebiss schien makellos. Daran konnte es also nicht liegen, dass Mira ihr Anliegen gar nicht schnell genug vorbringen konnte.

»Hättest du heute Nachmittag Zeit für ein Phantombild?«, fragte sie ohne Umschweife, um dieses Büro möglichst bald wieder verlassen zu können.

Guido rümpfte die Nase. Anscheinend hatte er keine große Lust auf ihren Auftrag.

»Es ist wichtig, geht um die Sache mit dem Stadtrat«, schob sie daher nach.

Prompt hellte sich seine Miene auf. »Na dann.« Er nickte Mira zu. Die wartete noch einen Moment, ob er ihr eine genaue Uhrzeit nennen würde. Doch Guido grinste sie auffordernd an, was wohl bedeutete, dass sie gehen und den Termin in die Wege leiten sollte. Sie nickte etwas unsicher und erhob sich. Dann verließ sie schnell das Büro, das irgendwie kleiner wirkte als alle anderen auf dem Gang, und eilte an ihren eigenen Schreibtisch zurück.

Heide Klemm war nicht begeistert davon, in die Dienststelle kommen zu müssen. Wie Mira sie einschätzte, hatte sie bestimmt Bedenken, weil man sie hier sehen und daraus falsche Schlüsse ziehen könnte. Doch darauf konnte Mira keine Rücksicht nehmen. Zum Glück ließ die Konditormeisterin sich nicht lange bitten. Und als Mira an Guido Haferl dachte, kam ihr der bevorstehende Besuch bei Märker auch gar nicht mehr so unangenehm vor.

7

Seit Neustem rief sein Bruder Thomas ihn immer mit unterdrückter Nummer an, damit er seine Anrufe nicht einfach ignorieren konnte. So hatte er ihn auch heute erwischt, obwohl Märker gerade wahrlich andere Probleme hatte als dessen Moserei.

»Mama macht sich große Sorgen um dich wegen dieser Krapfensache«, meinte Thomas.

»Mama macht sich immer über irgendetwas Sorgen.«

»Nun sei nicht unfair. Komm doch einfach mal vorbei, damit sie sieht, dass es dir gut geht. Du warst eh schon lange nicht mehr hier.«

Wow, das war wohl ein neuer Rekord. Thomas hatte nicht einmal eine Minute gebraucht, um ihm vorzuhalten, dass er sich zu wenig um seine Mutter kümmerte. »Ich kann hier gerade unmöglich weg«, gab er unwirsch zurück.

»In der Zeitung stand, der Attentäter hätte die Krapfenlieferung mit deinem Namen unterschrieben. Vielleicht ist es da ganz gut, wenn du ein bisschen aus der Schusslinie gehst«, gab Thomas zu bedenken. »Halte dich am besten an einem Ort auf, wo man dich nicht vermutet. Bei uns zum Beispiel, denn da bist du ja sonst nie.«

Märker rollte mit den Augen. Würde sein Bruder nicht so nerven, hätte er für diesen Seitenhieb ein anerkennendes Schulterklopfen verdient. Rhetorisch nett eingefädelt. Doch Märkers Geduldsfaden war durch die gestrigen Geschehnisse erschreckend dünn geworden. »Ich komm nicht. Du willst eh bloß wieder Geld«, platzte er heraus. Da kündigte ein Piepen einen anderen Anrufer an. Das kam ihm gerade recht. »Außerdem kriege ich grad ein Telefonat rein, ich muss Schluss machen.« Ohne auf eine Erwiderung seines Bruders zu warten, die höchstwahrscheinlich ohnehin nur wieder nervig gewesen wäre, drückte er ihn weg und nahm das nächste Gespräch an.

»Grüß dich, Karl-Heinz.« Es war Oberbürgermeister Detlef Höllrigl. Oje, der Tonfall und die Tatsache, dass er ihn am Tag nach dieser Stadtratsmisere aus dem Krankenstand anrief, verhieß nichts Gutes.

»Hallo, wie geht's?«, fragte er mit bemüht lockerem Tonfall.

»Körperlich schon fast wieder gut, aber die aktuellen Nachrichten machen mir Sorgen.«

Märker biss sich auf die Lippe. Was sollte er darauf antworten? Er fand es auch nicht gerade toll, dass jemand in seinem Namen vergiftete Krapfen verteilte. »Da hat's wohl jemand auf mich abgesehen«, murmelte er unwohl.

»Möglich. Vielleicht galt der Anschlag aber auch jemand anders aus dem Stadtrat oder uns allgemein. Dass dein Name ins Spiel gebracht wurde, könnte ein Ablenkungsmanöver gewesen sein.«

Märker teilte diese Auffassung nicht. Jemand wollte ihm persönlich ans Bein pinkeln, und zwar gehörig. Doch er widersprach dem Oberbürgermeister nicht.

»Wie auch immer«, redete Höllrigl weiter. »Wir können das gerade überhaupt nicht gebrauchen. Schließlich wollten wir dich bald als Nachfolgekandidaten promoten.«

Märkers Mund wurde trocken. Darauf hatte er lange hingearbeitet. Dass dieser dumme Krapfenstreich ihm nun die Karriere vermasseln könnte, daran wollte er gar nicht denken. »Ich bin das Opfer in dieser Sache!«

»Mir brauchst du das nicht zu sagen. Aber die Umweltschutzfraktion hat dadurch Aufwind bekommen. Hast du die Zeitung gelesen?«

Natürlich hatte er das. »Hm.«

»Ich hab dir im Vorfeld gesagt, das ist dein wunder Punkt. Den müssen wir in den Griff kriegen. Sonst bin ich mir nicht sicher, ob ich dich bei den Parteikollegen als Bürgermeisterkandidaten durchkriege.«

Märker seufzte tief. Das Gespräch war ja noch unerfreulicher als das mit seinem Bruder. Hätte er das geahnt, hätte er Thomas nicht weggedrückt, sondern sich lieber weiter sein Genöle angehört. Doch Selbstmitleid brachte ihn nicht weiter. Er straffte sich. »Was schlägst du vor?«

»Schön, dass du fragst. Ich habe da eine Idee.«

Sicher hatte er die. Und sie würde Märker nicht gefallen, sonst hätte Detlef sich nicht mit einer so langen Einleitung aufgehalten.

»Nächste Woche ist doch diese regionale Klimakonferenz.«

Märker unterdrückte ein Stöhnen. Jetzt kam auch noch diese Quatschveranstaltung ins Spiel.

»Ich bin zwar schon wieder so weit auf dem Damm, dass ich selbst hingehen könnte, aber das muss ja keiner wissen. Ich würde vorschlagen, du vertrittst mich dort. Da kannst du zeigen, dass auch dir die aktuellen Umweltproblematiken sehr wohl bewusst sind und du dich für deren Lösung einsetzt.«

Märker schnaubte abfällig. »Von mir aus. Wenn es nötig ist, auf Haushaltskosten ein paar Häppchen zu essen, weil die Wähler meinen, die Klimarettung müsse ausgerechnet in Bayreuth beginnen, dann soll es halt so sein.«

»Mit solchen Sprüchen kannst du gleich aufhören, Karl-Heinz«, tadelte ihn Detlef prompt. »Und ein paar Häppchen werden nicht reichen. Du wirst dich dort von deiner allerbesten Seite zeigen.«

»Schon gut«, sagte Märker beschwichtigend.

»Konzentriere dich auf das Thema Klimaschutzplan. Das ist bürgernah und aktuell. Ich schicke dir ein paar Unterlagen zu, damit du dich einlesen kannst.«

Auch das noch. »Gerne«, quetschte Märker hervor. Lieber hätte er Detlef geraten, sich seine Unterlagen sonst wohin zu stecken und diesen ominösen Klimaschutzplan gleich mit dazu. Doch der Höllrigl klang tatsächlich besorgt und auch gereizter als üblich.

»Schön, dass wir uns einig sind. Das ist keine Lustreise, ja? Für die Außenwirkung sind solche Veranstaltungen sehr wichtig. Betrachte die Konferenz am besten als Generalprobe für deine Kandidatur.«

»Gibt es da nicht ein Sprichwort, das besagt, wenn die Generalprobe schiefgeht –« Märker wurde vom Besetztzeichen unterbrochen. Der Oberbürgermeister hatte einfach aufgelegt.

Unverwandt starrte Märker auf das Display seines Smartphones. Das hatte Detlef Höllrigl noch nie getan.

Er stand auf und streckte den Rücken durch. Wenn das so weiterging, würde er es heute wieder nicht auf den Golfplatz schaffen. Das ständige Rumgehocke im Büro oder in irgendwelchen Besprechungen bekam ihm überhaupt nicht gut. Nicht nur sein Rücken schmerzte, er wurde auch schon ganz rammdösig.

Er trat ans Fenster und blickte hinaus. Von seinem Büro hatte er einen schönen Blick über Bayreuth. Es war recht bewölkt heute. Schon am Morgen war ihm aufgefallen, wie kühl es durch die Schauer der letzten Nacht geworden war. Am Abend sollte es schon wieder regnen. Pah! Wo war er denn, dieser Klimawandel, wenn man ihn brauchte, um eine sonnige Runde über den Golfplatz zu drehen?

Da klopfte es an der Tür. Sie wurde einen Spalt geöffnet, und die Sekretärin steckte den Kopf herein. »Die Herrschaften von der Kriminalpolizei sind jetzt da«, flüsterte sie.

Tausendmal hatte Märker der alten Schreckschraube schon gesagt, dass sie Besucher bitte übers Telefon ankündigen solle. Doch jedes Mal steckte sie wieder den Kopf durch den Türspalt, flüsterte in einer Lautstärke, die alles andere als leise war, und beäugte ihn neugierig.

Das würde das Erste sein, was er tat, wenn er Oberbürgermeister war. Er würde sich eine neue Sekretärin suchen. Eine junge, heiße, die genau auf das hörte, was er sagte. Doch alles zu seiner Zeit.

Er eilte zu seinem Schreibtisch, setzte sich und zog wahllos ein paar Schriftstücke heran, um beschäftigt zu wirken. Dann gab er seiner Noch-Sekretärin das Zeichen, die Besucher hereinzulassen.

8

Mira war für einen kurzen Moment sprachlos, als sie das Büro von Karl-Heinz Märker betrat. Zwar waren die Möbel schlicht und zweckmäßig wie wahrscheinlich in jedem anderen Büro hier im Rathaus. Doch hinter dem Schreibtisch, in Märkers Rücken, prangte ein riesiges Gemälde. In groben Pinselstrichen war dort mit Acrylfarbe ein Löwenkopf abgebildet, auf dessen Kopf schief und eingerahmt von seiner massigen Mähne eine goldene Krone saß. Unter Märkers Füßen lag ein flauschiger Teppich, der denselben Ockerton wie des Löwen Mähne aufwies und für ein Büro ganz und gar unpassend anmutete.

Märker legte das Schriftstück, das er gelesen hatte, als sie eintraten, zur Seite und blickte sie an. »Wurde ja auch Zeit, dass Sie endlich hier aufschlagen«, sagte er schnippisch.

Mira bemerkte im Augenwinkel, wie Philipp unsicher zu ihr herüberschaute. Sie löste den Blick vom König der Löwen und konzentrierte sich auf Märker. »Finden Sie? Das liegt wohl daran, dass wir einigen Spuren nachzugehen hatten. Das dürfte doch in Ihrem Interesse sein.«

Märker sah sie aus schmalen Augen an. »Nun kommen Sie schon rein, oder wollen Sie da vorne Wurzeln schlagen?«, meinte er schließlich unwirsch und winkte sie fuchtelnd zu sich heran.

Sie setzten sich auf die beiden Besucherstühle, die vor dem Schreibtisch standen, und Mira stellte Philipp und sich vor. Märker nickte. Die Wogen hatten sich schneller geglättet, als sie aufgewallt waren.

»Bitte schildern Sie uns, was gestern passiert ist«, sagte Mira.

»Das wissen Sie doch bestimmt schon aus der Zeitung.«

»Erzählen Sie es uns bitte trotzdem. Wo hat die Sitzung stattgefunden?«

»Im großen Sitzungssaal, wie immer.«

»Es war eine öffentliche Sitzung, oder?«

Märker nickte.

»Ist Ihnen an den Zuhörern etwas aufgefallen?«

»Nein. Es waren auch nur sehr wenige da.«

»Werden die Besucher erfasst, oder muss man sich gar anmelden? Wie funktioniert das?«

Märker schüttelte müde den Kopf. Es erweckte den Anschein, als würde Mira ihm mit ihren Fragen auf die Nerven gehen, dabei hatte er doch bei Nils Druck gemacht und sie förmlich hierherzitiert.

»Während Corona gab es Listen, in die man sich eintragen musste«, erzählte er schließlich. »Aber jetzt wird das nicht mehr erfasst. Wie gesagt, es war sowieso nur eine Handvoll Zuhörer anwesend. Zum Glück!«

Mira dachte an Sylvias Bemerkung zum Sommerloch und ihre Enttäuschung darüber, dass der Stream zur gestrigen Veranstaltung nicht mehr abrufbar war. »Der öffentliche Teil der Stadtratssitzungen wird doch immer gefilmt, oder?«

Wieder nickte Märker. Für einen Politiker gab er sich recht wortkarg.

»Wir hätten gerne die Aufnahme.«

»Kein Problem, die kann ich Ihnen per Mail schicken. Allerdings sieht man nicht viel darauf. Zumindest nicht viel Ungewöhnliches. Der Kameramann hat abgebrochen, als die Sache aus dem Ruder lief.«

»Wir würden sie uns trotzdem gerne ansehen«, bekräftigte Mira und schob Märker ihre Karte zu, damit er die E-Mail-Adresse hatte. »Ich habe im Eingangsbereich Ausschau nach Überwachungskameras gehalten, jedoch keine gesehen«, fuhr sie fort.

»Weil dort keine sind.«

Mira unterdrückte ein Seufzen. Nachdem Märker solch ein Aufhebens gemacht und darauf gedrängt hatte, dass sie unbedingt bald mit ihm sprechen sollten, hatte sie sich von diesem Termin wahrlich mehr erwartet.

»Und auch sonst nirgends?«

»Hören Sie, wenn ich auf Band hätte, wer uns diese Krapfen untergejubelt hat, dann bräuchte ich Sie nicht. Dann würde ich mir denjenigen selbst vorknöpfen!«, brauste Märker auf.

»Das habe ich überhört.« Mira verstand durchaus, dass der Anschlag Aggressionen bei den Betroffenen weckte, gutheißen konnte sie es aber natürlich nicht.

Märker schnaubte nur.

»Gab es in letzter Zeit starke Konflikte oder gar Drohungen gegen den Stadtrat?«

Märker starrte Mira mit ungläubiger Miene an, als würde er sie für plemplem halten. »Hier geht's doch nicht um den Stadtrat!«

»Nicht? Worum denn dann?«

»Na, um mich!«

Wäre die Situation nicht so heikel, Mira hätte laut aufgelacht. Eine ganze Gruppe Politiker war vergiftet, eine Stadträtin sogar ins Krankenhaus eingeliefert worden, und Märker saß hier wohlauf vor seinem Löwenporträt und fühlte sich als Opfer. Manche Menschen waren einfach unverbesserlich. »Wie kommen Sie darauf?«

»Wie ich darauf komme? Wie ich darauf komme?« Märkers Stimmlage schraubte sich mit jedem Wort höher hinauf. »Na, weil der Täter einen Zettel in diese Krapfenschachtel geklebt hat, auf dem mein Name stand!«

»Ja, das habe ich in der Zeitung gelesen«, erwiderte Mira ruhig. »Allerdings wurde kein solches Schriftstück sichergestellt. Der Deckel der Schachtel war leer.«

»Natürlich war er leer. Ich habe den Zettel herausgerissen. So eine infame Unterstellung kann ich doch nicht einfach im Umlauf lassen!«

Mira klappte der Mund auf. »Sie haben *was*? Ihnen ist doch

klar, dass Sie damit ein Beweismittel unterschlagen haben, oder?«

Märker winkte unwirsch ab. Doch der Vorwurf stand im Raum, und das völlig zu Recht. Mira würde ihn nicht einfach von ihm wegwischen lassen.

»Der Zettel muss forensisch untersucht werden. Wo ist er jetzt?«

Statt einer Antwort erntete sie nur ein Achselzucken. Langsam ging ihr dieser Märker auf die Nerven.

»Das reicht mir nicht. Bisher hatte ich nicht in Betracht gezogen, dass Sie wirklich der Krapfenspender gewesen sein könnten, aber dadurch machen Sie sich in höchstem Maße verd–«

»Weggeworfen hab ich ihn!«, fiel Märker ihr ins Wort. »Zusammengeknüllt und weggeworfen. Ich war es nicht, und meine Schrift war's auch nicht!«

»Was wir jetzt nicht mehr nachweisen können.«

Hektisch fuhr er sich durchs Haar. Anscheinend wurde ihm gerade bewusst, dass er nicht besonders clever gehandelt hatte. Menschen machten dumme Dinge, wenn sie sich in die Enge getrieben fühlten. Hoffentlich hatte auch die Täterin einen Fehler gemacht, mit dem Mira sie bald festnageln konnte.

»Hatten Sie vielleicht Ärger mit einer jungen Frau?«

Märker blickte sie einen Moment lang irritiert an. »Die einzige Frau, mit der ich immer wieder mal Ärger habe, ist meine eigene«, meinte er dann.

»Denken Sie bitte nach. Eine junge Frau, braune Haare, Pony?«

»Hat sie die Krapfen gekauft?«

Mira biss sich auf die Lippen. Sie war unschlüssig, was sie von Märker halten und wie viel sie ihm verraten sollte. Etwas widerwillig nickte sie.

Märker sah grübelnd zur Decke, als würde er in seiner Erinnerung nach der erwähnten Frau suchen. Doch schließlich schüttelte er resigniert den Kopf.

»Fällt Ihnen sonst jemand ein? Sie sagen, Sie seien hier das Opfer. Wen halten Sie denn für den Täter?«

Märker antwortete nicht sofort. Hatte er etwa Hemmungen, einen konkreten Verdacht auszusprechen? »Ich versuche eigentlich eher, mich mit den Leuten gut zu stellen, als sie zu verärgern«, entgegnete er langsam.

In der Öffentlichkeit gingen die Meinungen über Märker stark auseinander. Bei den Ur-Bayreuthern hatte er einen Stein im Brett, weil er ihre Stadt seiner Heimat Bamberg vorzog, in eine alteingesessene Brauereifamilie eingeheiratet hatte und sich auf jedem lokalen Fest die Ehre gab. Die jüngere Generation und die »Öko-Hippies«, wie er selbst die Bayreuther Umweltschützer einmal abfällig in einem Interview bezeichnet hatte, verurteilten seine Ignoranz gegenüber Umweltthemen. Vor ein paar Jahren, als es um eine energetische Sanierung des Neuen Rathauses ging, hatte er zum Beispiel im Brustton der Überzeugung behauptet, so einen »Krampf« brauche kein Mensch. Ein Zitat, das seither immer wieder gerne in entsprechenden Diskussionen und den Medien aufgewärmt wurde.

»Was ist denn mit den ›Öko-Hippies‹«, fragte Mira provozierend nach, »haben Sie da einen Namen für mich?«

Märker überging, dass sie ihn zitiert hatte. Vielleicht hatte er es auch gar nicht bemerkt. »Die sind alle gleich. Mir fällt spontan keiner ein, der da irgendwie heraussticht und so kreativ und proaktiv wäre.« Er verzog das Gesicht zu einem freudlosen Lächeln. »Aber checken Sie mal den Bierhoff.«

»Bierhoff?«

»Ja, das ist der erste Stellvertreter unseres geschätzten Oberbürgermeisters.«

Mira biss sich auf die Unterlippe. In ihrer hessischen Heimatstadt hatte sie immer gewusst, wer gerade zur Wahl oder im Amt stand. Es wurde wirklich höchste Zeit, sich mit der Lokalpolitik in ihrer oberfränkischen Wahlheimat auseinanderzusetzen. Schließlich lebte sie schon lange genug hier, und ein Gedanke an Nils genügte, um ihr klarzumachen, dass dies auch noch einige Jahre so bleiben würde.

»Ich dachte, das wären Sie«, gab sie widerwillig zu. »War er verhindert, oder wieso hat er die Sitzung nicht geleitet?«

Ein breites, selbstgefälliges Grinsen legte sich auf Märkers Gesicht. »Weil ich das so wollte.«

9

Marvin Bierhoff hatte zwar ebenfalls ein Büro im Neuen Rathaus, war jedoch leider gerade bei einem Außentermin. Das Gespräch mit ihm musste Mira also verschieben. Zurück in der Dienststelle, erschien Heide Klemm zur Phantombilderstellung, und zwar auf die Minute pünktlich. Dafür war Guido Haferl nicht am Platz.

»Wo ist er denn?«, wollte Mira von Pamela wissen, bekam jedoch nur ein Schulterzucken zur Antwort. Unschlüssig wanderte Miras Blick zu der Konditorin. »Ich würde Ihnen ja einen Kaffee anbieten, aber mit dem in Ihrem Café kann der hier sicherlich nicht mithalten.«

Heide Klemm grinste schief. »Ich trinke gar keinen Kaffee, lieber Tee.«

»Tatsächlich? Damit sieht es in unserer Küche leider sogar noch schlechter aus.«

Heide Klemm lachte. Das kurze Gespräch hatte ihr zwar kein Getränk eingebracht, aber Mira hatte den Eindruck, dass die Anspannung, die sie schon am Morgen in der Konditorei mit sich herumgeschleppt hatte, ein Stück weit von ihr abfiel.

Sie zog einen Besucherstuhl, der in der Ecke stand, an Guidos Schreibtisch heran und bot Heide Klemm den Platz an. Die setzte sich, fühlt sich aber sichtlich unwohl, an einem Schreibtisch zu warten, dessen Besitzer noch gar nicht da war. Immer wieder schaute sie etwas pikiert auf den leeren Stuhl neben sich.

Mira sah auf ihre Armbanduhr. Da sie Heide Klemm, nachdem man sie über deren Ankunft informiert hatte, ja noch beim Empfang abholen musste, war Guido mittlerweile zwanzig Minuten zu spät. Mira überlegte, wo sie ihn suchen könnte, da ging die Tür auf, und Guido kam gut gelaunt herein. Er verlor kein Wort über seine Verspätung, nickte erst Mira, dann Heide Klemm lächelnd zu und quetschte sich umständlich durch die Lücke zwischen dem Aktenschrank und der Konditorin, um zu seinem Schreibtischstuhl zu gelangen. Kaum dass er saß, begann er schweigend, mit seiner Maus herumzuklicken.

Heide Klemm sah unsicher, fast hilfesuchend zu Mira. Die lächelte gequält. Guido stand nicht umsonst im Ruf, ein komischer Kauz zu sein.

Mira trat näher an den Schreibtisch heran. Eigentlich hatte sie sich während der Erstellung des Phantombildes zurückziehen wollen. Doch nun war sie sich nicht mehr so sicher, ob sie Heide Klemm das antun konnte. In diesem Moment stand auch noch Pamela auf und verließ mit einer Akte im Arm das Zimmer.

Guido hatte inzwischen das Programm geöffnet und blickte die Konditorin erwartungsfroh an. Heide Klemm dagegen wirkte zunehmend skeptisch, wahrscheinlich weil er noch kein Wort gesprochen hatte.

Mira räusperte sich, um die Aufmerksamkeit auf sich zu ziehen. »Das ist Guido Haferl. Er wird nach Ihren Angaben das Phantombild erstellen«, erklärte sie.

Als hätte Miras Einleitung einen Schalter umgelegt, streckte Guido nun seine Hand zur Begrüßung aus. »Freut mich, Sie kennenzulernen.«

Heide Klemm ergriff sie und nickte.

»Na, dann wollen wir mal«, meinte Guido und lächelte aufmunternd.

Mira blieb verdattert stehen. Hatte er tatsächlich darauf gewartet, dass sie ihn vorstellte? Auf einmal gab er sich redselig, stellte Fragen zu Gesichts- und Lippenform und präsentierte Frau Klemm unterschiedliche Möglichkeiten, wenn diese sich nicht ganz sicher war. Schon nach kurzer Zeit waren die Umrisse eines Frauenkopfes auf dem Bildschirm zu sehen.

»Der Pony war noch etwas kürzer.«

»Sind Sie sicher?«

»Ja, er sah aus, als sei er versehentlich zu kurz geraten.«

»Okay.«

»Und die Augen standen ein kleines bisschen näher zusammen, glaube ich.«

»Wie sieht es mit den Brauen aus? Dünner, dichter?«

Mira drehte sich um und blickte aus dem Fenster. Die Regenwolken hatten sich verzogen. Heute Abend würde sie jedoch keine Zeit haben, sich auf ihre Ducati zu schwingen und damit durch die Fränkische Schweiz zu jagen. Nils wollte vorbeikommen. Bestimmt würde er etwas Leckeres mitbringen. Sie ergänzten sich wunderbar, vor allem in Bezug auf die Kochkünste. Mira grinste in sich hinein.

»Hey, Kollegin. Nicht flirten bei der Arbeit. Wir sind fertig«, rief da Guido in ihrem Rücken.

Irritiert blinzelte sie. Was? Flirten? Konnte der unheimliche Haferl jetzt auch noch Gedanken lesen? Da bemerkte sie, dass Raffael Meier gerade draußen über den Parkplatz auf das Gebäude zulief. Er war so etwas wie der Sonnyboy der Dienststelle: blond, groß, gut gebaut und immer einen flotten Spruch auf den Lippen. Guido hatte ihr gedankenversunkenes Lächeln wohl falsch interpretiert. So schnell konnten Gerüchte entstehen.

»Quatschkopf«, murmelte sie peinlich berührt und sah sich das Phantombild an.

Die junge Frau, die ihr vom Bildschirm entgegenblickte, wirkte irgendwie grimmig. Doch das kam Mira bei Phantombildern oft so vor, da ihnen das Alltagslächeln fehlte.

»Soll ich es direkt zur Fahndung rausgeben?«, wollte Guido wissen.

Mira zögerte. Die Frau auf dem Bild wirkte noch so jung. Vielleicht sollten sie damit erst einmal die weiterführenden Schulen abklappern?

»Erde an Streitberg!«

»Ja, schon gut. Gib es raus. Und es soll an alle weiterführenden Schulen im Umkreis geschickt werden.« Sie blickte zu Heide Klemm. Die Konditorin wirkte zufrieden.

Mira bedankte sich bei Guido Haferl und begleitete Heide Klemm hinaus. Zurück am Platz, klickte sie sich durch ihre Mails. Die Einzelverbindungsnachweise der Mobilnummer, die die Käuferin der Krapfen angegeben hatte, waren dank der zügigen Zuarbeit von Richter Eisenbeißer bereits beim Netzbetreiber angefragt. Hoffentlich würden die ebenso schnell reagieren und die gewünschten Infos liefern. Mira war zuversichtlich, dass das Zusammenspiel aus Handyortung und dem Phantombild, das sie jetzt ja hatten, sie zu der Täterin führen würde.

Auch das versprochene Datenblatt zu dem verwendeten Giftstoff war inzwischen angekommen. In der rechten oberen Ecke prangte das Logo eines großen deutschen Pharmakonzerns, wie Hubert Kranich es schon angedeutet hatte. Mira leitete es an Philipp weiter, damit er dort anrufen und sich nach Beschaffungsmöglichkeiten erkundigen konnte.

Und auch Karl-Heinz Märker hatte Wort gehalten und ihr einen Share-Link zum Video der verunglückten Stadtratssitzung geschickt.

»Philipp«, rief Mira durch die offene Verbindungstür zum Nachbarbüro, »willst du das Video von der Stadtratssitzung mit angucken?«

»Klar! Soll ich uns Popcorn besorgen?«, fragte er schelmisch.

»Ein bisschen mehr Ernsthaftigkeit, Herr Kollege«, tadelte sie ihn im Spaß. Mira wartete, bis er hinter ihr stand, und startete das Video, doch es stellte sich alles andere als unterhaltsam heraus.

Philipp empfand es wohl ganz ähnlich. »Können wir nicht etwas vorspulen?«, fragte er nach einer Weile.

Mira nickte und folgte seinem Wunsch. Diese Sitzung war wirklich langweilig. Kein Wunder, dass nur sehr wenige Zuhörer da gewesen waren. Die Kamera schwenkte – nun im

Schnelldurchlauf – zu verschiedenen Rednern, dazwischen immer wieder zurück zu Märker. Er wirkte genervt, schien sich in der Rolle des Vorsitzenden aber sehr zu gefallen. Da ruckelte das Bild, verrutschte und zeigte auf einmal keine Person mehr, sondern nur die Wand. Mira stoppte, ging ein paar Sekunden zurück und ließ die Aufnahme in Normalgeschwindigkeit laufen.

Ein Redner war gerade mitten in seinen Ausführungen. Dann brach er plötzlich ab und starrte auf etwas außerhalb des Kameraausschnitts. Auch der Kameramann schien aus dem Konzept gebracht, denn auf einmal begann das Bild, unkontrolliert zu ruckeln. Stimmen wurden laut, hektisches Stühlerücken war zu hören. Die Kamerabewegung stoppte, und man sah nur noch die Wand. Jemand rannte durchs Bild. Dann wurde die Kamera anscheinend ausgeschaltet.

»Na, das hat uns ja nicht wirklich etwas gebracht«, sagte Mira enttäuscht. »Ich hatte gehofft, einen Blick auf die anwesenden Zuhörer erhaschen zu können.«

Philipp zuckte mit den Schultern. »Ja, so richtig popcornwürdig war das Filmchen wirklich nicht.«

10

Mira streifte ihre Schuhe ab und warf sich auf die Couch in ihrem Wohnzimmer. Nils tat es ihr gleich. Sein Tag hatte es in sich gehabt, das Telefon hatte wohl nahezu ununterbrochen geläutet.

Kaum hatten sie es sich bequem gemacht, hüpfte Fips auf Miras Schoß. Der kleine graue Kater gehörte schon zur Familie. Mira hatte keine Ahnung, wer sein Besitzer war, aber inzwischen stand er jeden Abend, wenn sie nach Hause kam, vor ihrer Haustür, um sich eine Mahlzeit und ausgiebige Streicheleinheiten abzuholen.

Mit der einen Hand kraulte sie Fips den Bauch, mit der anderen fuhr sie zärtlich über Nils' Arm. »Soll ich uns eine Pizza bestellen? Heute war's anstrengend genug, oder?«

Zwar hatten sie auf dem Heimweg im Supermarkt haltgemacht und ein paar Lebensmittel eingekauft, aber die würden sich ja eine Weile halten. Und Nils sah wirklich aus, als wollte er nur noch schlafen. Doch wider Erwarten schüttelte er den Kopf. »Nein, ich koche«, sagte er bestimmt. »Nach diesem Tag brauche ich das als Ausgleich.«

Miras Gedanken wanderten zurück zu der aktuellen Ermittlung. Sie war ganz anders als ihre bisherigen Fälle. Nicht nur, dass sie noch immer ohne festen Ermittlungspartner dastand. Auch das Verbrechen war höchst ungewöhnlich. »Schon krass. Warum vergiftet man den gesamten Stadtrat? Ich meine, dass man einen oder vielleicht zwei von denen auf dem Kieker hat, das kann ja sein. Aber gleich alle?«, überlegte sie.

»Wenn ich bedenke, was das heute für Wellen geschlagen hat, glaube ich, dass es genau darum ging. Da wollte jemand Aufmerksamkeit erregen.«

»Na, das wäre jedenfalls gelungen. Die Weltkugelkrapfen

sprechen für Umweltschutz als Tathintergrund. Märker ist in dem Bereich ja schon lange eine Streitfigur. Bestimmt ist das Design des Zuckergusses und dass er als Spender der Krapfen ausgewiesen war, kein Zufall. Gerade jetzt, wo spekuliert wird, ob er als neuer Bürgermeisterkandidat ins Rennen geht.«

»Das kommt mir auch so vor. Nur das Motiv ist für mich noch völlig unklar. Märker scheint irgendwie drinzustecken, aber ist er Täter oder Opfer?«, überlegte Nils.

»Er zumindest sieht sich als großes Opfer. Ich bin noch nicht sicher, was ich davon halten soll. Er hat den Zettel, der besagte, dass er die Krapfen mitgebracht hatte, einfach verschwinden lassen. Das ist doch seltsam, oder?«

Nils schob die Unterlippe vor. So guckte er nur, wenn er wirklich müde war und angestrengt nachdachte. Mira bekam ein schlechtes Gewissen. So oft schon hatten sie sich vorgenommen, die Arbeit nicht mit nach Hause zu nehmen. Und mindestens genauso oft war es ihnen nicht gelungen.

»Was für einen Wein soll ich uns aufmachen?«, fragte sie daher.

»Ich finde deinen Pizzavorschlag gut«, antwortete er. »Aber ich werde sie selber machen, mit Kürbis und Speck.«

»Klingt interessant! Rotwein dazu?«

»Sehr gerne.«

Fips bedachte sie mit einem vorwurfsvollen Blick, als sie aufstanden. Doch da der kleine Kater vermutlich auch hungrig war, folgte er ihnen maunzend in die angrenzende offene Küche.

»Ich kann heute Nacht nicht hierbleiben. Ich habe keine Wechselkleidung mehr da«, sagte Nils mit Bedauern, während er die Zutaten für den Hefeteig aus dem Schrank holte.

»Oh, wie schade«, murmelte Mira und versorgte Fips mit Katzenfutter. »Und wenn du morgen früh kurz zu Hause hältst und dich umziehst?«

»Ich weiß nicht. Mal sehen. Vielleicht weckt die Pizza meine Lebensgeister ja wieder.«

Als sie die leere Katzenfutterdose in den Müll geworfen hatte und sich die Hände wusch, bemerkte sie, dass Nils das Kochen eingestellt hatte und sie abwartend ansah.

»Was ist?«

»Ich finde, wir sollten zusammenziehen«, sagte er geradeheraus. »Mein Häuschen ist groß genug für uns zwei. Und du fühlst dich dort doch auch wohl, oder? Was meinst du?«

Miras Augenbrauen schnellten nach oben, ehe sie es verhindern konnte. Sie war mehr als glücklich darüber, dass sie sich endlich zu ihrer Liebe zu Nils bekannt hatte, obwohl er ihr Chef war. Und sie hatte fest vor, ihre Beziehung bald auch gegenüber den Kollegen öffentlich zu machen. Außerdem verbrachten sie ohnehin fast ihre gesamte Freizeit miteinander. Dennoch fühlte sie sich überrumpelt, und etwas in ihr sträubte sich, etwas, das sie selbst nicht genau verstand oder benennen konnte.

Nils lächelte nachsichtig, als sie nichts entgegnete. »Du musst nicht sofort antworten. Überlege es dir in Ruhe.«

Obwohl er so verständnisvoll war, fühlte Mira sich schlecht. Natürlich war ihr klar, dass ihre Reaktion ihn vor den Kopf gestoßen hatte, auch wenn er sich nichts anmerken ließ. Sie öffnete den Mund, um doch noch etwas zu sagen, aber sie fand keine Worte. Also schloss sie ihn wieder und entkorkte stumm eine Flasche Wein, während sie ihre Gedanken sortierte.

»Ich möchte gerne mit dir zusammenwohnen«, erklärte sie schließlich. »Es ist nur wegen Fips. Ich kann ihn nicht einfach mitnehmen, er gehört mir ja nicht. Aber die Vorstellung, dass er dann womöglich vor der verschlossenen Tür stehen und mich nicht mehr finden wird, bricht mir das Herz.« Das meinte sie tatsächlich so. Dennoch war ihr bewusst, dass sie nicht nur für Fips einen kleinen Aufschub brauchte, sondern auch für sich selbst. Sie schenkte ein, nahm die beiden vollen Weingläser und reichte Nils eines davon. »Ich muss erst sicherstellen, dass Fips einen liebevollen Besitzer hat, der sich um ihn kümmert, wenn ich nicht mehr hier bin. Dann kann ich zu dir ziehen. Okay?«

»Gut. Damit kann ich leben«, antwortete er lächelnd, während er sein Glas sachte gegen ihres stieß.

Sie tranken jeder einen Schluck. Der spanische Rotwein schmeckte kräftig und fruchtig nach roten Beeren und einem Hauch von Gewürznelken. Nils schmatzte zufrieden. Wenn sie schon nicht recht kochen konnte, so achtete Mira wenigstens darauf, dass sie immer ein paar gute Weine als Ergänzung zu Nils' Kreationen im Haus hatte.

Nils stellte sein Glas auf der Arbeitsfläche ab und begann, den Hefeteig zu kneten. »Dann gehst du jetzt also nebenberuflich unter die Privatdetektive?«, fragte er sie über die Schulter hinweg. »Weißt du schon, wo du deine Suche nach Fips' Zuhause beginnen wirst?«

»Nein, noch nicht wirklich. Aber was tut man nicht alles«, gab sie schmunzelnd zurück.

»Für Fips oder für mich?«

»Für euch beide natürlich.«

11

Noch ehe Mira am nächsten Morgen ihr Büro erreichte, flatterte ihr Sylvia auf dem Gang wie ein aufgescheuchtes Huhn entgegen. Ganz offensichtlich hatte sie Neuigkeiten, die sie loswerden wollte.

»Da bist du ja endlich!«

»Was gibt es denn so Dringendes?«, fragte Mira und ging an Sylvia vorbei, die sich natürlich an ihre Fersen heftete und ihr in ihr Büro folgte.

»Du meintest doch, ich solle bei den Stadträten mal die Fühler ausstrecken, wo diese Krapfen eigentlich herkamen, wenn ich die Fingerabdrücke nehme.«

Mira blieb abrupt stehen. Sie hatte ein neues Gerücht aus dem Kollegenkreis erwartet oder schlüpfrige Details zu ihrer noch immer andauernden Versöhnung mit Frieder. Aber Sylvia hatte anscheinend tatsächlich etwas Interessantes zu berichten. »Ja? Bist du auf etwas gestoßen?«

Sylvia nickte eifrig. »Wir sind durch mit den Fingerabdrücken. Die Stadträte waren da sehr entgegenkommend und haben sich teilweise zusammengefunden, sodass wir sie nicht alle einzeln abklappern mussten. Ein paar hatten aber tagsüber andere Verpflichtungen, deren Abdrücke habe ich dann gestern Abend noch eingesammelt. Unter anderem auch die von Aurelius Hollerbusch.«

»Den Namen hast du dir doch gerade ausgedacht.«

Sylvia quittierte ihren Einwand mit einem pikierten Gesichtsausdruck. »Also bitte. Der Herr sitzt seit Jahren im Bayreuther Stadtrat. Vielleicht solltest du dich mal ein bisschen mehr mit deinem Wohnort auseinandersetzen. Dazu gehört auch die Regionalpolitik.«

»Schon gut, schon gut. Dank dir kenne ich den Namen ja jetzt.«

»Sehr richtig. Und du wirst den Herrn auch gleich persönlich kennenlernen. Ich habe ihn für acht Uhr für dich herbestellt, damit er eine Aussage macht. Ich hoffe, das ist okay?«

»Kommt ganz darauf an, was er zu erzählen hat«, entgegnete Mira ein wenig mürrisch.

Sylvia stemmte die Fäuste in die Seiten. »Du bist ja heute noch unausstehlicher als sonst. Welche Laus ist dir denn über die Leber gelaufen?«

Ertappt biss Mira sich auf die Unterlippe. Nils war gestern Abend noch nach Hause gefahren. Sie hatte die Nacht allein verbracht und viel Zeit gehabt, über seinen Vorschlag nachzudenken. Und leider hatte sie mit jeder schlaflosen Stunde mehr festgestellt, dass ihr die Vorstellung, zu ihm zu ziehen, irgendwie nicht behagte. Sylvia hatte recht, sie hatte schlechte Laune. Aber den Grund dafür wollte Mira lieber für sich behalten. »Entschuldige bitte, ich habe einfach richtig schlecht geschlafen«, antwortete sie ausweichend.

Sofort wurden Sylvias Züge wieder weich. »Na, komm. Ich hab schon Kaffee gekocht. Wir holen dir schnell eine Tasse, bevor Aurelius Hollerbusch auftaucht.«

Mira hatte bei dem Namen Aurelius unweigerlich eine königlich anmutende Gestalt erwartet. Stadtrat Hollerbusch sah jedoch eher aus wie ein gemütlicher Opa, der seinen Enkeln gerne Geschichten erzählte. Er hatte schlohweißes Haar, das in bauschigen Wolken seinen Kopf bedeckte. Auf seiner Nasenspitze saß eine dunkelrote Lesebrille, die farblich auf seinen Pullunder abgestimmt war. Mira führte ihn in das Besprechungszimmer gegenüber von ihrem Büro. Sylvia hatte dort Kaffee, Milch, Zucker und Kekse bereitgestellt. Vermutlich fühlte sie sich für diesen Termin verantwortlich, da sie ihn eingefädelt hatte.

Hollerbusch lehnte den Kaffee dankend ab, begann aber prompt, an einem Keks zu knabbern.

»Meine Kollegin Frau Lind haben Sie ja gestern schon kennengelernt. Sie meinte, Sie hätten Informationen dazu, wer die Krapfen in den Sitzungssaal gebracht hat?«

Er nickte kauend, nahm sich eine Serviette und legte seinen halb aufgegessenen Keks darauf ab. Mit einem entschuldigenden Lächeln, das Mira nicht recht einordnen konnte, antwortete er: »Ja, das stimmt. Ich habe die Krapfen mit in den Sitzungssaal genommen.«

Oh. Das erklärte wohl seinen schuldbewussten Gesichtsausdruck.

»Sie?«

Er nickte geknickt.

»Das müssen Sie mir erklären.«

»Ich war etwas spät dran. Ein Telefonat hatte mich aufgehalten. Wir haben gerade die Handwerker im Haus wegen einer neuen Heizung, wissen Sie.« Mit einem Kopfschütteln stoppte er seinen eigenen Redefluss. »Aber das tut ja jetzt nichts zur Sache.« Er hielt kurz inne, als müsste er sich sammeln. »Wie gesagt, ich war spät dran. Als ich beim Sitzungssaal ankam, waren schon alle reingegangen, die Tür war aber zum Glück noch offen. Da hat mich eine junge Frau angesprochen. Sie meinte, sie arbeite für Karl-Heinz Märker und er habe sie beauftragt, für alle Gebäck zu besorgen als nette Geste, weil es die letzte Sitzung vor der Sommerpause sci. Ob ich sic wohl mit reinnehmen könne.«

Er suchte Miras Blick, die ihm aufmerksam zugehört hatte. »Ich habe mir nichts Böses dabei gedacht und die Schachtel entgegengenommen«, erklärte er achselzuckend. »Drinnen hab ich sie aufgeklappt. Da war ein Zettel im Deckel, der bestätigte, dass die Krapfen vom Märker waren. Natürlich fand ich es verwunderlich. Schließlich ist der Märker nicht unbedingt als großer Gönner bekannt. Und er pflegt auch keine Freundschaften innerhalb des Stadtrates, außer vielleicht zu unserem Bürgermeister Höllrigl. Ich hab gedacht, er wird sich halt einschleimen wollen.«

»Sie haben also nicht daran gezweifelt, dass das Gebäck von Märker stammt.«

»Nein, wieso auch?«

»Und jetzt? Glauben Sie immer noch, die Krapfen kamen von ihm?«

Hollerbusch ließ sich Zeit mit einer Antwort. Er nahm seinen Keks, steckte sich die verbliebene Hälfte in den Mund und kaute bedächtig. »In der Zeitung stand, der Zettel sei gefälscht gewesen.«

»Ja, das habe ich auch gelesen. Ich möchte aber hören, was Sie denken. Sie kennen Märker schon lange, sind seit Jahren im Stadtrat, sogar in derselben Partei. Trauen Sie ihm solch eine Aktion zu?«

»Ich traue ihm so ziemlich alles zu, solange es ihm nützt. Aber was hätte er davon, dem gesamten Stadtrat vergiftete Krapfen unterzujubeln?«

Mira nickte. Ja, das war die große Frage. »Zurück zu der jungen Dame, die Ihnen die Schachtel in die Hand gedrückt hat. Ich nehme an, Sie kannten sie nicht?«

»Nein.«

»Können Sie sie mir bitte beschreiben?«

Plötzlich wirkte Aurelius Hollerbusch ehrlich überfordert. »Na ja, sie war jung. Und sie trug eine Jeans.«

Dieses Phänomen kannte Mira bereits. Manchen Leuten fiel es schwer, sich an Gesichter zu erinnern, und noch schwerer, sie zu beschreiben. »Warten Sie bitte einen Moment.«

Mira eilte zu ihrem Schreibtisch und druckte das Phantombild aus, das Guido Haferl erstellt hatte. Als sie es Aurelius Hollerbusch zeigte, wurden seine Augen groß.

»Das ist sie!« Er tippte mit dem Zeigefinger mehrmals auf das Bild und wirkte dabei richtig aufgeregt.

»Sind Sie sicher? Ein Phantombild ist kein Foto, es wird immer Unterschiede geben, womöglich gravierende«, versuchte Mira, seine Euphorie zu dämpfen. Solche Situationen waren schwierig. Nicht dass Hollerbusch die Identität bestätigte, nur weil er hoffte, damit das Richtige zu sagen. Allerdings passte hier auch für Mira alles zusammen, denn bei aller gebotenen Vorsicht war es mehr als wahrscheinlich, dass die Frau, die die Krapfen gekauft hatte, sie auch ins Rathaus gebracht hatte.

»Schon klar. Die Lippen waren auch vielleicht ein bisschen voller als auf dem Bild«, räumte Hollerbusch ein. »Aber die Haare waren genau so, und auch die Augenpartie ist sehr gut getroffen. Das ist die Frau, die mir den Karton gegeben hat.«

12

Aurelius Hollerbusch hatte ihnen nicht nur die Information geliefert, wie die vergifteten Krapfen in die Sitzung gelangt waren, sondern auch einen Hinweis darauf, warum es Frau Krauß schlimmer erwischt hatte als alle anderen.

Die Stadträtin schien als Einzige zwei der Erdkugelkrapfen verspeist zu haben und hatte somit eine höhere Dosis des Giftes abbekommen. Außerdem litt sie laut Hollerbusch seit Wochen an einem hartnäckigen Magengeschwür. Da hätten ihr die beiden Krapfen vermutlich schon ohne Giftfüllung nicht gutgetan.

Mira drehte sich nachdenklich auf ihrem Bürostuhl hin und her. Die Stadträte waren anscheinend allesamt ahnungslos gewesen. Das Gebäck von sich aus abgelehnt hatte nämlich keiner von ihnen, es hatten nur nicht mehr alle die Chance erhalten, einen Krapfen zu essen, bis sich bei Monika Krauß die ersten Symptome zeigten. Auch Märker nicht. Laut den Zeugenaussagen war der Karton gerade bei ihm angekommen, als der Tumult losbrach. Er hatte wohl einfach Glück gehabt.

Wie von Sylvia versprochen, hatte die Kriminaltechnik Gas gegeben. Die meisten Fingerabdrücke konnten den verschiedenen Mitgliedern des Stadtrates zugeordnet werden. Lediglich von Frau Krauß hatten sie noch keine genommen. Außerdem war gerade jemand in der Konditorei Klemm, um dort die Abdrücke aller Mitarbeitenden zu nehmen. Deren Überprüfung hatte keine Vorstrafen oder andere Anhaltspunkte ergeben. Blieb also erst einmal nur, ihre Fingerabdrücke herauszufiltern. Fast wollte Mira wetten, dass die Abdrücke, die übrig bleiben würden, zu einer unbekannten Frau gehörten. Einer jungen Frau mit kurzem Pony. Hoffentlich würden sie sie bald finden.

Jemand klopfte an den Rahmen der offen stehenden Bürotür, und als Mira aufblickte, lächelte ihr Nils entgegen.

»Hey, guten Morgen!«

Er kam zu ihr und gab ihr einen Kuss auf die Wange. »Das Krankenhaus hat angerufen. Frau Krauß ist nun vernehmungsfähig. Keine Ahnung, ob sie etwas Interessantes zu berichten hat. Aber schon wegen der Fingerabdrücke sollte sie jemand besuchen.«

Mira nickte. Nachdem sie gerade das Protokoll zum Gespräch mit Herrn Hollerbusch getippt hatte, war es ihr nur recht, an die frische Luft zu kommen. Außerdem hatte es Monika Krauß schlimmer erwischt als alle anderen, und Mira musste ausschließen, dass dies womöglich doch kein Zufall gewesen war. »Ich werde mit Philipp kurz vorbeifahren. Er ist noch beim Arzt, müsste aber jeden Moment auftauchen.«

»Beim Arzt?«

»Ja, er hat vorhin angerufen. Er ist heute Morgen beim Joggen umgeknickt.«

»Oh, Mist.« Er strich mit den Fingerspitzen über ihren Handrücken. »Endlich Freitag. Ich freue mich schon auf das Wochenende mit dir.«

»Ich mich auch. Hast du bereits Pläne?«

»Wie wäre es mit einer Fahrt nach Bamberg? Da findet noch bis Sonntag das Blues- und Jazzfestival statt. Zwar ist die Jazzcombo der Bundespolizei dieses Jahr leider nicht mit von der Partie, aber dort ist immer gute Stimmung.«

»Das klingt phantastisch.«

»Natürlich nur, wenn deine Privatermittlungen um Fips' Wohnsitz so einen Ausflug zeitlich überhaupt erlauben«, räumte er grinsend ein.

Mira hatte das deutliche Gefühl, dass er meinte, sie habe Fips nur vorgeschoben. Und nach ihren Grübeleien in der vergangenen Nacht musste sie sich fragen, ob er damit nicht recht hatte.

Mira kannte Stadträtin Krauß nicht, deshalb konnte sie nicht beurteilen, inwieweit deren mitgenommene Optik von der Vergiftung herrührte. Monika Krauß war blass und wirkte sehr erschöpft.

Auch Philipp hatte es ziemlich erwischt. Er hatte sich im Sanitätshaus eine Orthese besorgt und humpelte stark. Trotzdem hatte er es sich nicht nehmen lassen wollen, Mira ins Krankenhaus zu begleiten. Selbst Miras dummer Spruch, dass er in Zukunft vielleicht lieber wieder Sachertorte essen statt joggen sollte, weil eben jeder seine Stärken und Schwächen habe, änderte daran nichts und entlockte ihm nur ein müdes Lächeln.

Frau Krauß teilte sich das Zimmer mit einer älteren Dame, die jedoch gerade schlief. Zumindest drang ein gleichmäßiges leises Schnarchen zu ihnen herüber.

»Guten Tag, Frau Krauß.« Mira trat an das Bett heran und stellte Philipp und sich vor. »Wie geht es Ihnen?«

»Schlecht natürlich«, antwortete die Stadträtin mit leidender Miene. »Schließlich bin ich vergiftet worden. Dieser Märker ist wirklich zu allem fähig.« Sie schüttelte ungläubig den Kopf.

Interessant. Monika Krauß ging also tatsächlich davon aus, dass Märker sie vergiftet hatte. »Wieso, glauben Sie, hat er das getan?«

»Ich weiß es nicht. Vielleicht soll uns das einschüchtern. Es ist ja kein Geheimnis, dass er Bürgermeister werden will. Und es ist ebenfalls kein Geheimnis, dass viele das durchaus kritisch sehen.«

Sie hatte also keinen konkreten Verdacht. Doch für Verschwörungstheorien hatte Mira keine Zeit. Schließlich lief die mutmaßliche Täterin nach wie vor frei herum.

Mira zog das Phantombild aus der Tasche. »Kennen Sie diese Frau?«

»Nein, wer ist das?«

In diesem Moment setzte Philipp sich lautstark in Bewegung. Er humpelte um das Bett herum und ließ sich auf den Besucherstuhl auf der anderen Seite plumpsen. »Sorry«, meinte er schnaufend.

»Schon gut. Ich hätte daran denken sollen. Entschuldige bitte, dass ich dir den Stuhl nicht hergeholt habe«, sagte Mira.

Philipp schaute sie einen Moment lang an, als sei sie ein Alien, und Mira wurde unangenehm bewusst, dass er seit Kurzem beinahe gelangweilt reagierte, wenn sie ihn ärgerte, ihre Freundlichkeit ihn nun aber überraschte. Zum Glück würde sie ihm ein Zeugnis schreiben und nicht umgekehrt. Mira wollte gar nicht wissen, was darin über ihren Umgang mit den Kollegen stehen würde. »Sie war meist bemüht« vielleicht.

Schnell schüttelte sie den Gedanken ab und wandte sich wieder Frau Krauß zu. »Wir bräuchten noch Ihre Fingerabdrücke.«

»Wieso das denn?« So schwach sie auch gewirkt hatte, so erbost reagierte sie auf diese Ankündigung.

»Die Schachtel mit den Krapfen ist durch viele Hände gegangen. Wir müssen die Abdrücke der Opfer mit denen auf der Verpackung abgleichen, damit wir sehen, was beziehungsweise wer übrig bleibt.«

Beim Wort »Opfer« entspannten sich Monika Krauß' Gesichtszüge wieder. »Na gut, wenn es sein muss.«

Sie hob den Arm, als wollte sie sich bei Mira einen Handkuss abholen. Die steckte das Phantombild weg, das die Stadträtin anscheinend sowieso schon wieder vergessen hatte, und holte ihre Utensilien zum Abnehmen der Fingerabdrücke aus der Tasche. Sylvia hatte mehrfach betont, dass sie diesmal unbedingt das dafür vorgesehene Formular verwenden solle und nicht wieder nur irgendeinen Zettel. Also hatte Mira sich ausgerüstet. Vielleicht konnte sie ihre imaginäre Zeugnisbewertung in der nächsten Zeit ja wenigstens von »meist bemüht« auf »okay« anheben.

»Aber machen Sie das Bett nicht schmutzig, ja?«

Hätte Philipp keinen kaputten Fuß, würde sie ihn ins Badezimmer schicken, um einen Waschlappen zu holen. Frau Krauß hing am Tropf und an mehreren Kabeln. Sie würde ihr die Finger also im Bett direkt wieder sauber machen müssen.

Mira unterdrückte ihren Ärger darüber und bereitete alles vor. Obwohl sie sich anfänglich so erbost gezeigt hatte, genoss Monika Krauß die Exklusivbehandlung sichtlich. Als Mira die Hände der Patientin nach getaner Arbeit wieder einigermaßen gesäubert hatte, begegnete sie Philipps Blick. Er schien redlich bemüht, nicht süffisant zu grinsen. Nun gut, das hatte sie nach ihrem wenig einfühlsamen Sachertorten-Spruch wohl verdient.

13

Mira hatte bei dem Namen Bierhoff natürlich sofort an den ehemaligen Profifußballer denken müssen. Dass Marvin Bierhoff nun auch noch frappierende Ähnlichkeit mit jenem Oliver hatte, brachte sie beinahe etwas aus dem Konzept. An Philipps überraschtem Gesichtsausdruck konnte sie ablesen, dass es ihm genauso ging.

»Setzen Sie sich doch«, sagte Bierhoff und ging mit ihnen zu einem kleinen Konferenztisch im vorderen Teil seines Büros. Er trug einen modernen, gut sitzenden Anzug, wirkte aufgeschlossen und freundlich. Kein Wunder, dass Märker und er keine Best Buddys waren, wenn sie schon auf den ersten Blick so unterschiedlich waren.

Kaum saßen sie, kam ein junger Mann herein und brachte ihnen Kaffee und Kekse.

»Danke, Leon«, sagte Bierhoff und ließ mit dem Löffel ein Zuckerstückchen in seinen Kaffee sinken, während Philipp schon kaute. Mira hatte ihm zur Begrüßung lediglich mitgeteilt, dass sie ihm gerne ein paar Fragen stellen würden. Bierhoff hatte spontan eingewilligt und sich Zeit genommen.

Mira stolperte über diesen Gedanken. War diese aalglatte Freundlichkeit vielleicht eher verdächtig als nett? Der Anschlag auf den Stadtrat war in aller Munde, und natürlich konnte er sich denken, warum sie hier waren. Dass er es jedoch mit keiner Silbe ansprach, sondern nur den guten Gastgeber mimte, kam ihr komisch vor. »Möchten Sie denn gar nicht wissen, warum wir hier sind?«, fragte sie.

Bierhoff nahm vorsichtig einen Schluck von dem heißen Getränk, stellte die Tasse wieder auf den Tisch, lehnte sich zurück und schlug die Beine übereinander. »Na, das werden Sie mir doch sicherlich gleich verraten, oder?«

»Es geht um die letzte Stadtratssitzung.«

»Tatsächlich? Aber da war ich doch gar nicht anwesend.«

»Und wir wüssten gerne von Ihnen, warum.«

Für eine Sekunde sah es aus, als würde Bierhoffs makellose Fassade einen Haarriss bekommen. Doch er fasste sich sofort wieder und lächelte unverbindlich. Dann nahm er sich noch Zeit, an seiner Kaffeetasse zu nippen, ehe er antwortete. »Ich war auf einem Elternabend. Unsere Tochter wird im kommenden Schuljahr aufs Gymnasium wechseln. Dazu gab es noch mal einen Elternabend, um letzte offene Fragen zu klären. Natürlich nehme ich die Sitzungstermine immer sehr ernst. Aber meine Frau war beruflich auf der Gamescom in Köln. Sie arbeitet in der Deutschlandvertretung eines großen Spieleherstellers, und das ist einer ihrer Pflichttermine.«

»Dann kam es Ihnen also ganz gelegen, dass Karl-Heinz Märker den Vorsitz für Sie übernommen hat? Haben Sie ihn darum gebeten?«

Er zwinkerte kurz, als würde ihn die Frage irritieren. »Nein, darum gebeten habe ich nicht. Und ich hätte die Sitzung natürlich gemacht, wenn es diese unglückliche Terminkollision nicht gegeben hätte. Aber man wird mir wohl nicht vorwerfen können, dass mir familiäre Angelegenheiten, allen voran die Bildung meiner Tochter, am Herzen liegen. Außerdem hat Herr Märker die Sache ja gerne übernommen.«

Marvin Bierhoff gab sich zwar noch immer diplomatisch, doch Mira meinte, einen Hauch von Sarkasmus in seinem letzten Satz wahrzunehmen. Märker hatte ihr gegenüber ja zudem angedeutet, dass der kurzfristige Personalwechsel auf sein Bestreben hin erfolgt war. Auf ihre Nachfrage hatte er nur überheblich gegrinst und selbstgefällig erklärt, er bekomme immer, was er wolle.

»Märker hat die Veranstaltung an sich gerissen, und Sie waren darüber alles andere als erfreut. War es nicht so?«, konfrontierte sie Bierhoff mit ihrem Verdacht.

Mit aufmerksam taxierendem Blick sah Bierhoff von Mira zu Philipp und wieder zu ihr. »Ich hätte es wahrscheinlich so einrichten können, dass wir die Sitzung eine Stunde früher beginnen lassen, damit ich dann direkt zur Schule weiterfahren kann«, räumte er ein. »Doch so war es natürlich viel entspannter. Ich hatte also ganz und gar nichts dagegen, dass Märker mir das abnimmt. Aber ich gebe zu, die Art und Weise, wie es gelaufen ist, hat mir nicht so gut gefallen.«

Gut, endlich rückte er mit der Sprache heraus. »Was genau meinen Sie damit?«

»Die ganze Sache wurde über meinen Kopf hinweg entschieden. Märkers Sekretärin hat einfach die Einladung zu dieser Sitzung verschickt. Sie tat das etwas früher als sonst, vermutlich um mir zuvorzukommen«, erzählte er. »Daraufhin habe ich Detlef angerufen, ähm, ich meine Oberbürgermeister Höllrigl. Von ihm erfuhr ich, dass Märker das zuerst mit mir hätte absprechen sollen. Und zu allem Überfluss bekam ich dann auch noch eine ziemlich dummdreiste E-Mail von ihm.«

»Was hat er denn geschrieben?«, wollte Philipp wissen.

Anstatt zu antworten, stand Bierhoff auf und ging zu seinem Schreibtisch, um etwas an seinem Computer zu erledigen. Wenige Sekunden später kehrte er mit einem Ausdruck in der Hand zu ihnen zurück und reichte Philipp das Blatt. Der zog sichtlich belustigt die Augenbrauen in die Höhe, während er las.

Neugierig nahm Mira ihm das Papier aus der Hand. »Servus, Bierhoff, die nächste Stadtratssitzung, die mach ich. Gruß Karl-Heinz Märker«, lautete die Nachricht.

Mira sah auf. »Kurz und knackig.«

Marvin Bierhoffs Mundwinkel sanken herab. »Ja, so kann man es auch nennen.« Es war ihm anzusehen, dass er die ganze Angelegenheit keineswegs lustig, sondern vielmehr empörend fand.

Mira zuckte leicht mit den Schultern. Wenn sie ehrlich war, verstand sie die Aufregung nicht. Klar, Märkers Umgangsformen waren hemdsärmelig, aber dieses Gerangel war doch im Grunde Kindergarten. Nur dass hier um eine Sitzung statt um ein Spielzeugauto gestritten wurde.

»Sie sind aber vermutlich nicht hier, um sich über mein Verhältnis zu Karl-Heinz Märker zu informieren«, sagte Bierhoff. »Was genau möchten Sie wissen?«

Mira zog das Phantombild aus ihrer Tasche. »Kennen Sie diese Frau?«

Er betrachtete das gezeichnete Gesicht mit gewissenhafter Miene, schüttelte dann jedoch den Kopf. »Wer ist das?«

»Das wissen wir noch nicht. Aber wir haben Hinweise, dass die Dame etwas mit den vergifteten Krapfen zu tun haben könnte.«

»Verstehe, schlimme Geschichte. Dazu kann ich aber wenig sagen, ich war ja, wie Sie wissen, nicht anwesend.« Er stutzte und zog die Augenbrauen zusammen. »Ach, genau deshalb sind Sie hier, nicht wahr? Sie halten mich für verdächtig. Sie glauben, dass ich mich rächen wollte, weil ich quasi aus dieser Sitzung rausgedrängt wurde.«

Die analytische Ruhe, mit der er sprach, irritierte Mira. Da war kein Groll, keine Entrüstung.

»Den Gedanken hatte ich, ja. Können Sie mir bitte den Namen der Schule Ihrer Tochter aufschreiben und die von ein paar Leuten, die bezeugen können, dass Sie bei diesem Elternabend waren?«

»Natürlich.« Er stand auf, trat an den Schreibtisch heran und notierte die Angaben auf einem Zettel, den er Mira reichte. Sie nahm ihn entgegen, unschlüssig, wie sie weitermachen sollte. Irgendwie hatte sie sich hier festgefahren. »Entschuldigen Sie bitte, ich möchte die Bedeutung Ihrer Aufgaben und Zuständigkeiten auf keinen Fall schmälern. Aber ich muss zugeben, mir kommt das Gerangel um den Vorsitz dieser Stadtratssitzung etwas lächerlich vor. Ist so eine Veranstaltung nicht eher langweilig?«

Marvin Bierhoff lächelte sie offen an. »Das ist sie durchaus.« Er setzte sich wieder und lachte leise. Miras ehrliche

Verwunderung hatte das Eis gebrochen. »Hier geht es ja auch nicht um die eine Sitzung oder darum, dass der Märker mich nervt«, erzählte er.

»Sondern?«

»Es geht darum, wer der nächste Oberbürgermeister wird!«

14

Mira hatte zum Abschluss der Arbeitswoche noch einmal bei den Kollegen, die Wochenenddienst hatten, wegen Fahndung und Handyortung angerufen und betont, dass sie sofort verständigt werden wollte, falls sich am Wochenende etwas tat. Außerdem hatte sie Philipp kurz nach der Mittagspause nach Hause geschickt. Der Ärmste schien ziemliche Schmerzen im Fußgelenk zu haben, auch wenn er sich bemühte, es sich nicht zu sehr anmerken zu lassen.

»Und ab Montag kommst du rüber und übernimmst den freien Schreibtisch in meinem Büro. Da hast du mehr Platz und kannst den Fuß besser hochlegen.«

Das war eine gute Lösung. Schließlich arbeiteten sie ohnehin zusammen an dem Vergiftungsfall, und ein neuer Partner für Mira war noch nicht in Sicht. Philipp strahlte bei diesem Vorschlag über das ganze Gesicht. Vielleicht dachte er, wenn er schon mal den Sitzplatz hatte, war er dem Job auch ein bisschen näher.

Es hatte sich noch etwas Schreibkram angesammelt, der erledigt werden wollte. Dann begann Mira, ihren Schreibtisch aufzuräumen. Das war ihr Ritual, um mit der Arbeit abzuschließen und sich selbst ins Wochenende zu entlassen. Diesmal wollte ihr diese Abnabelung jedoch nicht gut gelingen. Immer wieder erschien das Phantombild der jungen Frau vor ihrem geistigen Auge. Alle, die sie bisher gefragt hatte, hatten behauptet, sie nicht zu kennen. Das konnte natürlich auch gelogen sein, davon ging Mira aber bisher nicht aus. Vielleicht sollte sie das Bild einfach sämtlichen Stadträten unter die Nase halten? Irgendwo musste es schließlich eine Verbindung geben!

Davon abgesehen hatte bislang vor allem Marvin Bierhoff ein plausibles Motiv, Karl-Heinz Märker schlecht dastehen zu lassen. Dass er dafür gleich den ganzen Stadtrat vergiften würde, konnte sich Mira allerdings nur schwer vorstellen.

Sie wählte die Nummer von Märkers Büro, um sich den Mailverteiler für die Sitzung geben zu lassen. Doch weder er noch seine Sekretärin gingen ran. Vermutlich waren die beiden schon im Wochenende. Auch bei Sylvia und ihrem Team, die die Kontaktdaten sämtlicher Stadträte im Rahmen der Abnahme der Fingerabdrücke aufgenommen hatten, war niemand mehr zu erreichen. Und auf dem Laufwerk konnte sie die Daten auch nicht finden. Diese Idee war Mira wohl zu spät gekommen und musste bis Montag warten. Sie überlegte, ob sie noch irgendetwas tun konnte. Dann packte sie ihre Sachen zusammen und ging nach Hause.

Wie jeden Abend wurde sie vor der Tür von Fips erwartet. Als er sie erblickte, kam der kleine Kater sofort auf sie zu und strich zur Begrüßung um ihre Beine. Sie hob ihn hoch und nahm sich ein paar Sekunden, um ihn zu streicheln. Dann sperrte sie die Tür auf, was ihr mit dem Kater auf ihrem Arm gar nicht so leichtfiel, und trug ihn in ihre Wohnung hinauf.

Sie öffnete für Fips eine Dose Katzenfutter und ließ sich auf die Couch fallen. Das Telefon zeigte einen entgangenen Anruf ihrer Schwester an. Sie hatten sich nur um ein paar Minuten verpasst, und Leni war schon nach dem ersten Klingeln in der Leitung, als Mira zurückrief.

»Hey, was gibt es?«

»Nichts eigentlich«, antwortete Leni. »Ich wollte nur so mal anrufen, weil ich gerade Zeit hatte.«

Mira lehnte sich entspannt zurück und schloss die Augen. »Was habt ihr am Wochenende vor?«

Leni erzählte, dass ihr kleiner Kai gerade das Seepferdchen gemacht hatte. »Er ist ganz begeistert von sich. Ich werde das Wochenende also im Schwimmbad verbringen, ob ich will oder nicht«, meinte sie lachend. »Und was gibt es bei dir Neues?«

»Nils möchte mit mir zusammenzuziehen«, platzte Mira heraus.

»Schön!« Leni stockte. »Wir finden das doch gut, oder?«

Mira musste schmunzeln. In Momenten wie diesen vermisste sie ihre große Schwester. Dieses Gespräch wäre so viel schöner, wenn sie hier bei ihr auf der Couch sitzen würde anstatt dreihundert Kilometer entfernt im Taunus. Mira sehnte sich nicht unbedingt zurück in ihre Heimat. Sie hatte sich gut in Bayreuth eingelebt und mochte das Frankenland. Doch ihre Schwester würde sie wirklich gerne öfter sehen. »Puh, ich weiß nicht so genau. Ich glaube aber schon«, gab sie zu.

»Was lässt dich denn zweifeln?«

»Ich weiß es nicht.«

»Willst du meine ehrliche Meinung hören?«

»Klar.«

»Du hattest schon immer Probleme mit Veränderungen. Du hattest damals auch 'ne Menge Respekt vor deinem Umzug nach Bayern. Wenn Hanni nicht mit zur Polizeihochschule gegangen wäre, hättest du bestimmt gekniffen.«

Mira holte tief Luft und wollte widersprechen, doch Leni ließ sie nicht zu Wort kommen. »Und jetzt bist du doch glücklich da und hast es nie bereut, oder?«

»Ja, schon, aber …«

»Du warst schon als Kind so. Selbst die Reitstunde hast du geschwänzt, wenn dein gewohntes Pferd nicht frei war.«

Mira seufzte. »Ich finde, du übertreibst.«

»Möglich. Aber du liebst Nils und er dich ja anscheinend auch. Klar kann man darüber diskutieren, ob man nun früher oder später zusammenzuziehen möchte. Aber du wirst immer für später sein, weil du ein Schisser bist.«

»Schon gut, schon gut«, wehrte Mira lachend ab. »So ehrlich musst du jetzt auch wieder nicht sein!«

In diesem Moment drang ein Maunzen aus dem Flur. Fips hatte anscheinend aufgegessen und wollte noch ein bisschen frische Luft schnappen.

»Eine Mission habe ich aber noch, bevor ich umziehe«, sagte Mira kryptisch.

»So? welche denn?«

»Verrate ich dir ein andermal. Ich muss jetzt los. Tschüss, Leni!«

Mira schlüpfte in ihre Schuhe, öffnete die Wohnungstür und folgte dem kleinen Kater die Treppe hinunter. Kaum traten sie ins Freie, musste sie sich beeilen, um mit ihm Schritt zu halten. Fips flitzte die Straße entlang, sodass Mira sich nicht sicher war, ob er sie abhängen oder direkt zu seinem Zuhause führen wollte. Leider bog er von der Lisztstraße aus nicht auf eines der angrenzenden Privatgrundstücke ab, wie Mira vermutet hatte. Stattdessen sauste er am Ende der Straße in Richtung von Richard Wagners Grab, um kurz vorher über den Hans-Rollwagen-Weg in den Hofgarten zu huschen. Dort schnupperte er ein bisschen an verschiedenen Grashalmen, kratzte an einem Baum herum, strich einem älteren Herrn, der auf einer Bank saß, um die Füße und legte sich schließlich mit einer Ente an, die um einiges größer war als er.

Mira folgte ihm in einigem Abstand quer durch den Park. Sie war sich nicht sicher, ob dem Kater noch bewusst war, dass sie ihm nachlief. Jedenfalls würdigte er sie bei seinen Abenteuern keines Blickes. Mit erhobenem Schwanz stolzierte er auf das Neue Schloss zu. Beim Amphitritebrunnen machte er halt und versuchte in einem wackligen Balanceakt, aus dem Becken zu trinken. Die Wasseroberfläche lag jedoch so tief unten, dass er nicht recht rankam, und nach Miras Meinung sah das Wasser auch nicht unbedingt appetitlich aus. Ihr Blick wanderte zu der Figur in der Mitte des Beckens.

Neptuns steinerne Gattin Amphitrite war zusammen mit zweiunddreißig weiteren Figuren von Markgräfin Wilhelmine in Auftrag gegeben worden, nachdem sie das Ensemble »Neptuns Triumph« im Wasserbassin des Lustgartens vor dem Potsdamer Stadtschloss gesehen hatte. Dieser zweite

Triumphzug des Meeresgottes stand jedoch unter einem schlechten Stern. Denn das Bayreuther Ensemble wurde nie fertiggestellt. Markgräfin Wilhelmine verstarb, und ihr Mann und ihre Tochter hatten kein Interesse am Siegeszug des Neptun. Die bis zu Wilhelmines Tod gefertigten Figuren waren nun verteilt im Hofgarten und dem Schlossgarten Phantasie im nahe gelegenen Eckersdorf zu finden.

Mira liebte alte Bauwerke und Skulpturen. Womöglich war sie deshalb im markgräflichen Bayreuth heimisch geworden?

Eine Taube landete auf Amphitrites Kopf, und Mira sah sich nach Fips um. Wo steckte der kleine Kater denn plötzlich? Er war verschwunden. Na wunderbar!

15

Der Maxplatz im Herzen Bambergs war kaum wiederzuerkennen. Neben einer großen Bühne und verschiedenen Ständen mit Speisen und Getränken waren auch zahlreiche Bierbänke aufgestellt worden. Die rauchigen Töne der Bluessängerin, die gerade mit ihrer Band auftrat, drangen in die umliegenden Straßen und Gässchen und waren auch weit um den Maxplatz herum zu hören. So hatte die Musik Mira und Nils quasi schon vom Parkplatz aus in die richtige Richtung gelockt.

Obwohl es noch früher Abend war, waren bereits alle Biertische besetzt. Doch eine Gruppe Jugendlicher war so nett, etwas zusammenzurücken, damit Mira und Nils auch noch Platz fanden. Wenig später hatte Nils ihnen zwei Radler besorgt. Die Sonne schien, als wolle sie das trübe Wetter der vergangenen beiden Tage wieder ausgleichen. Was für ein wunderbarer Sommertag!

Die Sitzplätze, die sie ergattert hatten, waren ein ganzes Stück von der Bühne entfernt. Anfänglich reckte Mira immer wieder den Hals, um ein paar Blicke auf die Band zu erhaschen. Schließlich machte sie es sich jedoch lieber bequem, lehnte sich an Nils und genoss die Musik und das Festivalflair.

»Na, habe ich zu viel versprochen?«, fragte er.

»Ganz und gar nicht. Es ist wirklich toll hier.« Lächelnd gab sie ihm einen flüchtigen Kuss auf die Lippen. Dann ließ sie ihren Blick über den Platz schweifen. Das Publikum war bunt gemischt, jung und alt, schick und leger, Leute, die aussahen wie typische Festivalbesucher, und solche, die wirkten, als wären sie eher von Bier und Bratwürsten angelockt worden als von den Jazz- und Bluesbands. Mira gefiel dieses bunte Treiben. Sie fühlte sich pudelwohl. Zufrieden wippte sie im Takt der Musik mit.

Nachdem sie ihr Bier getrunken hatten, ging Mira zum Getränkestand, um die Krüge zurückzubringen und jedem ein Spezi zu holen. Als sie mit den beiden Flaschen zu Nils zurückkam, hielt sie überrascht inne. Ein paar Tische weiter saß doch tatsächlich Karl-Heinz Märker.

Mira rutschte auf die Bank und flüsterte Nils ihre Entdeckung zu. Der drehte sich sogleich um und hielt Ausschau nach Märker. Tadelnd stupste sie ihn in die Seite. »Nicht so auffällig!«

Nils lachte nur und trank einen Schluck Cola-Mix. Die Sonne brannte noch immer heiß vom Himmel. Bestimmt machten die Getränkestände hier heute ordentlich Umsatz.

Mira wechselte auf die andere Seite des Biertisches. So hatte sie die Bühne zwar im Rücken, aber dafür eine ziemlich gute Sicht auf Märker. Wie es aussah, hatte er seine ganze Familie dabei, bis auf seinen Nachwuchs. Mira meinte sich zu erinnern, dass er einen Sohn im Teenageralter hatte. Von dem war nichts zu sehen. Märker gegenüber saß seine Frau, die das blonde, glatte Haar zu einem hohen Pferdeschwanz zusammengebunden hatte, neben ihm eine ältere Dame mit rötlich gefärbten kurzen Haaren. Sie saß ganz nah bei ihm, hatte sich sogar bei ihm untergehakt, als wollte sie mit ihm schunkeln, und tätschelte immer wieder seinen Arm. Das musste dann wohl seine Mutter sein. Und dann war da noch ein Mann, der gewisse Ähnlichkeit mit Märker hatte. Ein jüngerer Bruder vielleicht?

»Du verhältst dich übrigens auch nicht besonders unauffällig«, stichelte Nils nach einiger Zeit.

Mira wandte ertappt ihren Blick ab und konzentrierte sich wieder auf ihn. »Du hast recht. Ich bin nur so überrascht.«

»Märker stammt aus der Nähe von Bamberg.«

»Ja, ich weiß. Aber mich überrascht nicht in erster Linie, dass er hier ist, sondern das Drumherum«, erklärte Mira. »Ihn im Kreis seiner Familie zu sehen ist so idyllisch und süß irgendwie, das passt gar nicht zu dem Bild, das ich bisher von ihm hatte.«

»Du findest den Märker süß? Ich glaube, jemand hat dir etwas ins Getränk getan.«

»Du weißt genau, wie ich es meine. Guck doch mal, seine Mutter scheint richtig vernarrt in ihn zu sein.«

Nils blickte sich noch einmal kurz um, zum Glück unauffälliger als zuvor. »Stimmt. Na ja, vielleicht ist er ein Familienmensch. Wäre doch schön.«

Mira nickte. Vielleicht musste sie ihre Meinung über Karl-Heinz Märker noch einmal überdenken.

Karl-Heinz Märker sah sich verstohlen um. Allmählich wurde es schmerzhaft, das falsche Grinsen in seinem Gesicht aufrechtzuerhalten. Sein Sohn Benni hatte das einzig Richtige getan, indem er ihnen einen Korb für dieses Trara hier gegeben hatte.

»Leck mich, Alter«, hatte der Rotzlöffel frech entgegnet. Das war natürlich nicht die feine englische Art und hatte ihm ein bisschen Gekeife von Claudia eingebracht. Aber er konnte es ihm nicht verdenken. Seinem Bruder hätte Märker nämlich am liebsten genau das Gleiche gesagt.

Er warf Thomas einen Seitenblick zu. Der hatte das raffiniert eingefädelt, das musste man ihm lassen. Dieses Treffen hier auf dem Festival einfach mit seiner Frau statt mit ihm zu vereinbaren. Da würde Märker in Zukunft gegensteuern müssen. Das konnte er nämlich nicht auch noch brauchen, dass Claudia und Thomas eine Allianz gegen ihn bildeten. Die beiden waren einzeln schon anstrengend genug. Vielleicht konnte er ihr irgendeine Geschichte über ihn auftischen, die sie abstieß und von weiterem Kontakt zu seinem Bruder abhielt. Irgendetwas würde ihm da schon einfallen. Er war mit wesentlich mächtigeren Gegnern fertiggeworden.

Himmel hilf, jetzt fing seine Mama auch noch an zu schunkeln. Er spürte, wie er sich unwillkürlich versteifte. Er war eben kein Schunkeltyp, war er nie gewesen. Doch seine Mutter störte es anscheinend nicht im Geringsten, dass ihre Bewegungen im wahrsten Sinne des Wortes an ihm abprallten. Er blickte sie an und versuchte dabei mit Mühe, nicht genervt auszusehen. Es gelang ihm wohl ganz gut, so selig, wie sie grinste.

Er leerte den Rest seines Bieres in einem Zug. Puh, gab es hier auch etwas Stärkeres? Er könnte einen Schnaps vertragen, vor allem wenn er daran dachte, dass er wohl noch einige Zeit hier ausharren musste. Suchend sah er sich nach einer Cocktailbar oder Ähnlichem um. Dabei begegnete er dem Blick einer jungen Frau, die ihn wohl gerade intensiv angesehen hatte und sich nun rasch abwandte. Sie kam ihm vage bekannt vor. Hübsch sah sie aus mit ihren dunklen, kinnlangen Haaren und dem roten Lippenstift. Woher kannte er sie nur? Gerade wollte er es riskieren, ihr zuzuzwinkern, da fiel es ihm siedend heiß ein: Das war doch diese Kommissarin! Verdammt, beinahe hätte er sich in die Nesseln gesetzt.

Na, die hatte ihm gerade noch gefehlt. Er ließ sein Grinsen etwas breiter werden, obwohl es in seinen Wangen schmerzte, und prostete ihr mit seinem leider leeren Krug zu. Dann lächelte er nahtlos weiter in Richtung seiner Frau, die ihn irritiert anschaute, und streichelte seiner Mutter über den Rücken.

Gut, dass die Anwesenheit der Kommissarin ihn daran erinnert hatte, dass sicherlich auch jede Menge Bayreuther hier waren. Er war immerhin im Wahlkampf.

16

Außer von Nils hatte Mira am Wochenende von keinem der Kolleginnen und Kollegen irgendetwas gehört. Und nun, am Montagmorgen, bestätigte sich leider, dass es im Fall der vergifteten Stadträte nicht viel Neues gab. Der Netzbetreiber hatte ihnen die Infos zur Nummer der Krapfenkäuferin geschickt, doch leider enthielten sie nicht wie erhofft einen Namen. Die Nummer gehörte zu einer alten Prepaidkarte. Gemäß dem Einzelverbindungsnachweis wurde sie erst seit Kurzem verwendet, und das äußerst sporadisch. Es war stets nur eine einzige Nummer angerufen worden, die – wie sollte es auch anders sein – ebenfalls zu einem Prepaidhandy gehörte.

Sylvia berichtete, dass ihr Team und sie alle Fingerabdrücke bis auf zwei hatten zuordnen können. Das war super, brachte sie aber gerade auch nicht wirklich weiter. Denn im System waren sie natürlich nicht, das wäre ja auch zu schön gewesen. Mira legte die Unterlagen zur Seite.

Da schob Philipp plötzlich seinen Kopf in ihr Blickfeld. »Alles klar?«, fragte er.

Mira sah ihn überrascht an, sie hatte völlig ausgeblendet, dass er ihr nun gegenübersaß. Sie fasste zusammen, dass sie im Grunde keinen Schritt weiter waren als am Freitagabend, und bemerkte, wie sehr sie das frustrierte. Wenigstens hatte sie am Morgen die Schule erreicht, die Marvin Bierhoff ihr genannt hatte, und seine Geschichte verifizieren können.

Während sie sich so unterhielten, musste Mira feststellen, dass es schön war, nicht mehr allein im Büro zu sitzen. Sie sah sich gern als Einzelgängerin, als Frau, die auf sich allein gestellt gut klarkam. Doch vielleicht war das nur die halbe Wahrheit.

Ohne zu klopfen, wie es seine Art war, kam Nils zur Tür

herein. »Guten Morgen, ihr beiden«, sagte er, obwohl sie heute gemeinsam aufgewacht waren. Seine diplomatische Begrüßung brachte Mira zum Lächeln, auch wenn die Formulierung sie daran erinnerte, dass sie den Kollegen endlich reinen Wein einschenken sollten. »Karl-Heinz Märker hat gerade angerufen«, erzählte er.

Meine Güte, der Typ verfolgte sie ja schon regelrecht. »Was will der denn schon wieder?«

»Jemand hat sein Auto demoliert.«

»Dafür sind wir doch aber gar nicht zuständig, oder?«, warf Philipp ein.

Mira nickte.

»Wahrscheinlich denkt er, dass er, weil er wegen dieser Vergiftungssache nun meine Nummer hat, sie auch dauerhaft nutzen kann. Keine Ahnung«, überlegte Nils laut. »Ich wollte auch erst eine Streife hinschicken. Aber nachdem er mir erklärt hatte, was genau vorgefallen war, denke ich, dass wir es ausnahmsweise übernehmen sollten.«

Mira schaute Nils fragend an.

»Es geht um seinen Porsche.«

Philipp war anzusehen, wie sehr ihn dieser Satz irritierte.

»Und wir sind jetzt die Schutzpolizei für Edelkarossen?«, wunderte sich auch Mira. »Ab einem bestimmten Fahrzeugwert ist nun die Kripo zuständig, oder was?«

Nils winkte ab. »Quatsch, lass mich doch erst mal ausreden. Es geht hier nicht darum, dass der Wagen viel gekostet hat. Sondern darum, dass das Auto nicht zu den umweltfreundlichsten Exemplaren gehört. Und die ›Demolierung‹, wie Märker es nannte, besteht darin, dass jemand mit Sprühfarbe ›Umweltsau‹ auf die Motorhaube geschrieben hat.«

»Oha«, murmelte Philipp, und Mira pfiff durch die Zähne.

»Du vermutest einen Zusammenhang mit dem Anschlag auf die Stadtratssitzung.«

»Genau«, bestätigte Nils. »Es kann natürlich auch jemand anderes gewesen sein. Wir wissen alle, dass Märker in der

Vergangenheit bei Umweltthemen schon öfter mal angeeckt ist. Außerdem befindet er sich gerade auf einer regionalen Klimakonferenz. Wäre ich Aktivist, würde ich mir auch ein solches Event für die Aktion aussuchen. Trotzdem denke ich, dass wir uns das ansehen sollten.«

Sein Blick wanderte zu Philipps bandagiertem Fuß, den dieser, wann immer er konnte, auf seinem Rollcontainer hochlegte. »Du bleibst lieber hier. Märkers Tagung ist im Hotel am Fichtelsee. Das Gelände dort ist etwas uneben, da tust du dir mit deiner Verletzung keinen Gefallen.« Er ignorierte Philipps unzufriedenen Gesichtsausdruck und wandte sich an Mira. »Nimm doch stattdessen jemanden von der Kriminaltechnik mit. Wenn es wirklich dieselbe Täterin war, bekommen wir vielleicht einen übereinstimmenden Fingerabdruck.«

Sylvia ließ sich nicht lange bitten. Kaum hatte sie gehört, worum es ging, war sie schon Feuer und Flamme für diesen Auftrag. »Umweltsau!«, rief sie lachend. »Hochpoetisch ist das ja nicht, aber das muss ich sehen!«

Sie nahmen einen freien Dienstwagen und rollten gut gelaunt vom Hof der Kriminalpolizei in der Ludwig-Thoma-Straße. Doch schon nach wenigen Kilometern war Mira sich nicht mehr so sicher, ob es eine gute Idee gewesen war, Sylvia mitzunehmen. Sie war eine anstrengende Beifahrerin, da sie einen beträchtlichen Teil von Miras Aufmerksamkeit in Anspruch nahm. Zwar redete sie die meiste Zeit selbst, aber sie legte größten Wert darauf, dass Mira an den richtigen Stellen eine Reaktion zeigte und sich durch den lästigen Straßenverkehr nicht zu sehr ablenken ließ.

»Ach, ich plappere und plappere, dabei bist du ja die mit den interessanten Neuigkeiten, wie ich höre!«, unterbrach sie sich schließlich selbst.

»Ich?«, fragte Mira ehrlich verblüfft. »Wovon redest du?«

»Es gibt da so ein Gerücht über eine neue Liebschaft in

der Dienststelle.« Sylvia lehnte sich über die Mittelkonsole und knuffte sie vertraulich in die Seite.

Mira schluckte trocken. Verdammt! Genau so ein Getratsche hatte sie befürchtet. Nils und sie hätten ihre Beziehung längst offiziell machen sollen. Anscheinend war es ihnen ohnehin anzumerken, und ihr Verhalten hatte die Gerüchteküche angeheizt.

»Na, das nenne ich ein ertapptes Gesicht!«, rief Sylvia. »Dann stimmt es also?«

»Ähm, ja, ich denke schon«, antwortete Mira stockend.

»Du musst nicht gleich rot werden.« Sylvia kicherte. »Ein schönes Paar gebt ihr ab, das muss ich euch lassen. Obwohl es mich schon überrascht hat. Ich dachte ja immer, du hättest eher ein Faible für deinen Chef.«

»Was?« Mira stutzte. »Moment, was?«

»Wie habt ihr euch überhaupt näher kennengelernt? Beruflich gibt es ja so gut wie keine Überschneidungen bei Raffael und dir.«

Mira war heilfroh, dass sie endlich ihr Ziel erreichten und sie den Wagen stoppen konnte. Sie hatte das Gefühl, die Kombination aus Autofahren und diesem verwirrenden Gespräch keine Minute länger meistern zu können. Offenbar war sie alles andere als multitaskingfähig. Der Wagen hielt etwas abrupt. Mira zog den Schlüssel ab und drehte sich dann aufgebracht zu Sylvia. »Worüber, zum Teufel, sprichst du eigentlich?«

»Na, von deinem Flirt mit Raffael Meier. Guido hat mir davon erzählt.«

Mira erinnerte sich vage daran, dass Guido Haferl sie aufgezogen hatte, weil er meinte, sie habe den Kollegen durch das Fenster hindurch angestarrt. »So ein Holzkopf!«, zischte sie fassungslos.

»Ist doch nicht schlimm«, meinte Sylvia in beruhigendem Tonfall. »Meine Mutter sagte zwar immer, auf der Arbeit und in der Kirche sind die Männer tabu, aber ihr seid ja nicht einmal in derselben Abteilung.«

Oh Gott, konnte dieses Gespräch noch schlimmer werden? Mira wusste gar nicht, wo sie mit ihrer Richtigstellung anfangen sollte.

Da klopfte jemand an ihre Scheibe. Erschrocken fuhr sie herum und blickte in das Gesicht von Karl-Heinz Märker. Die Haare standen ihm zu Berge, und seine Wangen waren gerötet. Er musste sich ganz schön über die »Umweltsau« aufgeregt haben. Und trotzdem war Mira zum ersten Mal froh, ihn zu sehen. Nichts wie raus aus diesem Auto.

17

»Guten Tag, Herr Märker.«

Er schnaubte und fasste sich an die Krawatte, die er bereits vor ihrem Eintreffen gelockert hatte und die kraftlos und schief um seinen Hals hing. »Das ist kein guter Tag, ganz und gar nicht.«

»Ich verstehe, dass Sie aufgebracht sind. Doch nun schildern Sie mir bitte erst einmal, was passiert ist.«

»Weg von dem Auto bitte«, trompetete Sylvia und trat mit ihrem SpuSi-Koffer in der Hand energisch einer Gruppe von Menschen entgegen, die sich auf dem Parkplatz des Hotels versammelt hatten. Es waren überwiegend Männer in Anzügen, also vermutlich Teilnehmer der Konferenz, die Nils erwähnt hatte. Aber auch ein paar Touristen mit Shorts und Sonnenbrillen und ein Mädchen im Badeanzug und nassen Haaren hatten sich daruntergemischt. Die Neugier verband die ungleichen Leute zu einem gaffenden Grüppchen.

»Ich bin erneut Opfer eines Anschlags geworden!« Märker sah ehrlich mitgenommen aus, obwohl niemand Hand an ihn gelegt hatte und es nur um sein Auto ging. Der Täter hatte also möglicherweise ganz genau gewusst, wie er Märker treffen konnte. Oder man hatte es ein weiteres Mal gar nicht auf ihn persönlich abgesehen, sondern darauf, Aufmerksamkeit zu erregen.

»Zunächst einmal: Warum sind Sie hier?«, wollte Mira wissen.

»Im Hotel findet heute eine regionale Klimatagung statt. Oberbürgermeister Detlef Höllrigl ist noch immer krank und hat mich daher gebeten, ihn hier zu vertreten. Was ich gerne tue, denn auch mir liegt ein tragfähiger Klimaschutzplan für die Stadt Bayreuth und den ganzen Landkreis am Herzen. Wir müssen uns den bevorstehenden Herausforderungen stellen und uns wappnen, damit die Bayreuther Bürger geschützt sind. Versäumnisse der Vergangenheit dürfen keine Ausrede sein für Probleme in der Zukunft.«

Mira blinzelte kurz. Wow, das hatte der Märker aber schön auswendig gelernt. »Schon klar. Sie saßen also in dieser Tagung im Hotel.«

Märker nickte.

»Und dann?«

»Dann hat jemand vom Hotelpersonal geklopft und gefragt, wem der Porsche gehört. Von Vandalismus war die Rede.«

»Verstehe. Sie haben daraufhin den Konferenzraum verlassen, um sich die Sache anzusehen, nehme ich an.«

»Ja, eine Riesensauerei ist das!«, ereiferte er sich.

Sie gingen gemeinsam zum Wagen. Die Schaulustigen waren inzwischen eher mehr als weniger geworden. Aber Sylvia hatte es geschafft, dass sie in gebührendem Abstand zum Wagen standen und sie in Ruhe arbeiten ließen.

Mira verstand nicht viel von Autos. Wäre kein Porsche, sondern ein hübsches Motorrad betroffen gewesen, hätte sie die technischen Daten dazu vermutlich auf Anhieb parat gehabt. Kurz überlegte sie, wie sie wohl reagiert hätte, wenn ihre Ducati so »verschönert« worden wäre, und konnte auf einmal ein bisschen besser verstehen, warum Märker so aus dem Häuschen war.

Der niedrige weiße Sportwagen hockte wie eine Kröte zwischen einem anderen Fahrzeug und der Traube an Menschen, die Sylvia interessiert bei der Spurensicherung beobachtete. Mira konnte sich gut vorstellen, dass er während der Fahrt förmlich am Asphalt klebte.

Quer über die Motorhaube hatte jemand mit schwarzer Sprühfarbe »Umweltsau« geschrieben. Doch damit nicht genug. Die Seitentür und der Kotflügel waren mit wildem Zickzack beschmiert. Mira ging ein paar Schritte, um auch die andere Fahrzeugseite sehen zu können und sich ein vollständiges Bild zu machen. Tatsächlich, der Wagen war rundherum vollgesprüht worden. Da war wohl eine komplette Neulackierung fällig.

»Hat jemand von Ihnen etwas Verdächtiges gesehen?«, fragte sie die Schaulustigen. Einige schüttelten die Köpfe, ein paar blickten Mira erschrocken an, als hätten sie nicht damit gerechnet, angesprochen zu werden und eine andere Rolle als die des Zuschauers spielen zu müssen. »Wir werden im Hotel einen Aushang machen mit einer Nummer, an die die Gäste sich wenden können, falls jemand irgendetwas gesehen hat, das uns weiterhelfen könnte«, murmelte sie an Märker gewandt.

»Tun Sie das. Das darf nicht unbestraft bleiben. Ich lasse mich doch nicht einfach so schikanieren!«

Ein Auto fuhr auf den Parkplatz des Hotels und blieb direkt neben Mira und Märker stehen. Auf der Fahrerseite stieg eine junge Frau aus, die einen Schreibblock in der Hand hatte, rechts ein Mann mit Fotoapparat. Die Presse war da.

Märker straffte sich sofort und ging auf die Frau zu, die er bereits zu kennen schien. Mira betrachtete nachdenklich den verschmierten Porsche. Ob Sylvia Nils' Wunsch nach übereinstimmenden Fingerabdrücken erfüllen konnte? Falls nicht, wäre es ohne eine Zeugenaussage nahezu unmöglich, den Täter oder die Täterin zu finden.

»Mir liegt ein tragfähiger Klimaschutzplan am Herzen. Wir müssen uns wappnen, damit die Bayreuther Bürger geschützt sind. Versäumnisse der Vergangenheit dürfen keine Ausrede sein für Probleme in der Zukunft«, hörte sie Märker im Hintergrund schwadronieren. Mannomann.

Mit routinierten Blicken suchte Mira die Hauswand ab, das hölzerne Balkongeländer, das sich über die gesamte Seite des Hotelgebäudes erstreckte, und die Traufe darüber. Keine Überwachungskameras.

Sie drehte sich einmal um die eigene Achse. Der Fichtelsee lag vor dem Hotel wie ein Teppich. Der Eindruck ergab sich vor allem dadurch, dass der Außenbereich des zum Hotel gehörenden Restaurants auf Pfählen über dem Wasser thronte. Eine große Holzbrücke führte zum gegenüberliegenden Ufer. Der Parkplatz wurde auf der einen Seite durch das Hotel selbst begrenzt, auf der anderen durch den See, der ihn mit einer bauchigen Kurve teilweise umschloss. Dort erblickte Mira zwischen den Bäumen einige Badegäste. Wenn sie es durch die Äste hindurch richtig sah, gab es in der Bucht sogar einen kleinen Strand. Allerdings fühlte man sich hier nicht wie am Mittelmeer, sondern eher wie an einem Gebirgssee. Denn der Fichtelsee lag mitten im Wald zwischen zwei Bergen. Nun war das Fichtelgebirge mit seinen bis zu tausend Meter hohen Gipfeln nicht riesig, doch für ein herrliches Ambiente reichte es allemal. Dazu passte auch wunderbar das rustikale Flair des Hotels.

Da fiel Mira eine junge Frau auf. Sie stand ein gutes Stück entfernt und beobachtete den Trubel, den die Umweltsau-Aktion verursacht hatte. Beinahe hätte Mira sie zwischen den Bäumen gar nicht gesehen. Doch nun hatte sie sie entdeckt, und Mira kam nicht umhin, festzustellen, dass sie einen verdammt kurzen Pony hatte!

Märker war anscheinend doch nicht voll und ganz auf seine Selbstdarstellung gegenüber der Reporterin konzentriert, denn er folgte neugierig Miras Blick. »Ist sie das?«, rief er aufgebracht. »Ist sie das?« Fragend schaute er zwischen Mira und der Fremden hin und her.

Die wandte sich plötzlich ab und verschwand aus ihrem Sichtfeld. Mira setzte ihr nach, und auch Märker ließ die verdutzte Reporterin stehen und rannte los.

Er reckte die geballte Faust in die Höhe. »Bleib stehn! Ich bring dich um!«, brüllte er der jungen Frau nach.

Meine Güte. Mira musste zusehen, dass sie sie vor dem wild gewordenen Politiker in die Finger bekam. Schnell flitzte sie um die Hausecke des Hotels. Als sie die Fremde wieder erspähte, war diese in einen flotten Laufschritt verfallen. Mira hörte Märker hinter sich poltern. Mit bangem Gesichtsausdruck drehte sich die junge Frau zu ihnen um. Die Optik, ihr komisches Verhalten und die Tatsache, dass sie hier herumlungerte, ließen keinen Zweifel. Das musste die Krapfenkäuferin sein, die sie schon seit Tagen suchten!

Als die Frau sah, dass Mira und Märker die Verfolgung aufgenommen hatten, wurde aus dem Laufschritt ein Sprint. Ob Mira da mithalten konnte? Sie musste es zumindest versuchen.

18

Fuck! Sie wäre besser gleich abgehauen, nachdem sie Märkers
Auto aufgehübscht hatte. Aber irgendwie hatte sie sehen wollen, was passierte. Hatte dabei sein wollen, wenn die Leute
es bemerkten, wenn er es bemerkte. Und mein Gott, wie er
ausgerastet war! Natürlich hatte sie erwartet, dass ihn die
Aktion treffen würde, das war ja auch der Sinn der Sache gewesen. Dass er so ausflippen würde, hatte sie allerdings nicht
gedacht. Wie Rumpelstilzchen war er vor dem Wagen herum-
gesprungen, hatte sich die Haare gerauft, als wollte er sie sich
ausreißen. Und gebrüllt hatte er, beinahe unheimlich war das
gewesen. Aber dass ihm die Karre so wichtig war, zeigte nur,
dass sie das Richtige getan hatte. Nicht Autos waren schüt-
zenswert, sondern die Natur. Die Menschen rannten schon
so lange ihren falschen Idealen hinterher, es wurde höchste
Zeit, sie auszubremsen. Man musste die Leute wachrütteln,
erst recht die, die Entscheidungen trafen.

   Märker konnte brüllen und toben, so viel er wollte, sie
würde sich nicht von ihm einschüchtern lassen. Sie bereute
es nicht, seinen Wagen besprüht zu haben, nicht im Geringsten. Er war ein Ewiggestriger, der womöglich bald schon
Bürgermeister sein würde. Und diese Kombination gefiel
ihr überhaupt nicht. Das sollte ihr mal einer vorwerfen. Sie
tat wenigstens etwas, hockte nicht nur herum und jammerte
darüber, dass die Welt den Bach runterging. Und wenn die
Leute jetzt noch immer nicht begriffen hatten, dass es schon
fast zu spät war, den Kurs zu ändern, dann musste man das
Steuer eben mit unkonventionellen Mitteln herumreißen.
Zum Glück war sie direkt in der Früh dort gewesen. Ansonsten wäre es ihr wahrscheinlich gar nicht gelungen, das
Auto unbemerkt zu besprühen. Ja, sie hätte sich sofort dünn-
machen sollen. Aber hinterher war man immer schlauer.

Sie rannte, so schnell sie konnte, in den Wald hinein. Der Weg führte leicht bergauf an einem Spielplatz vorbei. Ein paar Kinder kreuzten ihren Weg und sprangen zur Seite wie aufgescheuchte Rehe. Hinter sich hörte sie die Schritte dieser Frau, vermutlich eine Polizistin, auch wenn sie keine Uniform trug. Märker würde sie nicht erwischen, da war sie sich sicher. Der war viel zu langsam, ging höchstens mal gemächlich ein paar Schritte über den Golfplatz oder vom Auto in die Wirtschaft.

Sie warf einen hastigen Blick über die Schulter. Tatsächlich, schon jetzt war nichts mehr von ihm zu sehen. Aber die Frau wirkte sportlich, die würde sie nicht so leicht abschütteln können.

»Polizei!«, rief sie nun. Ihre Stimme war fest, und kurzatmig war sie auch noch nicht. »Bleiben Sie stehen!«

Pah, ganz sicher nicht!

Sie legte noch einen Zahn zu. Vor sich sah sie den Waldweg, lang und gerade. Schlecht für eine Flucht, doch gut, um richtig Gas zu geben. Sie musste mehr Abstand zu ihrer Verfolgerin gewinnen. Dann würde es ihr auch gelingen, die Frau abzuhängen, sobald sie irgendwo abbiegen oder sich verstecken konnte.

Wurzeln wanden sich über den Boden wie Schlangen. Sie achtete konzentriert auf ihre Schritte. Wenn sie jetzt stolperte, würde diese Verfolgung schneller, als ihr lieb war, ein jähes Ende finden.

Sie war eine gute Läuferin. Sie musste einfach nur Ruhe bewahren und auf ihre Atmung achten. Wieder hatte sie Märkers wutverzerrtes Gesicht vor Augen und musste trotz des anstrengenden Sprints lächeln. Nach dem Krapfenanschlag hätte sie beinahe hingeschmissen. Dass eine Sitzungsteilnehmerin ins Krankenhaus eingeliefert werden musste, hatte sie nicht gewollt. Doch die Aktion heute war gut gelaufen und mehr nach ihrem Geschmack. Zumindest für den Moment schwiegen ihre Zweifel, und sie war froh, dass sie sich zum Weitermachen hatte überreden lassen.

Sie hatte ihren Rhythmus gefunden. Obwohl sie im Flow war, konnte sie diesen Lauf nicht genießen, so abgebrüht war sie dann doch nicht. Erneut blickte sie sich um und stellte beruhigt fest, dass der Abstand sich deutlich vergrößert hatte. Sie kam an eine Kreuzung von Wanderwegen und hielt sich rechts. Zwar ging es hier wieder bergauf, doch der Weg war gut befestigt, sodass sie nicht mehr so sehr auf ihre Schritte achten musste, sondern sich auf die Geschwindigkeit konzentrieren konnte. Die Steigung brachte sie zum Schnaufen, doch zum Glück wurde es mit der nächsten Linkskurve wieder flacher. Ein prüfender Blick nach hinten zeigte, dass die Steigung ihrer Verfolgerin mehr zugesetzt hatte als ihr.

Der Weg blieb breit und fest, doch wand er sich in Kurven durch den Wald, weshalb man hier nicht mehr weit sehen konnte. Zu beiden Seiten standen junge Fichten. Die vielen kleinen Bäume bildeten ein willkommenes Dickicht. Das war ihre Chance.

Nach der nächsten Kurve preschte sie zwischen den Fichten hindurch in den Wald hinein, jedoch nur so weit, dass sie sich gut versteckt fühlte. Obwohl es ihr schwerfiel und ihr Fluchtinstinkt sie weitertreiben wollte, stoppte sie und kauerte sich zwischen den eng stehenden Fichten auf den Waldboden, damit keine sich bewegenden Äste sie verraten würden. Mit angehaltenem Atem lauschte sie. Die Schritte ihrer Verfolgerin knirschten über den nahen Weg. Sie meinte, eine kurze Unregelmäßigkeit zu hören, ein Stolpern oder Zögern. Wahrscheinlich fiel der Polizistin gerade auf, dass sie weg war.

Das Knirschen klang ganz nah. Vielleicht hätte sie doch weiter wegrennen sollen, ehe sie sich versteckte. Angespannt hielt sie sich die Hände vor den Mund und atmete ganz vorsichtig und flach.

Da nahmen die Schritte wieder Tempo auf und entfernten sich, jedoch nur, um nach einer kurzen Weile wieder zurückzukehren.

Verdammt, die Polizistin wusste anscheinend ganz genau, dass sie hier irgendwo hockte!

Sie wurde ganz starr vor Schreck, als sie hörte, wie ihre Verfolgerin nur wenige Meter von ihrem Versteck entfernt in den Wald hineinstapfte. Sie schloss die Augen und verharrte laut- und bewegungslos im Dickicht. Ihr Handy drückte unangenehm in ihrer Hosentasche, doch sie versuchte, das auszublenden, dachte zur Ablenkung an ihre nächsten Schritte. Sie musste nur ruhig bleiben und diese Frau loswerden. Dann würde sie in einem großen Bogen zu ihrem Auto zurückkehren und endgültig die Biege machen.

Und natürlich würde sie telefonieren. Sie freute sich darauf, ihn anzurufen. Er würde stolz auf sie sein.

19

Der Waldboden dämpfte Miras Sturz, doch sie schürfte sich bei der unsanften Landung die Hand auf. Hastig rappelte sie sich hoch und sah sich suchend nach der Flüchtigen um. Verdammt, wo hatte die sich nur versteckt? Sie konnte ihr in der kurzen Zeit doch noch nicht weggelaufen sein!

Mira stolperte weiter. Hätte sie geahnt, dass sie heute noch eine Verfolgungsjagd durch den Wald würde bestreiten müssen, hätte sie sich Sneakers statt Sandalen angezogen!

Ihr linker Handballen brannte schmerzhaft. Sie strich mit der rechten Hand darüber, um ihn grob zu säubern. Niedrige Sträucher kratzten über ihre nackten Waden. Auch die Capri-Jeans erwiesen sich in dieser Situation als suboptimal.

Mira hätte vor Ärger am liebsten laut geflucht. Auf dem breiten Weg war es so gut gelaufen. Sie war sich sicher gewesen, die junge Frau über kurz oder lang zu erwischen. Hier, mitten im Wald, hatte sich das Blatt allerdings gewendet. Sie kam sich plötzlich vor wie ein angeschossener Hase, der jämmerlich durch das Gestrüpp hoppelte und kaum vorwärtskam. Außerdem nahmen die vielen jungen Fichten ihr die Sicht. Eng aneinandergedrängt bildeten sie nahezu undurchdringliche Wälle.

Schließlich erreichte sie einen Holzstoß. Mira lehnte sich erschöpft dagegen und ließ sich auf einen der unteren Stämme sinken. Konzentriert ließ sie den Blick durch das Gelände schweifen auf der Suche nach der Flüchtigen oder wenigstens einer Bewegung. Doch die junge Frau war verschwunden. Enttäuscht keuchte Mira auf und rappelte sich wieder hoch. Sie zog ihr Handy aus der Tasche, während sie weiterhin angestrengt die Gegend absuchte. Zu allem Überfluss erinnerte sich Mira, dass die Frau schwarze Hosen und ein olivgrünes Shirt getragen hatte. Na wunderbar.

Sie informierte die Kollegen über die Flüchtige und gab eine Beschreibung ihres Aussehens durch. Im Wald konnte sie sich natürlich gut verstecken, aber irgendwann würde sie rauskommen müssen. Und dann würden sie sie hoffentlich fassen.

Frustriert stakste Mira durch das Dickicht zurück zum Weg. Es würde einige Minuten dauern, bis sie wieder am Fichtelsee ankam. Unwohl befühlte sie ihren Handballen. Der Schmerz hatte schon wieder nachgelassen, doch die Stelle sah rot aus und brannte noch immer. Vielleicht konnte sie die Wunde im Hotel kurz säubern, dann wäre es sicherlich bald wieder gut.

Immer wieder blieb sie stehen, drehte sich um die eigene Achse und hielt Ausschau nach der Flüchtigen, obwohl sie wusste, dass sie sie verloren hatte. Dabei war sie so nah dran gewesen!

Endlich kam das Hotel wieder in Sicht. Eine Gruppe junger Männer saß auf den rustikalen Holzbänken des Außenbereichs und ließ sich ein Weißwurstfrühstück schmecken. Einer stupste den anderen an, und bald starrten sie alle neugierig zu Mira herüber. Anscheinend hatte die Verfolgungsjagd Spuren hinterlassen.

»Huuhu!«, hörte sie Sylvia rufen, die sich ein paar Tische weiter niedergelassen hatte und Mira zuwinkte. Ihr Koffer stand neben ihr auf der Holzbank. Vor ihr auf der Tischplatte entdeckte Mira eine halb leere Flasche Apfelschorle.

Erschöpft tapste sie an den jungen Burschen vorbei und ließ sich Sylvia gegenüber auf die Bank fallen.

»Sie ist entkommen?«, fragte die Kollegin mit mitleidiger Miene.

Mira nickte seufzend.

»Hier, trink erst einmal etwas.« Sylvia schob ihr die Apfelschorle zu, die Mira dankend annahm.

»Komm mal her.« Sylvia beugte sich zu ihr herüber und begann, in Miras Haaren herumzuzupfen. Das Häufchen

Blätter und kleiner Zweige, das sie daraus zutage förderte, erklärte wohl die komischen Blicke, die Mira von den Männern nebenan geerntet hatte.

»Märker ist wieder in seiner Tagung?«, erkundigte sich Mira.

»Ich bin nicht sicher. Gerade war er noch mit der Reporterin beschäftigt und hat vor seinem vollgeschmierten Porsche für ein Foto posiert.«

Mira verdrehte die Augen, und Sylvia kicherte.

»Komm, lass uns fahren.« Mira stemmte sich hoch und schnappte nach Luft, als der Schmerz einsetzte. Sie hatte ihre aufgeschürfte Hand vergessen. Kritisch betrachtete sie die rote Stelle. Sie sah nicht schlimm aus. Mira würde sie doch erst in der Dienststelle säubern, denn sie hatte keine Lust, noch länger hierzubleiben.

»Ich bring noch schnell die Flasche zurück«, rief Sylvia, während Mira sich schon auf den Weg zum Auto machte.

Zwar erntete Märkers Porsche noch allerlei Grinser und Kopfschüttler von den Passanten, doch die Menschentraube von vorhin hatte sich inzwischen aufgelöst.

»He, hiergeblieben!«, hörte sie den Politiker in ihrem Rücken rufen, als sie gerade einsteigen wollte.

Bitte? Was schlug der denn ihr gegenüber für einen Ton an? Am liebsten hätte sie ihn einfach ignoriert und wäre davongefahren. Widerwillig drehte sie sich zu ihm um.

»Wo ist die Kleine? Hat sie das gemacht?«

»Sie ist entkommen. Kennen Sie sie?«

Er schnaubte abfällig. »Nein, aber die wird mich kennenlernen!«

»Reißen Sie sich zusammen!«

Märker funkelte Mira böse an. »Wie kann es sein, dass sie entkommen ist?«

Mira verkniff es sich, Märker daran zu erinnern, dass er selbst die Verfolgung schon nach wenigen Metern aufgegeben hatte. »Ich habe sie im Wald aus den Augen verloren.«

»Das darf doch nicht wahr sein!«, rief er und schlug mit der Hand auf das Autodach von Miras Dienstwagen. Sie warf ihm einen strafenden Blick zu, doch der prallte einfach an ihm ab. »Warum haben Sie nicht geschossen, Sie sind doch Polizistin!«

»Sie sollten sich mal etwas zurücknehmen. Ich schieße doch nicht einfach auf diese Frau. Sie steht unter Verdacht, Ihr Auto besprüht zu haben, aber erstens ist das nicht erwiesen, und zweitens rechtfertigt diese Situation in keiner Weise den Einsatz einer Waffe. Sind Sie von allen guten Geistern verlassen?« Sie bebte vor Zorn.

»Unfähig sind Sie, wahrscheinlich können Sie nicht einmal richtig schießen.«

»Diese Unterhaltung ist hiermit beendet.« Mira streckte die Hand zum Türgriff aus.

Sylvia war inzwischen auch am Auto angelangt. Mit großen Augen schaute sie von einem zum anderen.

»Ich bin noch nicht fertig mit Ihnen!«, rief Märker in aggressivem Tonfall und hielt Miras Tür zu.

Jetzt wurde es ihr aber wirklich zu bunt! Erbost schlug sie seine Hand zur Seite. »Sie können mich mal!«, zischte sie und stieg ein.

Sylvia beeilte sich, ebenfalls einzusteigen. Märker wich erst zurück, als sie ausparkte. Im Rückspiegel sah Mira, dass er ihr wütend nachstarrte.

»Soll ich fahren?«, fragte Sylvia vorsichtig. »Nicht dass du in deinem Groll noch irgendwo gegenfährst. Und dann könntest du auch deine Hand etwas schonen.«

Mira hatte nicht gesagt, dass sie sich verletzt hatte, doch wie so oft entging Sylvia nichts. Sie war nicht nur wegen ihrer Liebe zu Klatsch und Trasch immer topinformiert, sie war auch eine aufmerksame Beobachterin.

Mira nickte und hielt an. Hier auf dem schmalen Waldweg war das kein Problem. Die Gefahr, dass jemand kam, war gering, und falls doch, würde derjenige nicht allzu schnell sein.

Sylvia wirkte überrascht. Anscheinend hatte sie nicht damit gerechnet, dass Mira ihr Angebot annehmen würde. Sie wuselte geschäftig um das Auto herum und übernahm das Steuer. Mira sank in den Beifahrersitz und schloss für einen Moment die Augen.

»Ich habe ein paar sehr gute Fingerabdrücke nehmen können. Ich glaube, die Täterin hat sich, während sie auf die Motorhaube schrieb, abgestützt«, erzählte Sylvia.

»Super«, murmelte Mira. Als sie die Augen wieder öffnete, fuhren sie gerade aus dem Wald heraus. Ein Streifenwagen parkte neben der Straße. Etwas weiter vorne, auf dem Parkplatz am Fichtelsee, erblickte Mira einen zweiten. Sehr gut. Bestimmt hatten die Kollegen sich auch oben am Campingplatz postiert. Die Netze waren also ausgelegt, jetzt musste die junge Frau nur noch hineintappen.

20

Zurück im Büro, verschwand Mira kurz in der Toilette und wusch sich ausgiebig die Hände. Die Abschürfung war nicht schlimm. Es war mehr die Enttäuschung, die ihr zugesetzt hatte, als der Sturz.

Wieder am Platz, checkte Mira ihre E-Mails. Das Handy der Krapfenkäuferin war eingeschaltet worden und hatte sich in Fichtelberg in eine Funkzelle eingewählt. Es passte also alles zusammen. Umso mehr ärgerte Mira sich darüber, dass sie die Flüchtige im Wald verloren hatte.

Sie griff nach ihrer Kaffeetasse und schnupperte an der kalten Flüssigkeit. Sie wusste nicht, ob der Rest in der Tasse von heute Morgen oder vom Vortag stammte. Lieber holte sie sich einen neuen.

»Ich habe Neuigkeiten zu dem Gift«, verkündete Philipp, als Mira zurück ins Büro kam.

»Super, schieß los!«

»Also, ich habe einen Mitbewohner, der arbeitet in einer Apotheke. Er sagt, er kann das nicht bestellen.«

Mira machte ein vorwurfsvolles Gesicht.

»Guck nicht so, er ist sehr vertrauenswürdig, und ich habe ihm auch keine Details verraten. Er weiß gar nicht, woran wir gerade arbeiten. Wie auch immer. Außerdem habe ich bei diesem Unternehmen angerufen, das da oben auf dem Datenblatt steht. Die meinten, Muscarin findet eigentlich nur in der Forschung Anwendung. Vielleicht hat irgendein Professor etwas gegen unseren Stadtrat.«

Mira zog beim Nachdenken die Unterlippe zwischen die Zähne. Das Gift war also gar nicht so einfach zu beschaffen. »Vielleicht wurde es auch irgendwo gestohlen«, spekulierte sie.

Philipp nickte. »Ich überprüfe das.«

Gerade als Mira sich wieder an ihren Schreibtisch setzte, klingelte das Telefon.

»Guten Morgen, Frau Streitberg.«

Sie erkannte die Stimme des Kollegen von der Schutzpolizei auf Anhieb wieder. Er klang, als sei er kaum älter als die Frau, die sie suchten.

»Guten Morgen, Herr Beck, haben Sie sie erwischt?«

»Nein, tut mir leid. Aber jemand hat die Frau auf dem Phantombild wiedererkannt. Die Aussage erscheint sehr glaubwürdig. Die Kollegen sind schon los.«

Nach der Enttäuschung, dass die Täterin ihr im Wald durch die Lappen gegangen war, traf dieser Anruf sie nun wie ein elektrischer Schlag. Natürlich gab es bei Fahndungen auch oft Falschmeldungen und Sackgassen, doch Mira spürte plötzlich mit jeder Faser, dass sie nur noch einen Wimpernschlag von ihrer Täterin entfernt war. Und Beck schien es ebenso zu gehen, sonst hätte er ihr ja nicht schon vor einer Verhaftung Bescheid gegeben. Nun gut, sie hatte ihn am Freitag auch extra noch mal angerufen und mehr als deutlich gemacht, dass sie sofort informiert werden wollte, wenn sich ein Hinweis zu einer Spur verdichtete.

Sie ließ sich Name und Adresse der Verdächtigen geben. Wenn es sich bei der Frau tatsächlich um die Gesuchte handelte, dann hieß ihre Täterin nicht Camilla Schönberger, sondern Katharina Arnulf.

Kaum hatte Mira sich bedankt und aufgelegt, beugte sie sich zu Philipp hinüber und brachte ihn auf Stand. »Möchtest du lieber hierblieben und deinen Fuß schonen? Wir müssten uns nämlich etwas beeilen, die Streife ist schon unterwegs.«

»Auf keinen Fall!«, protestierte er prompt. »Ich durfte heute Vormittag schon nicht mit zum Fichtelsee fahren. Gerade jetzt, wo es so spannend wird, will ich doch dabei sein!«

Er verzog zwar das Gesicht, als er aufsprang, doch er fasste sich sofort und humpelte schneller, als Mira es für möglich gehalten hätte, zur Tür hinaus.

Als Mira und Philipp bei der Adresse ankamen, waren die uniformierten Kollegen bereits vor Ort. Sie standen zu zweit vor der Haustür und waren in ein Gespräch mit einer Frau im mittleren Alter verwickelt. Mira nahm stark an, dass es sich um Katharina Arnulfs Mutter handelte.

Als sie mit Philipp näher kam, rief Frau Arnulf: »Wie viele kommen denn da noch? Gehen Sie weg, meine Tochter ist außerdem gar nicht zu Hause!«

Mira hatte schon viele seltsame Begrüßungen erlebt. Dass die Frau so abweisend reagieren würde, hatte sie jedoch nicht erwartet. Sie setzte mit unbewegter Miene ihren Weg fort, half dem humpelnden Philipp die Stufen zum Podest vor der Haustür hinauf, stellte sich vor und wies sich aus. Das abfällige »Die Kripo auch noch, na wunderbar!« ignorierte sie. Die beiden Polizisten traten schmunzelnd zur Seite.

»Sie sind Frau Arnulf?«, fragte Mira die Frau. Sie hatte raspelkurze rote Haare und eine runde Brille auf der Nase, die Mira an Harry Potter erinnerte.

»Ja, die bin ich. Beatrix Arnulf.«

»Katharina Arnulf ist Ihre Tochter?«

»Ja.«

»Wir möchten bitte mit ihr sprechen.«

»Ich habe Ihren Kollegen schon gesagt, dass sie nicht hier ist. Und ich verstehe auch gar nicht, was das soll!«

»Wo finden wir sie?«

»Was wollen Sie von Katharina?«

»Wir möchten sie befragen.«

»Ja, das haben Ihre Kollegen schon gesagt. Worüber?«

Klar, eine Mutter wollte immer ihr Kind beschützen. Doch die Abwehrhaltung von Beatrix Arnulf ging Mira gehörig auf die Nerven. Sie musste sich bemühen, sich das nicht anmerken zu lassen. Erst war sie von Märker angepflaumt und als inkompetent beschimpft worden, und nun hatte sie es hier mit dem nächsten Sonnenschein zu tun. Was für ein Tag.

»Wir suchen eine Person im Zusammenhang mit zwei Delikten. Die Beschreibung mehrerer Zeugen hat uns zu Ihrer Tochter geführt.«

»Katharina ist keine Verbrecherin. Was soll sie denn schon getan haben? Hat sie sich irgendwo festgeklebt, oder was?«

»Nein, aber interessant, dass Sie dieses Beispiel bringen. Ist Ihre Tochter etwa eine Umweltaktivistin?«

Beatrix Arnulf blickte sie aus schmalen Augen an. »Das habe ich nicht gesagt«, antwortete sie knapp.

Mira beließ es dabei. Sie holte das Phantombild aus der Tasche, faltete es auseinander und reichte es ihr.

Beatrix Arnulf starrte auf das Bild und kniff die Lippen zusammen.

»Wenn Ihre Tochter schon nicht da ist, könnten Sie uns bitte ein Foto von ihr zeigen, zum Vergleich?«

Bedächtig faltete Frau Arnulf das Bild wieder zusammen. Sie starrte das Papier noch einen Augenblick an. Dann sanken ihre Schultern herab, und sie bat sie hinein.

»Brauchen Sie uns noch?«, wollte einer der Uniformierten wissen.

»Nein, aber die Fahndung bitte aufrechterhalten«, flüsterte Mira ihm zu.

Er nickte, und die beiden entfernten sich.

Mira und Philipp folgten Beatrix Arnulf ins Wohnzimmer. Dort erblickte Mira in einer etwas aus der Mode gekommenen Schrankwand einige gerahmte Bilder. Es waren in glücklichen Momenten aufgenommene Familienfotos, und eines davon sprang Mira sofort ins Auge. Die junge Frau, die mit stolzem Grinsen und einem Abizeugnis posierte, trug den Pony darauf zwar nicht ganz so kurz geschnitten, doch es bestand kein Zweifel, dass es dieselbe Frau war, hinter der Mira heute Vormittag hergerannt war.

Frau Arnulf gab sich noch immer etwas reserviert, doch

das Phantombild hatte sie wohl davon überzeugt, dass an der Sache etwas dran sein könnte. Zumindest wirkte sie inzwischen eher besorgt als abweisend.

Sie bot ihnen einen Platz auf der Couch an und setzte sich in einen Sessel ihnen gegenüber. Dann rutschte sie ganz nach vorne an die Kante und blickte Philipp und Mira abwechselnd mit banger Miene an. »Was ist mit Katharina?«

Mira überlegte, wie viel sie preisgeben sollte. »Sie haben von den Vergiftungsfällen in der letzten Stadtratssitzung gehört?«

»Ja, natürlich. Jeder hat das. Was ist mit Katharina, hat man sie etwa auch vergiftet?«

»Eher im Gegenteil«, brummte Philipp.

Okay, einfühlsame Gespräche mit betroffenen Familienmitgliedern standen anscheinend nicht auf seinem Hochschullehrplan.

»Wir haben Hinweise darauf, dass Katharina die Krapfen gekauft und zur Sitzung gebracht hat.«

Die Stille, die auf diese Mitteilung folgte, war ohrenbetäubend. Beatrix Arnulf starrte Mira an, als hätte man sie ausgeschaltet. »Aber … aber das heißt nicht automatisch, dass sie sie auch vergiftet hat!«, sagte sie dann und verschränkte die Finger ineinander, als wollte sie sich an diese vage Hoffnung klammern.

Mira tat ihr den Gefallen und nickte. »Richtig. Das können wir nur klären, wenn wir mit ihr sprechen.«

»Aber sie ist nicht hier.«

»Vielleicht ist sie ja noch in Fichtelberg«, warf Philipp ein.

»Fichtelberg? Wieso denn Fichtelberg?«, nahm Frau Arnulf den Faden auf.

»Dort gab es heute einen weiteren Vorfall«, erklärte Mira.

»Was meinen Sie damit? Geht es Katharina gut?«

»Ja, sie hat bei einer regionalen Umwelttagung vorbeigeschaut und den Sportwagen eines der Teilnehmer vollgesprüht«, gab Philipp trocken zurück.

Himmel! Bei den letzten Befragungen, zu denen Mira ihn mitgenommen hatte, hatte Philipp keinen Pieps von sich gegeben und nur gegessen. Das war wohl das kleinere Übel gewesen. Zum nächsten Termin würde sie ihm ein Wurstbrot in die Hand drücken!

Fassungslos hob Beatrix Arnulf die Fingerspitzen an die Lippen. »Ich kann das gar nicht glauben. Sie müssen sich irren!«

»Sollten wir uns irren, ist es umso wichtiger, dass wir sie finden und die Vorwürfe ausräumen können, nicht wahr?« Mira kam sich bei diesen Worten etwas verlogen vor, war sie sich doch mehr als sicher, dass sie mit Katharina Arnulf die Richtige hatten. Und zum Glück hielt Philipp wenigstens jetzt die Klappe.

21

Es brodelte in Karl-Heinz Märker. Es brodelte so sehr, dass es ihn richtig Anstrengung kostete, nicht ununterbrochen zu fluchen. Diese Polizeischnepfe hatte ihn einfach stehen lassen! Das konnte sie doch nicht machen, nicht mit ihm! Er würde sich das nicht bieten lassen. Schließlich war er nicht irgendwer. Gut, dass er heute ohnehin zum Golfspielen verabredet war. Er würde Richter Kogel anrufen, ob er nicht dazukommen wollte. Diese unfähige Streitberg-Kuh würde ihren Job schneller los sein, als sie »Entschuldigung, Herr Bürgermeister Märker« sagen konnte. Der Gedanke ließ ihn trotz seiner überbordenden Wut grinsen.

Aber die Freude war nur von kurzer Dauer. Denn er war inzwischen in Bayreuth angekommen und fuhr durch die Stadt. Alle Leute drehten sich nach ihm um, zeigten mit dem Finger auf sein beschmiertes Auto und amüsierten sich dabei auf seine Kosten. Am liebsten hätte er angehalten und ihnen das hämische Lachen aus dem Gesicht geschlagen, jedem Einzelnen von ihnen. Er biss die Zähne fest aufeinander.

Auch als er zu Hause ankam, konnte er sich schlecht beruhigen. Er hatte gehofft, dass Claudia nicht da sein würde, beim Shoppen oder beim Friseur vielleicht.

Doch kaum betrat er das Haus, rief sie auch schon nach ihm. »Karl-Heinz? Karl-Heinz, bist du das?«

»Wer denn sonst?«, knurrte er.

Neugierig kam Claudia die Treppe aus dem Obergeschoss herunter. Sie trug eines seiner ausrangierten Hemden, das sie zum Malkittel umfunktioniert hatte. Es war längst nicht mehr weiß, sondern übersät mit bunten Farbspritzern und -schmierern. Wie meistens trug sie dazu weder Hose noch Rock, da das Hemd ihr über den Po reichte. Er fand sie eigentlich immer sexy in ihrem Mal-Outfit, doch selbst dafür hatte er heute keinen Kopf.

Auf halber Höhe der Treppe blieb sie stehen und blickte ihn an. »Was machst du denn schon hier?«

Märker war nach dem ganzen Debakel nicht mehr zur Tagung zurückgekehrt. Dies war eine Ausnahmesituation, da musste er sich um sein Auto kümmern und nicht um diesen Klimaquatsch. Das war doch nur verständlich, bestimmt würde auch Detlef das nachvollziehen können.

Der Gedanke an den Oberbürgermeister ließ ihn das Gesicht verziehen. Detlef Höllrigl würde von seinem spontanen Abgang ganz und gar nicht begeistert sein.

Er holte gerade Luft, um Claudia von dem neuerlichen Anschlag auf ihn zu erzählen, da kam sie ihm mit ihrer nächsten Frage zuvor. »Hast du die Maße?«

»Welche Maße?«

Claudia rollte theatralisch mit den Augen. »Wir hatten doch vereinbart, dass du mir die Maße der Rückwand des Bürgermeisterbüros besorgst!«

Nun war es an Märker, mit den Augen zu rollen. »Wir hatten überhaupt nichts vereinbart«, stellte er klar. »Ich bin noch nicht mal aufgestellt. Denkst du nicht, es ist ein bisschen voreilig, mir schon ein neues Bild zu malen? Außerdem mag ich den Löwen.«

Claudia schnalzte abschätzig mit der Zunge, drehte sich um und stolzierte die Treppe wieder hinauf. »Wenn du so denkst, wirst du es nie zu etwas bringen!«

Oben verschwand sie aus seinem Blickfeld. Märker hörte eine Tür knallen, dann war es ruhig. Angestrengt fuhr er sich mit der Hand über das Gesicht, ging mit schlurfenden Schritten ins Esszimmer, öffnete den hölzernen Sekretär, in dem sich eine kleine, aber feine Hausbar befand, und schenkte sich einen Scotch ein.

Claudia nervte, aber in einem Punkt waren sie einer Meinung: Er musste seinen Kurs halten, durfte sich nicht ausbremsen lassen. Gerade wenn die Dinge schwierig wurden, zeigte sich doch, ob einer was draufhatte oder nicht. Und er hatte es drauf!

Das Treffen heute nach Feierabend im Golfclub mit Bauunternehmerin Herrmann und hoffentlich auch Richter Kogel war ein wichtiger Schritt in die richtige Richtung. Im Beisein der Herrmann würde Kogel bestimmt einen auf dicke Hose machen wollen und ihm seine Unterstützung zusagen. Es war Märker schon öfter aufgefallen, dass der Richter ein Faible für golfende Frauen im Allgemeinen und die adrette Bauunternehmerin im Besonderen hatte. Das würde er heute nutzen.

Und vielleicht sollte er auch mal wieder zum Unternehmerstammtisch gehen. Das hatte er in der letzten Zeit etwas vernachlässigt. Zwar brauchte er im Moment keinen der Herren explizit, doch Kontakte mussten langfristig gepflegt werden.

Außerdem würde er die freche Polizistin loswerden, einfach aus Prinzip und um ein Exempel zu statuieren. Und was noch viel wichtiger war, er musste dieses Mädchen zur Strecke bringen. Er war sich ziemlich sicher, dass er die Kleine nicht kannte. Doch aus irgendeinem Grund hatte sie sich in den Kopf gesetzt, ihm ans Bein zu pinkeln. Das konnte er nicht einfach so hinnehmen.

Die Streitberg hatte sie erkannt, und auch er hatte auf den zweiten Blick eine gewisse Ähnlichkeit mit dem Phantombild feststellen können, das sie ihm gezeigt hatte. Aber wer war diese Frau, und was wollte sie von ihm? Ob die Polizei inzwischen weitere Informationen über sie hatte? Märker zog das Handy aus der Tasche. Sein Schulfreund David arbeitete doch bei der Polizei. Er erinnerte sich, dass der auch immer gerne Whisky getrunken hatte, den richtig torfigen. Für ein Fläschchen Octomore würde David ihn bestimmt schnurstracks zu dieser Attentäterin führen. Er würde sie finden, und dann würde er sie büßen lassen.

22

»Katharina hat sich schon immer für die Natur interessiert«, erzählte Beatrix Arnulf. »Sie ist sehr tierlieb, reitet gern, und wir haben auch eine Katze.«

Mira hörte geduldig zu. Sie war sich sicher, dass auch Katharinas Mutter vollkommen klar war, dass es durchaus einen Unterschied machte, ob man ein Pferd striegelte oder Giftkrapfen verteilte. Doch solange sie redete, würde sie sie erzählen lassen. Je mehr sie über Katharina wussten, desto leichter konnten sie sie letztendlich finden.

Im Augenwinkel nahm sie wahr, dass Philipp sich leicht nach vorne beugte und Luft holte. Möglichst unauffällig gab sie ihm einen Stoß zwischen die Rippen, ehe er etwas sagen konnte. Mira sah ihn nicht an, doch sie spürte förmlich seinen vorwurfsvollen Blick.

Frau Arnulf hatte davon nichts bemerkt. »Ich dachte ja immer, sie würde Tierärztin werden, aber sie hat sich dann für Lehramt entschieden«, erzählte sie weiter.

»Wo studiert Katharina?«, hakte Mira nach.

»Sie hat gerade erst ihr Abi gemacht.« Sie stand auf, trat an die Schrankwand heran und nahm das Foto, das Mira bereits aufgefallen war. Zärtlich fuhr sie mit den Fingerspitzen über das Glas. Sie nahm es mit zur Sitzgruppe und legte es vor Mira auf den Tisch, ehe sie sich wieder setzte.

»Darf ich das mitnehmen?«

Beatrix Arnulf machte ein betroffenes Gesicht, so als würde ihr gerade erst wieder klar werden, dass sie hier keinen Kaffeeklatsch abhielten, sondern ihre Tochter polizeilich gesucht wurde. Schließlich nickte sie knapp, obwohl ihr anzusehen war, dass sie sich damit nicht wohlfühlte. »Im Herbst geht es dann los mit dem Studium in Bamberg.«

»Das heißt, im Moment wohnt sie noch hier?«

»Ja.«

»Haben Sie schon eine Wohnung oder ein Zimmer in Bamberg gefunden?«

»Ein Studentenappartement, das war gar nicht so einfach.«

»Schreiben Sie uns bitte die Adresse auf.«

Mira hielt es zwar für unwahrscheinlich, dass Katharina dort auftauchte, doch sicher war sicher.

Als sie Frau Arnulf schließlich verließen, hatte Mira eine ganze Liste an Informationen erhalten. Neben der Adresse von Katharinas Studentenappartement standen darauf ein Reiterhof, dem die junge Frau mindestens einmal pro Woche einen Besuch abstattete, ihre Volleyball-Trainingszeiten, ihr Lieblingscafé und die Kontaktdaten ihrer beiden besten Freundinnen.

»Ich übernehme die Freundinnen!«, bot Philipp mit einem frechen Grinsen an, als sie wieder in ihrem Büro saßen.

»Klar, und die Volleyballerinnen wahrscheinlich auch?«, antwortete Mira und bedachte ihn mit einem betont strengen Blick.

»Ich sehe, wir verstehen uns.« Philipp zwinkerte ihr zu.

Mira lachte. »Tut mir leid, aber daraus wird nichts.«

Philipp zog unwillig die Augenbrauen zusammen.

»Wir werden die Personen nicht befragen, zumindest vorerst nicht. Ich möchte nicht, dass Katharina Arnulf dadurch womöglich gewarnt wird. Lieber gebe ich die Orte und Kontakte an die Fahndung weiter.«

Philipp zog eine Schnute, nickte aber. »Vermutlich hast du recht.«

Mira hatte sich gerade hingesetzt, um die Infos weiterzugeben, da las sie in einer in der Zwischenzeit eingetroffenen E-Mail, dass die Kollegen etwas noch viel Interessanteres für sie hatten als mögliche Überwachungsorte.

»Ihr Auto wurde gefunden! Es stand beim Campingplatz am Fichtelsee.«

»Boah, das ist hart«, murmelte Philipp.

Sein Kommentar irritierte Mira, also spitzte sie über die Monitore, die Rücken an Rücken wie eine kleine Trennwand zwischen ihnen standen. »Wie meinst du das?«

»Na, stell dir mal vor, du bist auf der Flucht ungefähr dreißig Kilometer von zu Hause weg, und dann stehst du plötzlich ohne Auto da. Und das auch noch als junge Frau. Das ist echt kacke.«

Philipps Worte überraschten sie. Schweigend öffnete sie ihre Schreibtischschublade und holte ihr Sagrotan-Gel heraus. Während sie einen großen Klecks davon zwischen ihren Händen verrieb, rollte sie mit ihren Schreibtischstuhl zur Seite, um sich weiter mit Philipp zu unterhalten. »So hab ich das ehrlich gesagt noch nicht gesehen«, gab sie zu. »Aber du hast recht. Katharina Arnulf steckt gerade vermutlich in einer schwierigen Situation. Es ist grundsätzlich möglich, diese Strecke zu laufen. Und dass sie gut zu Fuß ist, hat sie bewiesen, als sie mich abgehängt hat.« Sie lächelte bitter. »Aber heute schafft sie das wahrscheinlich nicht mehr. Es ist ja schon Nachmittag. Was würdest du an ihrer Stelle tun?«

»Meine Mama anrufen«, kam es wie aus der Pistole geschossen.

»Ja, das ist gut möglich. Sie wird jemanden bitten, sie abzuholen. Ich wollte die Kollegen ohnehin darauf hinweisen, dass sie Katharinas Freundinnen und Beatrix Arnulf im Auge behalten. Ich bin mir zwar ehrlich gesagt nicht sicher, ob die spontan so viele Kapazitäten haben. Aber einen Versuch ist es wert.«

»Ihr Vater zumindest fällt erst einmal weg. Beatrix Arnulf hat uns ja erzählt, dass er auf Dienstreise in Polen ist. Aber wenn er übermorgen zurückkommt und Katharina bis dahin noch nicht aufgetaucht ist, müssen wir auch ihn im Auge behalten.«

»Ich hoffe ja insgeheim, dass sie ihre Mutter anruft. Wenn

sie es nicht schon getan hat. Bei Frau Arnulf könnte ich mir nämlich vorstellen, dass sie Katharina dazu überredet, sich bei uns zu melden. Das Mädchen kann ich hingegen nur schlecht einschätzen, wenn ich ehrlich bin.«

»Ich auch. Denkst du, es geht ihr wirklich um den Schutz der Umwelt oder eher um den Märker persönlich?«

»Märker sagt, er kennt sie nicht.« Mira zuckte nachdenklich mit den Schultern. »Bei der Krapfenaktion war ich mir noch unsicher. Aber inzwischen denke ich schon, dass es ihr darum geht, die Leute wachzurütteln und auf unsere Umweltprobleme aufmerksam zu machen. Die Wahl der Methoden ist fragwürdig, aber seit Jahren wissen wir doch, dass es so nicht weitergeht, und trotzdem leben wir tagtäglich unser Leben, als seien Ressourcen endlos und all unsere Taten ohne Folgen. Diese naive Rücksichtslosigkeit macht mir selbst auch zu schaffen. Gleichzeitig habe ich keine Ahnung, wie ich es besser machen soll. Da kann man schon auf abstruse Gedanken kommen, oder? Damit will ich sie nicht in Schutz nehmen. Dieser Giftanschlag ist meiner Meinung nach mit nichts zu rechtfertigen, und Katharina Arnulf kann froh sein, dass er so glimpflich ausgegangen ist. Aber ich denke, ich verstehe ihre Motive irgendwie.«

Gedankenverloren holte Philipp einen Snack aus seiner Tasche. Es war ein in Folie verpackter Wrap aus dem Supermarkt.

»Hat Sylvia dich mit ihrem Wrap inspiriert?«, fragte Mira amüsiert.

Philipp grinste und packte schmunzelnd das Essen aus. Dann wurde er ernst. Betroffen starrte er auf die zerknüllte Plastikfolie in seiner Hand. »Ja, hat sie. Aber weißt du was? Heut nach der Arbeit kaufe ich mir eine Brotzeitdose.«

23

Als Katharina ihr Auto erreichte, wäre sie beinahe einem Polizisten in die Arme gelaufen. Sie hatte längere Zeit im Wald ausgeharrt und war in einem extragroßen Bogen zurückgelaufen, und nun wäre innerhalb von Sekunden beinahe doch alles vorbei gewesen. Sie hatte ihn nicht sofort gesehen, weil er sich zum Fahrerfenster hinunterbeugte, als sie um die Ecke bog. Als er sich wieder aufrichtete, hätte sie beinahe der Schlag getroffen. Sie war noch so beschwingt von ihrem Telefonat und davon, dass sie diese Frau abgehängt hatte, dass der Anblick des Polizisten an ihrem Wagen sie kalt erwischte. Doch sie ging sofort in Deckung und trat den Rückzug an. Es war ein kleines Wunder, dass er sie nicht entdeckte. Anscheinend war das Universum auf ihrer Seite.

Ihr Portemonnaie lag im Handschuhfach, aber zum Glück hatte sie einen Fünf-Euro-Schein in der Hosentasche. Nach ihrem Sprint durch den Wald brauchte sie dringend etwas zu trinken.

Als sie mit einer Flasche Wasser aus dem Supermarkt herauskam, erblickte sie einen Streifenwagen, der langsam vorbeifuhr. Schnell duckte sie sich hinter ein parkendes Auto und hatte tatsächlich wieder Glück. Trotzdem war ihr mulmig zumute. Die Polizei war ja anscheinend überall. Ob die nach ihr suchten?

Katharina konnte sich kaum vorstellen, dass die sich wegen ein bisschen Sprühfarbe so engagierten. Oder hatten sie womöglich den Zusammenhang mit den vergifteten Krapfen hergestellt? Ihr mulmiges Gefühl wurde stärker. Sie musste zusehen, dass sie hier wegkam. Aber wie, ohne Auto?

Zurück in Richtung Fichtelsee traute sie sich nicht. Und was sollte sie auch dort? Am Hotel war die Gefahr, einem Polizisten in die Arme zu laufen, bestimmt am größten. Also schlug sie den entgegengesetzten Weg ein. Das Laufen tat ihr gut, hielt sie beschäftigt, und eine Stunde später war sie auch schon in Mehlmeisel. Sie nahm direkt die erste Abzweigung und passierte so den Ortskern in einigem Abstand. Sie sah hinüber zur Pfarrkirche. Die Einfassungen um die Rundbogenfenster aus hellem Stein bildeten einen hübschen Kontrast zu dem weißen Anstrich. Und mit dem zinnenbesetzten Ortgang wirkte die neuromanische Kirche trutzig, fast wie eine Burg. Wenn sie dieses ganze Chaos heil überstanden hatte, würde sie einmal hinfahren und sich das Bauwerk aus der Nähe ansehen.

Der Polizist an ihrem Auto ging ihr jedoch nicht aus dem Kopf. Konnte das ein Zufall gewesen sein, oder wusste die Polizei tatsächlich, wer sie war? Der Gedanke schnürte ihr die Kehle zu. Beklommen trank sie etwas Wasser. Ihre gute Laune und die Euphorie, die sie noch vor wenigen Stunden erfüllt hatte, waren dahin. Vielleicht hätte sie doch aufhören sollen, als nach ihrer Krapfenaktion jemand ins Krankenhaus eingeliefert worden war?

Katharina folgte der Beschilderung Richtung Klausenlift. Das erschien ihr nur logisch, da an der Skipiste jetzt im Sommer bestimmt nichts los sein würde, und sie wollte auf möglichst wenige Menschen treffen. Wenn sie wirklich gesucht wurde, war jede Begegnung ein Risiko. Aber wie sollte es dann überhaupt weitergehen? Sie konnte sich ja nicht ewig verstecken.

Kurz bevor sie die Skipiste erreichte, hörte sie Stimmen und ausgelassenes Gelächter. Der Container, in dem der Skiverleih untergebracht war, war zwar wie erwartet geschlossen, doch nebenan, vor dem Haus der Bergwacht, standen zwei Biertischgarnituren. Daneben ein Grill, aus dem Flammen züngelten. Einer der Feiernden sprang lachend auf und löschte das Grillgut mit seinem Bier. Zwar wehte der Wind in die andere Richtung, sodass Katharina kein gebratenes Fleisch roch, doch schon beim Gedanken daran knurrte ihr der Magen.

Sie hätte sich im Supermarkt nicht nur Wasser, sondern auch etwas zu essen mitnehmen sollen. Kurz war sie versucht, hinzugehen und sich etwas zu schnorren. Doch sie hatte diesen Weg eingeschlagen, um möglichst von niemandem gesehen zu werden. Und dabei wollte sie es auch belassen.

Sie verließ die Straße und wandte sich nach links, wo ein kleiner Trampelpfad abzweigte. Er führte bergab zwischen Bäumen hindurch, die sie vor neugierigen Blicken schützten. Einige Schritte später landete sie jedoch wieder auf Asphalt. Und sah sich einem Mann gegenüber, der auf der anderen Straßenseite mit einem Besen die Einfahrt zu seinem Haus fegte.

Obwohl Katharina über die plötzliche Begegnung erschrak, schaffte sie es, ihm zuzulächeln und weiterzugehen. Der Mann nickte ihr zum Gruß zu und widmete sich dann wieder seinen Kehrarbeiten. Auf dem angrenzenden Grundstück erblickte Katharina ein großes oranges Schild, das einem Ortsschild nachempfunden war. Es markierte den Zugang zu einem Tiny-House-Village. Eine Schranke trennte das Gelände von der Straße. Daneben prangte ein weiteres Schild, auf dem darum gebeten wurde, dass man das Village nicht betreten und die Privatsphäre der Feriengäste wahren solle. Perfekt. Das war genau, was Katharina jetzt brauchte, ein geschützter, abgeschiedener Ort, wo sie nicht bei jedem Schritt Angst haben musste, der Polizei in die Arme zu laufen.

Sie sah sich kurz um und huschte dann an der Schranke vorbei auf das Gelände, wo sie sich inmitten einer kleinen Siedlung wiederfand. Über ein großzügiges Areal verteilt standen hier zahlreiche Tiny Houses, manche blau lackiert mit weißer Veranda und nordischem Flair, andere mit naturbrauner Holzfassade. Ob wohl alle dieser süßen Ferienunterkünfte bewohnt waren? Oder würde hier irgendwo ein Bett auf Katharina warten? Bisher hatte sie nämlich keine Ahnung, wo und wie sie die Nacht verbringen sollte.

Vorsichtig spähte sie durch das Fenster des am nächsten gelegenen Häuschens. Auf dem Fußboden erblickte sie eine Krabbeldecke und Spielsachen. Schnell trat sie den Rückzug an. Sie ging zügig bis zum Ende des Areals und probierte ihr Glück erneut. Dieses Tiny House wirkte unbewohnt, aber es war verschlossen. Natürlich konnte sie versuchen, die Tür aufzubrechen oder ein Fenster einschlagen. Aber wenn sie ehrlich war, widerstrebte es ihr zutiefst, ihrer Liste an Verfehlungen weitere hinzuzufügen. Sie spürte ohnehin, dass sie schon recht bald für das, was sie getan hatte, würde geradestehen müssen.

Resigniert setzte sie sich auf die Verandastufen und zog das Prepaidhandy aus der Tasche. Eigentlich hatte sie versprochen, niemand anderen damit anzurufen, doch dies war schließlich ein Notfall. Das würde er sicherlich verstehen. Und außerdem musste er es ja nicht erfahren.

Mit bangem Gefühl im Bauch wählte sie die Nummer ihrer Mutter. Sollte sie einfach behaupten, sie habe eine Panne gehabt und ihr Auto sei abgeschleppt worden? Oder sollte sie mit der Wahrheit herausrücken, auch wenn es ihr schwerfiel?

»Katharina! Da bist du ja! Endlich!«

»Hallo, Mama.«

»Ich habe schon hundertmal bei dir angerufen!«

»Ja, ich habe mein Handy nicht bei mir, entschuldige.«

»Wo bist du?«

»In Mehlmeisel«, antwortete sie widerwillig.

»In Mehlmeisel? Warum in Mehlmeisel? Die Polizei war hier. Was ist denn bloß los?«

Oh fuck! Sie wussten also tatsächlich, wer sie war. Der Beamte an ihrem Auto war kein Zufall gewesen. Katharina hatte sich verzweifelt an diese wenn auch wenig wahrscheinliche Möglichkeit geklammert. Nun musste sie der Wahrheit ins Auge sehen. Sie war geliefert.

»Katharina? Bist du noch da?«

»Ähm, ja. Ich kann dir das jetzt am Telefon nicht alles erklären. Es ist kompliziert.«

»Oh Mädchen, was machst du nur für Sachen!« Ihre Mutter schniefte. Sie klang komischerweise nicht verärgert, sondern eher besorgt.

»Ich glaube, ich habe vielleicht Mist gebaut«, gab Katharina kleinlaut zu.

»Ja, sieht fast so aus.« Ihre Mutter atmete tief durch. »Wie kann ich dir helfen?«, fragte sie dann mit ruhigerer Stimme.

Katharina hatte mit Gezeter und Vorwürfen gerechnet. Und sie wusste, dass sie beides verdient hätte. Das bedingungslose Hilfsangebot ihrer Mutter trieb ihr die Tränen in die Augen. »Kannst du mich bitte abholen, Mama?« Sie schluchzte. »Ich bin am Klausenlift.«

»Natürlich. Ich bin unterwegs.«

24

»Guten Morgen! Da ist ja unser Shootingstar!« Sylvia streckte ihren Kopf aus der Kaffeeküche und grinste bis über beide Ohren. Dass Mira den Gang zusammen mit Nils betreten hatte, schien sie nicht zu bemerken. Schade eigentlich, das hätte Mira Gelegenheit gegeben, klarzustellen, dass sie nicht auf Raffael Meier scharf war. Diesbezüglich würde sie auf jeden Fall noch ein Hühnchen mit Guido rupfen müssen. Doch jetzt interessierte sie erst einmal, wovon Sylvia überhaupt sprach. Ihrem Gesichtsausdruck nach zu urteilen, war irgendetwas Hochinteressantes passiert.

Mira ging also direkt in die Kaffeeküche, gefolgt von Nils, und fand dort außer Sylvia auch Philipp vor, der ebenfalls unverhohlen grinste.

»Los, zeig's ihr!«, forderte Sylvia ihn auf und tippte auf die Tageszeitung in seinen Händen.

Philipp hielt Mira die aufgeschlagene Seite hin.

Oh. Mein. Gott. Wie war das denn passiert?

Geschockt riss Mira ihm die Zeitung aus der Hand. Sie zwinkerte ungläubig, doch da prangte wirklich schwarz auf weiß die Überschrift: »Sie können mich mal, Herr Märker!« Darunter war ein großes, wenig schmeichelhaftes Foto von Märker und ihr, wie sie sich in offensichtlicher Aggression auf dem Parkplatz vor dem Hotel am Fichtelsee ankeiften. Der beschmierte Porsche war am Ende des Artikels ebenfalls abgebildet, jedoch komischerweise geradezu winzig im Vergleich zu Miras Foto. Die Prioritäten der Berichterstatterin waren eindeutig.

»Ach du Scheiße«, murmelte Nils hinter ihr.

Ja, Mira hätte es nicht treffender sagen können. Das war eine kleine Katastrophe. Nicht nur, dass es Mira als Kripobeamtin vorzog, unerkannt durch die Stadt laufen zu können.

Sie hatte auch nicht die geringste Lust, in irgendeiner Art und Weise in politische Ränkespiele hineingezogen zu werden. Beides war nun jedoch ganz offensichtlich geschehen.

Hastig überflog sie den Artikel. Es ging darin in erster Linie um den Vandalismus an Märkers Porsche. Ihre Meinungsverschiedenheit wurde lediglich im letzten Absatz erwähnt. Den geringen Anteil im Text glich das Bild jedoch mehr als aus. Außerdem warf die Reporterin am Ende provokant die Frage auf, wer eigentlich noch hinter Märker stand? Die Bürger, die sein Auto beschmierten, und die Polizei, mit der er sich stritt, ja offensichtlich nicht. In Mira stieg Ärger auf, als sie diese Zeilen las. Sie wollte sich nicht politisch vor den Karren spannen lassen!

Da spürte sie eine sanfte Berührung in ihrem Rücken. »Reg dich nicht auf, es ist nur Papier«, sagte Nils. »Wir kriegen das hin.« Dann verschwand er aus der Kaffeeküche. Bestimmt würde er heute einige Telefonate wegen dieses Artikels führen müssen. Darum beneidete Mira ihn ganz und gar nicht.

Sie blickte düster auf. Sylvia und Philipp sahen noch immer aus, als hätte die ganze Sache sie bestens unterhalten. Mira konnte sich bildlich vorstellen, wie sie gegackert und geprustet hatten, bevor sie aufgetaucht war. Sie atmete tief durch, um das Gefühl, den beiden eine reinhauen zu wollen, in den Griff zu bekommen. Dann warf sie Philipp die Zeitung ins Gesicht und verschwand in ihrem Büro.

Es dauerte eine ganze Weile, bis er sich traute, hinterherzukommen.

»Du musst nicht sauer auf mich sein, ich habe den Artikel nicht geschrieben. Außerdem siehst du auf dem Foto sexy aus mit deinem zornigen Gesichtsausdruck.«

»Halt bloß die Klappe«, knurrte sie.

Er hielt die angespannte Stille ganze zehn Minuten durch, dann warf er ein Papierkügelchen über den Bildschirm, das an ihrer Stirn abprallte. Meine Güte, wie kindisch konnte ein erwachsener Mensch sein? Mira wollte gerade zum Gegenangriff übergehen und tunkte einen großen Papierball in ihren Kaffee vom Vortag, als ihr Telefon klingelte.

Es war die Pforte. »Guten Morgen, Frau Streitberg. Hier ist eine Frau Arnulf für Sie mit ihrer Tochter.«

Mira konnte es kaum fassen, als sie Katharina Arnulf gegenüberstand. Zwar hatte sie gehofft, dass ihre Mutter sie dazu bringen würde, sich zu stellen, doch sicher, dass dies passieren würde, war sie ganz und gar nicht gewesen. Schließlich war die junge Frau gestern noch vor ihr davongerannt.

Sie holte ein Aufnahmegerät aus dem Schrank und führte die beiden in ein freies Besprechungszimmer. »Es ist gut, dass Sie zu uns gekommen sind. Vor Gericht wird sich das sicherlich positiv auswirken.«

Ihre Worte hatten die beiden Frauen eigentlich beruhigen sollen, doch sie verfehlten ihre Wirkung.

»Muss es dazu denn überhaupt kommen?«, fragte Beatrix Arnulf. Sie knetete ihre Hände und schaute Mira flehend an. »Wir werden den Schaden an dem Auto natürlich bezahlen. Eine Verhandlung ist gar nicht nötig.«

»So einfach ist das leider nicht. Es liegt eine Strafanzeige vor, das kann ich nicht einfach ignorieren.«

Mutter und Tochter warfen sich ängstliche Blicke zu.

»Wenn Sie Herrn Märker dazu bringen, die Anzeige zurückzuziehen, indem Sie sich außergerichtlich einigen, soll mir das recht sein«, fuhr Mira fort. »Aber dann ist da immer noch die Sache mit den Krapfen.«

Beatrix Arnulf sah zur Zimmerdecke, als würde sie ein stummes Gebet in den Himmel schicken. Mira wandte sich Katharina zu, die bisher noch gar nichts gesagt hatte. Wie eine arme Büßerin hockte sie mit hängenden Schultern und gesenktem Blick auf ihrem Stuhl. Als ihr bewusst wurde, dass Mira sie auffordernd ansah, schien ihr Unbehagen noch anzuwachsen. Sie öffnete den Mund und schloss ihn wieder. Offenbar wusste sie nicht, wo sie anfangen sollte, doch bei ihrem Ringen um die passenden Worte konnte Mira ihr nicht helfen. Da musste sie jetzt durch.

»Ich wollte nicht, dass jemand verletzt wird«, platzte sie schließlich heraus.

Nun, mit dieser Einleitung hatte Mira nicht gerechnet, aber es war immerhin ein Anfang. Und vor allem zeigte dieser Satz schon einmal, dass Katharina Arnulf geständig war. Sehr gut.

»Frau Krauß geht es inzwischen wieder besser. Sie ist gestern entlassen worden, soviel ich weiß«, erzählte Mira.

Katharina Arnulf wirkte ehrlich erleichtert.

»Wenn Sie niemandem schaden wollten, was haben Sie denn dann eigentlich mit dieser Aktion bezweckt?«

»Ich wollte die Menschen aufrütteln. Deshalb das Erdedesign der Krapfen, so nach dem Motto: Ihr behandelt die Natur schlecht, heute schlägt sie zurück. Verstehen Sie?«

Mira wiegte nachdenklich den Kopf hin und her. So etwas Ähnliches hatte sie vermutet. Aber irgendwie hatte sie den Eindruck, dass da etwas nicht stimmte. »Es geht Ihnen also um Umweltschutz?«

Katharina Arnulf nickte.

»Warum dann der Bayreuther Stadtrat? Unsere Stadt ist jetzt nicht unbedingt bekannt für Umweltskandale, oder? Und in der Sitzung waren alle möglichen Leute, auch ein paar Politiker, die sich sehr für die Natur einsetzen.«

Katharina Arnulf zuckte unschlüssig mit den Schultern. »Ich dachte, es sei eine gute Idee, Aufmerksamkeit zu erregen.«

Mira wurde das Gefühl nicht los, dass die junge Frau nicht ganz offen sprach. Irgendetwas hielt sie zurück. Sie beugte sich vor und fixierte sie. »Sind Sie sicher, dass es hier nicht um etwas ganz anderes geht?«

Katharina machte ein ertapptes Gesicht, schüttelte jedoch den Kopf.

»Wieso haben Sie die Teilnehmenden der Stadtratssitzung glauben lassen, die Krapfen wären von Karl-Heinz Märker?«

Katharina zuckte erneut mit den Schultern. »Fand ich halt lustig«, meinte sie leise.

Wenn Mira daran dachte, wie sie am Vortag mit ihm aneinandergeraten war, wollte ein kleines schadenfrohes Teufelchen auf ihrer Schulter der jungen Frau beinahe zustimmen. Doch sie war sich sicher, dass Katharina Arnulf log. Mira hatte nur leider nicht die geringste Ahnung, warum. »Was war das für ein Gift, und woher hatten Sie es?«, fragte sie weiter.

»Muscarin.«

Mira machte eine auffordernde Handbewegung, dass sie weitersprechen und auch die zweite Frage beantworten sollte. Doch Katharina Arnulf schwieg.

Gemäß Philipps Recherchen hatte es kaum Diebstähle von Muscarin in den letzten Jahren gegeben. Neben einem Fall in Hannover und einem im Saarland hatte er aber auch einen Eintrag für Bayreuth gefunden. Der Fall lag schon einige Zeit zurück, das konnte jedoch kein Zufall sein, oder?

»Woher hatten Sie das Gift?«, fragte Mira erneut.

»Ich denke, ich möchte einen Anwalt«, sagte Katharina Arnulf.

Verdammt.

25

Der gewünschte Anwalt war schnell kontaktiert, doch natürlich wollte er sich erst einmal in Ruhe mit seiner Mandantin unterhalten. Im ersten Moment knirschte Mira mit den Zähnen, als sie für den nächsten Morgen einen neuen Termin vereinbarten. Aber letztendlich konnte sie dem Gespräch entspannt entgegensehen. Sie hatten Katharina Arnulf an der Angel, und Mira war sicher, dass der Anwalt ihr aufgrund der Faktenlage zu einem umfassenden Geständnis raten würde. Dann würden sie endlich Antworten auf ihre offenen Fragen erhalten. Zwar war ihr die Verdächtige bei der letzten Begegnung davongelaufen, doch inzwischen sah Mira keine Fluchtgefahr mehr. Also schickte sie die beiden Damen nach Hause. Vielleicht war es ja auch ganz gut, wenn Beatrix Arnulf ihrer Tochter noch einmal ins Gewissen redete.

Relativ entspannt kehrte Mira an ihren Schreibtisch zurück. Die Aufnahme des Gesprächs drückte sie Philipp in die Hand, damit dieser sie abtippte. Er erwartete sie schon voller Neugier. Am liebsten wäre er natürlich bei der Befragung dabei gewesen, aber er hatte einen Schulungstermin bei Guido Haferl gehabt. Der ließ es sich nämlich nicht nehmen, den Praktikanten der verschiedenen Abteilungen die Kunst der Phantombilderstellung vorzuführen, um dabei ausgiebig zu betonen, dass er diese wie kein Zweiter hier in der Dienststelle beherrschte.

In ihren E-Mails stieß sie auf die Meldung, dass Katharina Arnulfs Prepaidnummer am Vorabend dazu verwendet worden war, ihr Elternhaus anzurufen. Das war nicht weiter verwunderlich, irgendwie hatte die junge Frau ja wieder nach Hause kommen müssen.

»Glückwunsch zur Lösung des Falls«, sagte Nils und zog

sie an sich, als sie zufällig in der Kaffeeküche aufeinander-trafen.

»Danke, aber so ganz gelöst ist er noch nicht. Ich hoffe, dass sich morgen früh die letzten offenen Fragen klären, da habe ich noch mal einen Termin mit Katharina Arnulf.«

»Bestimmt.«

»Wie war es bei dir? Hattest du Ärger wegen meinem Tänzchen mit Märker?«

Nils lachte. »Schön ausgedrückt. Auf dem Bild sieht es eher so aus, als stündet ihr kurz vor einem Ringkampf. Was war denn da los?«

»Das hat Sylvia doch bestimmt schon ausgiebig erzählt.«

»Nein, um ehrlich zu sein, war sie meine erste Anlaufstelle, da du zu den Arnulfs musstest. Aber komischerweise lässt sie nichts raus. Ich glaube, sie hat ein schlechtes Gewissen wegen heute Morgen.«

»Gut so«, antwortete Mira. Dass Sylvia einen so interessanten, brandneuen Tratsch nicht weiterverbreitete, über-raschte Mira und rührte sie fast ein bisschen. Sie erzählte Nils in Kurzform, was sich am Fichtelsee zugetragen hatte.

»Der Märker ist schon eine Marke«, meinte er kopfschüt-telnd.

»Kommt wegen dieser Sache noch etwas auf mich zu?«

»Ich weiß es nicht. Bei jedem anderen würde ich sagen, wahrscheinlich nicht. Aber Karl-Heinz Märker ist unbere-chenbar.«

Mira verzog missmutig das Gesicht.

»Was hältst du davon, wenn ich dich ein bisschen auf an-dere Gedanken bringe?«

»Immer gerne, aber doch nicht hier in der Kaffeeküche.«

Nils lachte auf. »Ich dachte eher an eine kleine Tour. Du wolltest mir doch schon lange diesen Biker-Biergarten in der Fränkischen Schweiz zeigen. Heute Nachmittag wirst du im Fall Arnulf wohl eh nichts mehr reißen. Und ich könnte dem Dauerklingeln meines Telefons entfliehen.«

Das war ein verlockendes Angebot. Nils teilte ihre Motorradleidenschaft leider nicht. Nicht nur, dass er selbst keinen Führerschein hatte, auch das Mitfahren hinten auf ihrer Ducati konnte ihn nicht wirklich begeistern. Deshalb musste Mira die Gelegenheit wohl beim Schopfe packen. Vielleicht würde ihn der Ausflug zum Kathi-Bräu, das recht idyllisch nahe dem hübschen Aufseßtal ungefähr auf halber Strecke zwischen Bayreuth und Bamberg lag, ja endlich vom Motorradfahren überzeugen. »Super Idee! Ich trage mir gleich einen halben Tag Urlaub ein.«

Es war ein tolles Gefühl, mit Nils durch die Landschaft zu düsen. Nicht verwunderlich im Grunde, denn schließlich konnte Mira ihrer Lieblingsbeschäftigung zusammen mit ihrem Lieblingsmenschen nachgehen. Das musste ja gut werden!

Bei strahlendem Sonnenschein kamen sie beim Kathi-Bräu in Heckenhof an. Auf dem lang gezogenen Parkplatz standen schon zahlreiche Bikes, die meisten davon auf Hochglanz poliert und bereit, sich bewundern zu lassen. Mira stellte ihre Ducati ans Ende der Reihe und schlenderte dann mit Nils an den Maschinen entlang, die zu beiden Seiten für sie Spalier zu stehen schienen. Mira liebte diese Motorradschau, und sie war unglaublich gern hier. Das Flair, das Brummen der regelmäßig abfahrenden und ankommenden Maschinen, hier fühlte sie sich richtig wohl.

»Hast du einen Tisch reserviert?«, wollte Nils wissen.

»Nö, geht gar nicht. Hier wird nicht reserviert, hier rutscht man zusammen.« Sie zwinkerte ihm verschmitzt zu.

Im Biergarten war einiges los, doch sie ergatterten sogar einen freien Tisch für sich allein. Am Wochenende wäre das sicherlich nicht so einfach gewesen.

»Das war übrigens mal ein Schlösschen«, erzählte Nils mit Blick auf das typisch fränkische Fachwerkhaus. »Wahrscheinlich gefällt es dir hier deshalb so gut.«

»Mein Faible für historische Bauwerke ist unbestritten, aber ich glaube, diesmal hat das ausnahmsweise andere Gründe«, antwortete sie schmunzelnd.

»Und da unten«, er deutete vage über Mira hinweg, »gibt es coole Felsformationen. Fuchslöcher heißen die. Wenn du Lust hast, könnten wir dorthin einen Spaziergang machen.«

Mira wusste, dass das, was ihrer Motorradleidenschaft bei Nils am nächsten kam, das Wandern war. Ihr gefiel die Idee, ihre beiden Hobbys miteinander zu verbinden. So würde sie ihn sicherlich leichter und öfter auf ihr Bike bekommen.

Es war schon spät am Abend, als Mira und Nils glücklich, aber müde in Miras Wohnung ankamen. Suchend sah Mira sich vor dem Haus nach Fips um, doch er war nirgends zu finden. Wahrscheinlich war er das Warten leid geworden und hatte sich woanders etwas zu fressen ermaunzt.

»Das war ein toller Tag«, meinte Nils, als er sich auf die Couch warf.

Mira kuschelte sich an ihn und stimmte ihm zu. »Ja, das sollten wir öfter machen.«

»Diese Tour machen wir zu unserem Ritual. Jedes Mal, wenn du einen Fall abschließt, fahren wir dahin. Das wird deiner Aufklärungsquote bestimmt guttun.«

Mira knuffte ihn für seine Stichelei. »Das ist ja mal eine interessante Art der Mitarbeitermotivation.«

»Mir fällt da noch eine ein«, meinte Nils und küsste sie.

In diesem Moment klingelte Nils' Diensthandy. Unwillig löste Mira sich von ihm. Sie sah auf die Uhr. Oje, ein Anruf um diese Zeit konnte nichts Gutes bedeuten. Nils stand seufzend auf und ging zur Küchentheke, wo er sein Mobiltelefon abgelegt hatte. Er hatte den Anruf noch nicht angenommen, da fing auch Miras Diensthandy an zu klingeln. Irritiert blickten sie sich an. Was war hier denn los?

Mira angelte nach dem Telefon, das neben ihr auf dem Wohnzimmertisch lag, während Nils an seines ranging.

»Guten Abend, Frau Streitberg. Gut, dass ich Sie direkt erreiche!« Es war der junge Kollege Beck, der sie auch über den Fahndungserfolg in Bezug auf das Phantombild unterrichtet hatte. Diesmal hatte sie seine Stimme nicht sofort erkannt, weil er so aufgeregt klang. Wahrscheinlich war er wirklich so jung, wie er sich anhörte, und irgendetwas schien ihn gerade richtig aufgewühlt zu haben. »Katharina Arnulf ist tot.«

»Bitte was? Was reden Sie da?« Mira setzte sich auf.

»Entschuldigen Sie. Der Reihe nach.« Sie hörte ihn tief durchatmen. »Vor etwa einer Dreiviertelstunde kam ein Notruf rein. Der Anrufer meldete sich als Karl-Heinz Märker und erklärte, dass er gerade in der Nähe des Mainfleckleins jemanden umgebracht habe.«

»Das kann doch nicht wahr sein!«, keuchte Mira entgeistert.

»Ich fürchte doch. Wir sind natürlich sofort hin. Es hat aber eine Weile gedauert, bis wir sie gefunden haben. Ich bin mir sicher, dass sie es ist, Frau Streitberg. Katharina Arnulf ist tot.«

26

Kollege Beck hatte ihnen geraten, bei der Tankstelle an der Hindenburgstraße zu parken statt von vorne am Mainflecklein, da sich der Fundort an der nahe gelegenen Mistelbrücke befand. Natürlich waren Mira und Nils gemeinsam hingefahren, und zum ersten Mal, seit sie zusammen waren, scherte es sie nicht im Geringsten, ob es jemandem auffiel.

Sie konnte nicht glauben, was Beck ihr am Telefon erzählt hatte. War es wirklich möglich, dass das Opfer Katharina Arnulf war? Und Märker sollte sie umgebracht haben? Wie hatte diese Geschichte nur derart aus dem Ruder laufen können, und warum hatte Mira das nicht einmal ansatzweise kommen sehen?

Sie parkten zwischen einem Streifenwagen und Sylvias Opel. Als sie auf den schmalen Weg traten, der zu der hölzernen Brückenkonstruktion führte, entdeckte Mira wenige Meter voraus das Absperrband. Schon oft hatte sie mit rot-weißem Flatterband begrenzte Leichenfundorte gesehen, doch heute stimmte es sie eigenartig melancholisch. Sie fühlte sich nicht bereit für das, was dort auf sie wartete, nicht bereit, der Wahrheit ins Auge zu blicken. Sie horchte in sich hinein und stieß auf Schuldgefühle, die sie nicht klar benennen konnte.

»Alles in Ordnung?«, hörte sie Nils vorsichtig fragen.

Sie schüttelte unbestimmt den Kopf. »Lass es uns hinter uns bringen.«

Als sie sich dem Absperrband näherten, trat ein junger Polizist auf sie zu. »Frau Streitberg?«

»Ja.« Mira blieb stehen, während Nils nach einem kurzen Blickwechsel weiterging. »Und Sie sind Herr Beck?«

Fahrig tippte er sich an die Mütze.

Mira fiel auf, wie blass er war. Sie hatte es im ersten Moment auf die Beleuchtung geschoben. »Ihr erster Tatort?«

»Ist das so offensichtlich?« Er versuchte zu lächeln, doch er sah elend dabei aus.

»Setzen Sie sich doch einen Moment ins Auto oder trinken Sie etwas. Und danke, dass Sie mich gleich angerufen haben.«

Er stand noch kurz unschlüssig da, dann eilte er mit erleichtertem Gesichtsausdruck in Richtung des Tankstellenparkplatzes davon.

Mira duckte sich unter dem Absperrband hindurch und betrat die Brücke. Ein großer Strahler war dort platziert worden, um das spärliche Brückenlicht zu verstärken, ein zweiter leuchtete nach links zum Roten Main hinunter. Ein Kriminaltechniker im weißen Anzug war gerade dabei, das Brückengeländer nach Spuren abzusuchen. Um den Job beneidete Mira ihn wahrlich nicht. Bestimmt war dieser öffentliche Ort mit Spuren regelrecht verseucht. Er nickte Mira kurz zu und hantierte dann konzentriert weiter mit einem kleinen Beutelchen und einer Art Minispatel herum.

Unten neben der Brücke, an der Stelle, auf die das Licht ausgerichtet war, standen zu beiden Seiten der Mistel weitere Strahler. Mehrere Techniker in ebenfalls weißen, bauschig wirkenden Anzügen durchkämmten das hohe Gras nach Spuren. Wer von ihnen Sylvia war, konnte Mira von hier aus nicht ausmachen. Nils war auch da unten und unterhielt sich mit jemandem. Und etwa dreißig Meter von Mira entfernt, fast dort, wo die Mistel in den Roten Main mündete, standen und hockten mehrere Personen. Das musste der Fundort sein, doch sie verdeckten mit ihren Körpern den Leichnam. Aus der Entfernung hätte Mira aber wohl ohnehin nicht viel erkennen können.

Sie überquerte die Brücke und nahm dann seitlich einen kleinen Pfad, der die Böschung hinunterführte. Sie musste sich durch hohes Gras und Brennnesselgestrüpp kämpfen. Der feuchte Grund gab bei jedem Schritt schmatzende Geräusche von sich. Es kam ihr vor, als würde die Umgebung versuchen, sie auszubremsen. Als Mira endlich bei dem Grüppchen ankam, wurde sie mit stummem Nicken begrüßt. Ein großer Ast zeichnete sich dunkel im Licht der Scheinwerfer über der Wasseroberfläche ab. Womöglich hatte die Leiche sich an ihm verfangen.

Mira strich sich mit klammen Fingern das Haar aus dem Gesicht. Verwundert bemerkte sie, wie kühl es geworden war. Zwar war noch August, doch der neigte sich langsam dem Ende zu. Der Abend war schon recht herbstlich. Oder lag dieses Empfinden weniger an den Temperaturen als vielmehr an Mira selbst?

Die Kriminaltechniker traten zur Seite, um den Blick auf den Körper freizugeben, den sie aus dem Wasser ans Ufer gezogen hatten. Mira ging neben dem Leichnam in die Hocke. Lange starrte sie auf das bleiche Gesicht der Toten. Darunter sah man eine klaffende Schnittwunde, die sich quer über den Hals zog. Das Haar der jungen Frau war dunkel vor Nässe. Fast sah sie aus, als könnte sie die Augen jeden Moment wieder öffnen. Sie war vollständig bekleidet, an ihren Fingern erkannte Mira die typischen Waschhautfurchen.

Ihr Blick wanderte zurück zum Gesicht der Toten. Der kurze Pony klebte nass an der Stirn. Doch auch ohne dieses Detail war Mira sich sicher. Vor ihr im Leichensack lag tatsächlich Katharina Arnulf.

Die Schuldgefühle drohten Mira zu überrollen. Sie hatte der jungen Frau etwas Gutes tun wollen, indem sie sie mit ihrer Mutter nach Hause gehen ließ. Jetzt wünschte sie, sie hätte sie in U-Haft gesteckt. Dann würde Katharina Arnulf jetzt noch leben. War sie zu lax gewesen? Hatte sie die junge Frau auf dem Gewissen?

Roland war nicht hier, der Leichnam würde also erst einmal nach Erlangen in die Rechtsmedizin gebracht werden. Eine Kriminaltechnikerin hockte sich neben Mira und begann, Spuren an der Leiche zu sichern. Also stand Mira auf und trat ein paar Schritte zurück. Sie würde in der Zwischenzeit nach Beck sehen. Er war einer der Ersten am Tatort gewesen.

Eine weiß verpackte SpuSi-Gestalt folgte ihr zurück zur Brücke. Mira blinzelte. Die Strahler leuchteten ihr nun entgegen und blendeten sie, als stünde sie auf einer großen Bühne. Oben angekommen, begann der Kriminaltechniker, ebenfalls das Geländer zu untersuchen. Automatisch verschränkte Mira die Arme vor der Brust, wie um sich selbst davon abzuhalten, es zu berühren. Ob die Tote womöglich hier oben auf der Brücke ermordet und dann über das Geländer in die Mistel geworfen worden war? Kurz vor der Mündung in den Roten Main war die Leiche dann vermutlich hängen geblieben. Dafür sprach auch der große, verzweigte Ast, der genau an der Stelle aus dem Wasser ragte, wo man sie gefunden hatte.

Ein paar Meter weiter parkte ein Leichenwagen. Ein Mann stand daneben und rauchte. Mira wandte sich ab, als der Wind den Rauch zu ihr herübertrug. Sie fühlte sich so schlecht, dass sie nicht einmal Lust auf eine Zigarette verspürte, obwohl das Verlangen danach nie ganz vergangen war, seit sie mit dem Rauchen aufgehört hatte, und vor allem an Tatorten immer wieder mal aufflammte. Sie atmete tief durch. Die Luft roch nach Herbst. Keine Spur von Verwesung. Noch nicht.

Als sie sich von der Brücke und dem Tatort abwandte, empfand sie kurz die Wehmut eines Abschieds. Doch Mira war noch lange nicht fertig, ihre Arbeit hier fing erst an. Sie würde den Täter zur Strecke bringen, das war sie dem Mädchen schuldig. Und sich selbst auch.

Sollte tatsächlich Karl-Heinz Märker dahinterstecken, würde es ihr eine besondere Genugtuung bereiten, ihn dem Gericht zu übergeben. Auch wenn Mira sich gerade fühlte, als hätte man ihr sämtliche Kraft ausgesaugt, konnte sie es doch kaum erwarten, die Aufnahme des Anrufs zu hören und Märker in die Mangel zu nehmen.

Sie blickte sich suchend nach Beck um und schlug den Weg

zur Tankstelle ein. Wahrscheinlich hielt er sich dort noch irgendwo auf, trank einen Kaffee oder Wasser, um etwas Abstand zu gewinnen und sich wieder zu sammeln. Mira blies in ihre Hände. Warum war es plötzlich so kalt?

27

»Ich hab's getan, ich habe es getan!«, keuchte der Anrufer. Die Stimme kam aus dem Lautsprecher von Becks Laptop. Der junge Kollege hatte sich inzwischen wieder gefangen und war begierig darauf, sie zu unterstützen. Was sie hörte, jagte Mira einen Schauer über den Rücken. Nicht nur, weil sie angefüllt war mit Fassungslosigkeit und Schuldgefühlen, sondern vor allem deshalb, weil sie die Stimme kannte. Es ertönte ein Rascheln, sodass man meinte, die Verbindung breche ab.

»Was haben Sie getan? Wie heißen Sie?«, fragte eine Frauenstimme. Im Gegensatz zum Anrufer schien die Kollegin, die den Notruf entgegengenommen hatte, die Ruhe selbst zu sein.

»Mein Name ist Karl-Heinz Märker. Ich habe sie umgebracht.«

»Wo sind Sie?«, wollte die Kollegin wissen. Nun klang sie nicht mehr ganz so gefasst. »Braucht jemand Hilfe?«

»Am Mainflecklein. Hilfe braucht hier keiner mehr.«

Dann wurde die Verbindung unterbrochen, und die Aufnahme endete.

Angespannte Stille breitete sich aus, fast meinte Mira, die Luft knistern zu hören. »Das darf doch nicht wahr sein!«, stieß sie erregt aus. Sie war vorgewarnt gewesen, und doch hatte sie es nicht glauben wollen, bis sie es mit eigenen Ohren gehört hatte.

Mira sah von Nils zu Beck und zurück. Beide Männer wirkten ebenso fassungslos wie sie selbst, obwohl Beck die Aufnahme nicht zum ersten Mal gehört hatte.

Sie sprang auf. Mit einem Mal verspürte sie einen unglaublichen Bewegungsdrang. Am liebsten wäre sie aus dem kleinen Büro hinausgestürmt. Doch sie begnügte sich damit, unruhig hin und her zu tigern. Nils kam zu ihr und legte ihr beruhigend die Hand auf die Schulter.

»Niemand hat das kommen sehen«, sagte er leise. Natürlich hatte er gemerkt, dass sie einen Riesensack an Selbstvorwürfen mit sich herumtrug. Doch sein Trost machte diese Last nicht leichter. Eine junge Frau war tot. Und der Mörder hatte ihr in Miras Beisein gedroht. »Ich bring dich um!«, hatte Märker gerufen, als Katharina Arnulf losgerannt war und sie die Verfolgung aufgenommen hatte. Seine Worte hallten in Miras Kopf wider, und jedes einzelne schmerzte wie ein Messerstich. Sie hätte das verhindern können, hätte es verhindern müssen.

»Schon gut«, log sie. »Komm.«

Als Nils und Mira den Vernehmungsraum betraten, reagierte Märker unerwartet unwirsch. »Da sind Sie ja endlich!«, moserte er und machte eine wegwerfende Handbewegung, als er Mira erblickte. Die fühlte sich wie vor den Kopf geschlagen. Ihr Zorn half ihr jedoch, sich schnell wieder zu fangen. Was zog Märker denn nun wieder für eine Show ab?

»Sie wissen, wieso Sie hier sind?«, fragte sie kühl, als sie ihm gegenüber Platz nahmen.

»Mordverdacht, dass ich nicht lache«, höhnte er. »Eine Farce ist das! Den Beamten, die mich abgeholt haben, wird das noch schrecklich leidtun.« Er fixierte Mira. »Und Ihnen auch.«

»Sie stoßen also schon wieder Drohungen aus. Denken Sie wirklich, das ist hilfreich in Ihrer Situation?«

Er schnappte nach Luft, sagte jedoch nichts mehr.

»Sie wissen, dass Sie einen Anwalt kontaktieren können?«

»Ich habe ihm auf Band gesprochen. Um diese Zeit schlafen die Leute normalerweise, wenn sie nicht gerade Opfer von Polizeiwillkür werden.«

»Schluss mit dem Getue«, sagte Nils scharf. »Sie stehen unter dem dringenden Verdacht, Katharina Arnulf getötet zu haben.«

»Das hat man mir schon gesagt. Und ich habe auch bereits erklärt, dass ich überhaupt keine Katharina Arnulf kenne.«

»Natürlich kennen Sie sie. Und ich war dabei, als Sie ihr gedroht haben, sie umzubringen.«

Märker blickte Mira lange an. Dann erhellte sich seine Miene. »Ach, Sie meinen das Flittchen vom Fichtelsee?«

Sie konnte nicht verhindern, dass sie beim Wort Flittchen zusammenzuckte. Mira ballte die Fäuste unter dem Tisch.

»Wir stellen fest, dass Sie Katharina Arnulf durchaus kannten«, sagte Nils ruhig, wahrscheinlich für die Aufnahme, die mitlief. »Und wir stellen fest, dass Sie einen offenen Konflikt mit ihr hatten.«

»Sie können feststellen, was Sie wollen«, blaffte Märker. »Ich sage nicht, dass ich nicht sauer auf sie war. In dem Moment, als ich meinen beschmierten Porsche gesehen habe, hätte ich der Kleinen am liebsten den Hals umgedreht. Aber ich wusste bis gerade eben ja nicht einmal ihren Namen.« Er grinste selbstsicher und lehnte sich zurück.

»Sie haben aber durchaus versucht, ihn herauszufinden, nicht wahr?«, schaltete sich Mira wieder ein. »Auch wenn Sie Katharina Arnulf nicht kennen wollen, der Name David Weißmann sagt Ihnen doch sicherlich etwas? Schließlich waren Sie zusammen in der Schule und haben gestern mit ihm telefoniert.«

Märker wirkte überrascht, jedoch nur für einen kurzen Moment. Dann kehrte das süffisante Grinsen auf sein Gesicht zurück. »Natürlich wollte ich wissen, wer sie ist. Irgendjemand muss den Schaden ja bezahlen. Aber da Sie so genau informiert sind, wissen Sie ja sicherlich auch, dass David mir keine Auskunft gegeben hat.«

»Mir reicht es jetzt.« Mira wandte sich mit etwas lauterer Stimme an den Kollegen Beck, der im Raum nebenan saß und die ganze Zeit mitgehört hatte. »Bitte spielen Sie den Notruf von heute Nacht ab.«

Es dauerte einige Sekunden, dann ertönte ein Rauschen

und Klopfen, als würde jemand etwas unbeholfen mit einem Mikro herumhantieren. Märker zog demonstrativ eine Augenbraue in die Höhe, um auch ja keinen Zweifel daran zu lassen, wie unnötig und lächerlich er alles hier fand. Als er dann auf einmal sein eigenes Keuchen hörte, obwohl er selbst ganz still dasaß, spitzte er aber doch die Ohren.

»Ich hab's getan, ich habe es getan!«, tönte es durch den Raum, und endlich fiel Märkers überhebliches Grinsen in sich zusammen.

»Was soll das?«

Mira legte den Finger auf ihre Lippen. »Seien Sie still.«

Die Aufnahme lief weiter. »Was haben Sie getan? Wie heißen Sie?«

»Mein Name ist Karl-Heinz Märker. Ich habe sie umgebracht.«

»Das ist nicht wahr! Das ist eine Falle, ein Komplott gegen mich!«, brauste Märker auf.

Sie hörten die Aufnahme zu Ende. Mira genoss es zu sehen, wie es dabei in ihm arbeitete.

»Das war ich nicht!«, rief Märker aufgebracht.

»Das ist eindeutig Ihre Stimme. Wie können Sie nach Ihrer expliziten Drohung und sogar noch nach diesem aufgenommenen Geständnis leugnen, was Sie getan haben?«

Märker starrte sie unverwandt an, als spräche sie eine fremde Sprache. Dann flackerte sein Blick, und er sank in sich zusammen wie ein Luftballon, dem langsam die Luft ausging. »Ich sage nichts mehr, bis mein Anwalt da ist«, flüsterte er rau.

»Okay. Die Kollegen werden Ihnen eine Zelle zuweisen, in der Sie auf ihn warten können.«

Sie wusste, dass sie sich mit dem Sicherungsgewahrsam auf dünnem Eis bewegte, doch Märkers geschockter Gesichtsausdruck war es ihr wert. Eine Nacht in der Zelle würde ihm und seinem Ego sicherlich guttun.

28

»Nicht dein Ernst.« Philipp schaute Mira mit großen Augen an, als sie ihm erzählte, was am Vorabend alles passiert war. »Oh Gott, das ist ja krass«, sagte er erschüttert und ließ sich auf seinen Schreibtischstuhl fallen. »Und der Märker hat erst gestanden und dann alles wieder abgestritten?«

»Ja, so ungewöhnlich, wie es klingt, ist das leider nicht. Es kommt immer wieder vor, dass Geständnisse widerrufen werden«, erklärte Mira. »Doch selbst wenn er bei seiner Aussage geblieben wäre, reicht das im Grunde nicht, es ist nur einer von vielen Bausteinen vor Gericht.«

»Aber ein wichtiger.«

»Das sicherlich.«

»Das heißt, wir ermitteln weiter, obwohl wir eigentlich eh schon wissen, dass es Märker war, um es auch ohne sein Geständnis zu beweisen?«

»Die Polizei bleibt immer unvoreingenommen«, dozierte Mira mit erhobenem Zeigefinger. Es war auch eine Ermahnung an sie selbst, denn am liebsten hätte sie Philipp mit seiner Analyse der Situation spontan recht gegeben. Sie sah auf die Uhr. »Er bespricht sich gerade mit seinem Anwalt«, murmelte sie. »Das Warten nervt.«

»Können wir in der Zwischenzeit nicht irgendwas tun?«

Mira überlegte. »Er behauptet, er hätte den Anruf nicht getätigt, was gelogen ist, da man ihn auf der Aufnahme eindeutig erkennt. Der Vollständigkeit halber sollten wir aber mal die Telefonnummer checken.«

Nils griff sofort zum Hörer, um die Information einzuholen. Nach einem kurzen Gespräch notierte er sich eine Zahlenfolge.

Mira beugte sich vor, um einen Blick auf die Ziffern zu werfen. Die Nummer kam ihr bekannt vor.

»Das ist nicht Märkers Handynummer«, stellte Philipp nach ein paar Klicks fest.

»Aber irgendwoher kenne ich sie. Zeig mir mal bitte die Telefonnummer, die Katharina Arnulf von ihrem Handy aus angerufen hat.«

Philipp rief den Einzelverbindungsnachweis auf. »Tatsächlich!«

Mira blies geräuschvoll die Luft aus. »Verdammt, was bedeutet das? Dieser Fall wird immer verworrener!«

»Damit hatte ich jetzt auch nicht gerechnet. Verarscht uns der Märker?«

Auch Mira kam nicht umhin, sich zu fragen, was Karl-Heinz Märker da womöglich für ein seltsames Spiel mit ihnen trieb. Konnte es sein, dass er Katharina Arnulfs Kontaktmann war? Steckten die beiden unter einer Decke? Hatten sie die Sache mit dem Porsche vielleicht nur inszeniert, um bezüglich der Vergiftung von ihm abzulenken?

»Was machen wir jetzt?«, fragte Philipp ratlos.

Mira streckte den Rücken durch. Sie durften sich nicht aus dem Konzept bringen lassen. Je mehr sie herausfanden, desto näher würden sie der Lösung in diesem vertrackten Fall kommen. »Märker bespricht sich wie gesagt gerade mit seinem Anwalt. Die Berichte der Kriminaltechnik und der Rechtsmedizin sind noch nicht da. Das wird mindestens bis heute Mittag dauern. Und Beatrix Arnulf möchte ich nicht jetzt gleich am Morgen überfallen. Wollen wir Märkers Frau einen Besuch abstatten? Vielleicht hat sie uns etwas Interessantes zu sagen, und irgendwo müssen wir ja anfangen.«

»Klingt gut. Lass uns gehen.«

»Du meinst wohl, humpeln.«

»Haha.«

Das Haus der Märkers war wohl irgendwann einmal ein typisches Einfamilienhaus gewesen. Inzwischen jedoch verliehen mehrere Anbauten und Renovierungen dem Anwesen einen eigenwilligen Charme. Ein kastenartiger Wintergarten ragte in die Rasenfläche hinein. Ein Balkon, der auf massiven Stahlfüßen stand und von dem eine metallene Wendeltreppe nach unten in den Garten führte, zierte die angrenzende Außenwand. Und die Garage leuchtete in strahlendem Weiß, während das Haus beige gestrichen war.

Mira und Philipp schauten sich ausgiebig um, während sie zur Haustür schritten. Die Klingel war auch von außen gut zu hören. Trotzdem dauerte es einige Zeit, bis sich im Haus etwas rührte.

Mira hatte damit gerechnet, dass Frau Märker die Tür öffnen würde. Stattdessen stand ein junger Mann vor ihnen. Das musste wohl Märkers Sohn sein. Zwar hatte er feine Gesichtszüge, doch das dunkelbraune Haar und die Augenpartie wiesen eine gewisse Ähnlichkeit auf.

Sie stellten sich vor, und Mira wies sich aus. »Und Sie sind?«

»Benjamin Märker.«

»Wir hätten ein paar Fragen zu Ihrem Vater. Dürfen wir reinkommen?«

Der Junge zuckte lässig mit den Schultern und ging dann ins Haus zurück. Dass er die Tür offen stehen ließ, werteten Mira und Philipp als Einladung und folgten ihm. Von der geräumigen Diele gelangten sie direkt ins Wohnzimmer. Die dunklen, schweren Schränke und Regale wirkten etwas drückend und altmodisch, dies wurde jedoch durch eine crèmefarbene Sofagarnitur und große bunte Bilder geschickt aufgelockert. Die Gemälde erinnerten Mira an den gekrönten Löwen in Märkers Büro. Er mochte es anscheinend farbenfroh und plakativ. Vielleicht waren die Bilder sogar alle vom selben Künstler?

»Soll ich meine Mutter holen?«, fragte Benjamin Märker. Er hatte sich auf die Couch geworfen. Obwohl er sie aufmerksam ansah, wirkte er noch immer leicht gelangweilt.

»Später gerne, doch zuerst könnten wir uns ja unterhalten.«

Mira und Philipp setzen sich zu ihm. Der junge Märker warf einen kritischen Blick auf Philipps geschienten Fuß und schob ihm einen Polsterhocker zu. »Brauchst du Eis oder ein Kühlpad?«

Philipp schüttelte den Kopf. »Geht schon, danke.«

Egal, wie abgeklärt Benjamin Märker tat, er war Mira auf Anhieb sympathisch. Damit hätte sie im Hause Märker nicht unbedingt gerechnet. Sie dachte an das Familienidyll, das sie in Bamberg gesehen hatte, und ermahnte sich, nicht vorschnell zu urteilen. Nur weil sie und Märker nicht auf einer Wellenlänge waren, musste es anderen ja nicht auch so gehen.

»Weißt du, wo dein Vater ist?« Da Benjamin Märker sie duzte, verzichtete auch Mira auf das unpersönliche Sie, um keine unnötige Distanz zu schaffen.

»Keine Ahnung. Bei der Arbeit wahrscheinlich. Soll ich euch seine Nummer aufschreiben?«

Niemand hatte den Jungen informiert. Was sagte das über diese Familie aus? Mira war sich nicht sicher.

»Gestern Abend ist in der Nähe des Mainfleckleins hinter dem Kino eine junge Frau getötet worden. Sie hieß Katharina Arnulf. Sagt dir der Name irgendetwas?«

»Ich glaub nicht«, sagte er nachdenklich. »Es gibt einen Arnulf im Stadtrat. Sind die irgendwie verwandt?«

Mira wusste es nicht. »Das ist eine sehr gute Frage.« Sie war sich hundertprozentig sicher, dass der Name nicht auf der Teilnehmerliste der letzten Sitzung gestanden hatte. Sie mussten sich unbedingt ansehen, wer von den Stadträten nicht anwesend gewesen war.

Etwas aus dem Konzept gebracht, musste Mira kurz überlegen, wie sie weitermachen sollte. »Warst du gestern Abend zu Hause?«, wollte sie schließlich wissen.

»Bin ich etwa irgendwie verdächtig wegen dieser toten Frau?« Benjamin Märker zog fragend die Augenbrauen in die Höhe. Er wirkte jedoch nach wie vor entspannt und nicht, als würde er sich ernsthaft Sorgen machen, unter Verdacht zu stehen.

»Nein.«

»Ich war bei meiner Freundin. Warum wollt ihr das wissen?«

»Dein Vater steht unter Verdacht. Wir müssen herausfinden, wo er sich gestern Abend aufgehalten hat.«

»Der war bestimmt zu Hause. Fragen Sie mal meine Mutter«, schlug er vor.

»Das werden wir tun, ja.« Mira musterte den jungen Mann. »Wundert es dich gar nicht, dass dein Vater unter Mordverdacht steht?«

»Ach, bei dem ist immer irgendwas. Er eckt halt oft an, wisst ihr? Deshalb hat er auch regelmäßig Ärger mit irgendwem. Und so wird es diesmal halt auch sein, dass ihm jemand was anhängen will oder so.« Er zuckte gleichmütig mit den Schultern.

»Du vermutest also eine Intrige«, fasste Mira zusammen. Sie dachte an die Vernehmung am Vorabend. Karl-Heinz Märker hatte ebenfalls die Vermutung geäußert, dass es sich um ein Komplott gegen ihn handeln müsse. War diese Familie paranoid, oder konnte da wirklich etwas dran sein? »Und dass er wirklich der Täter ist, kannst du dir nicht vorstellen?«

»Nein, das sicher nicht«, antwortete Benjamin Märker bestimmt. »Mein Vater ist kein Heiliger, aber der bringt niemanden um. Ich glaube, das könnte er gar nicht.« Er sah Mira offen an. »Der schreit gern mal rum oder kommt besoffen heim oder so. Aber er ist nicht gewalttätig. Einmal hat meine Mutter mir eine Ohrfeige gegeben. Daraufhin hat mein Vater über eine Woche lang nicht mit ihr geredet und hier auf der Couch geschlafen. Gewalt ist nicht sein Ding.«

»Was ist hier los? Was erzählst du denn da für Sachen?«, warf auf einmal eine vorwurfsvolle Stimme ein. Niemand hatte die Frau kommen hören, die nun in der Tür stand. Mira erkannte Claudia Märker vom Jazzfestival wieder, auch wenn sie heute kein Make-up trug und ihr Pferdeschwanz nicht ganz so akkurat saß. »Und wer sind diese Leute?«

Mira stellte sich und Philipp erneut vor. »Wir würden gerne mit Ihnen über Ihren Mann sprechen.«

Frau Märker schüttelte unwillig den Kopf. »Wann kommt er nach Hause? Er ist doch nicht festgenommen, oder?«

»Er berät sich gerade mit seinem Anwalt.«

»Du wusstest also von der Sache?«, fragte Benjamin an seine Mutter gewandt.

»Ich hätte es dir gleich erzählt. Wir haben uns heute ja noch gar nicht richtig unterhalten.«

»Ja, klar.« Er stand unvermittelt auf. »Braucht ihr mich noch?«, fragte er Mira und Philipp. Als sie verneinten, ging er zur Tür und schob sich an seiner Mutter vorbei, ohne sie anzusehen.

29

Claudia Märkers Lächeln wirkte gekünstelt, als sie zu Mira und Philipp ins Wohnzimmer trat. Im Hintergrund hörte man, wie eine Tür geschlossen wurde. Es war kein wutentbranntes Knallen, aber doch gut hörbar. »Benjamin ist in einem schwierigen Alter«, meinte sie in entschuldigendem Tonfall.

»Ach, uns kam er eigentlich sehr nett vor«, gab Philipp zurück. Mira schmunzelte in sich hinein. Diesmal amüsierte sie seine trockene, unverblümte Art.

Claudia Märker ignorierte seinen Einwurf. »Ich brauche jetzt erst einmal einen Kaffee. Möchten Sie auch einen?«

Mira wollte endlich in Ruhe mit Märkers Frau sprechen, und eine weitere Verzögerung passte ihr eigentlich nicht. Doch die Dame des Hauses hatte keinen Zweifel daran gelassen, dass sie nun auf jeden Fall zuerst Kaffee kochen würde.

»Sehr gerne!«, sagte Philipp da bereits. Er hatte unter Garantie sehr viel weniger über die Kaffeefrage nachgedacht als Mira, doch sie kam schließlich zum selben Ergebnis und nickte. Als sie aufstehen und Claudia Märker in die Küche begleiten wollte, deutete diese auf Philipps Fuß. »Sie bleiben besser hier sitzen. Ich bin gleich wieder da.«

Während im Raum nebenan Geschirr klirrte und ein Kaffeevollautomat zu brummen begann, stand Mira schließlich doch auf und sah sich etwas genauer in dem Wohnzimmer um. In einer Vitrine entdeckte sie ein paar Pokale und Urkunden. Anscheinend war Märker junior ziemlich gut in Basketball. Im Regal daneben standen einige Liebesromane und Familiensagas, die Mira spontan Claudia Märker zuordnete. Eine persönliche Note von Karl-Heinz Märker konnte sie auf Anhieb nicht entdecken.

Mira trat an eines der großen Gemälde heran. Acryl auf Leinwand, genau wie in Märkers Büro. Es zeigte die Köpfe von drei Giraffen, und jede von ihnen trug eine andere schrille Sonnenbrille.

»Gefällt es Ihnen?«, hörte sie Claudia Märker hinter sich fragen.

Mira drehte sich zu ihr um. »Ähm, ja.« Sie blickte erneut zu dem Bild. Es hatte durchaus etwas, war bunt und einfallsreich und recht gekonnt gemalt. Hätte Mira eine Giraffe gezeichnet, würde man sie vermutlich gar nicht als solche erkennen. Trotzdem traf es nicht unbedingt Miras Geschmack. Als lustige Postkarte gerne, aber nicht in dieser Größe in einem ansonsten eher biederen Wohnzimmer. Sie war ohnehin mehr der Typ, der nur spärlich dekorierte und sich, wenn überhaupt, eher ein paar Fotos statt eines Gemäldes an die Wand hängte.

»Ich mag es auch sehr«, erzählte Claudia Märker. »Tiere male ich einfach am liebsten.«

Überrascht trat Mira näher an die Sitzgruppe heran, während die Hausherrin Kaffee und Wasser von einem Tablett auf dem Couchtisch verteilte. »Ach, Sie haben die Bilder selbst gemalt?«

»Ja. Ich stelle auch hin und wieder aus.«

»Dann ist der Löwe im Büro Ihres Mannes auch von Ihnen?«

»Ganz genau!« Sie schien sich darüber zu freuen, dass Mira das Bild in Erinnerung geblieben war. Dann sanken ihre Mundwinkel herab, und sie setzte sich. »Was ist nun mit Karl-Heinz?«

Mira ließ sich ebenfalls wieder auf ihrem Platz nieder und zog die gefüllte Tasse zu sich heran. »Er ist dringend tatverdächtig, eine junge Frau getötet zu haben.«

»Ist es wirklich so ernst?«, fragte Claudia Märker und fuhr sich mit den Fingerspitzen über die Oberlippe, was ihre ängstliche Miene noch unterstrich.

Mira schwieg und zuckte mit den Schultern. Was sollte sie darauf schon antworten?

»Mein Mann ist doch kein Mörder. Das ist völliger Unsinn!«

Auch darauf musste Mira nichts erwidern. Die meisten Befragten verteidigten die Tatverdächtigen, wenn sie mit ihnen verwandt waren. Was Sinn und was Unsinn war, würde sich nach und nach zeigen. Sie musste lediglich die notwendigen Fakten zusammentragen, die am Ende wie ein Puzzle die Lösung des Falls ergeben würden. »Wann ist Ihr Mann gestern von der Arbeit nach Hause gekommen?«

Claudia Märker seufzte unwillig, nahm dann noch betont langsam einen Schluck von ihrem Wasser, fügte sich jedoch und begann zu erzählen. »Gegen halb sechs. Er war etwas später dran als sonst, weil ich ihn gebeten hatte, Essen vom Asia-Imbiss mitzubringen. Ich hatte den ganzen Tag Kopfschmerzen und deshalb keine Lust zu kochen.«

»Dann haben Sie zu dritt zu Abend gegessen?«

»Ja. Benni ist zwar ein heikler Esser, aber für Knusperente ist er immer zu haben.«

»Wie ging es weiter?«

»Er ist dann zu seiner Freundin gefahren.«

Mira stutzte, bis ihr aufging, dass sie von ihrem Sohn sprach. »Und Ihr Mann und Sie?«

»Wir haben noch eine Weile zusammengesessen, hier im Wohnzimmer. Karl-Heinz hat sich ein Feierabendbier aufgemacht. Ich bin bei einer Apfelschorle geblieben. Wie gesagt, ich fühlte mich etwas angeschlagen. Irgendwann haben wir den Fernseher eingeschaltet.«

»Sie können also bezeugen, dass er den ganzen Abend hier war und das Haus erst verlassen hat, als meine Kollegen später eintrafen, um ihn abzuholen?«

»Natürlich. Es war ein Abend wie jeder andere.«

»Frau Märker, das ist wirklich wichtig. Wenn Sie Ihrem Mann ein falsches Alibi geben, machen Sie sich strafbar. Ist

Ihnen das klar?« Mira beugte sich vor und schaute Claudia Märker eindringlich an. Die wich ihrem Blick aus und starrte unverwandt auf ihre Kaffeetasse. »Andererseits müssen Sie natürlich auch keine belastende Aussage gegen einen Angehörigen machen«, klärte Mira sie auf. »Was ich aber schon komisch finde, ist, dass mir der Kollege von der Schutzpolizei, der Ihren Mann mitgenommen hat, erzählte, Sie seien nirgends zu sehen gewesen.«

»Ich sagte doch, dass ich gestern Kopfschmerzen hatte. Deshalb bin ich früh zu Bett gegangen.«

»Wann genau?«

»Als ›Joko und Klaas‹ losging. Mein Mann hat sich das dann allein angeschaut.«

»Sie sind also um viertel neun ins Bett.«

Claudia Märker nickte.

»Gehe ich recht in der Annahme, dass Sie deshalb nicht hier unten waren, als man Ihren Mann zur Vernehmung abgeholt hat, weil Sie geschlafen und es gar nicht mitbekommen haben?«

»Ich habe es dann natürlich schon irgendwann bemerkt.« Claudia Märker schlug nun einen verteidigenden Ton an. »Karl-Heinz hat mich später auf dem Handy angerufen. Das lag auf dem Nachtkästchen. Er erzählte mir, man wolle ihm einen Mord anhängen. Und dass er dringend mit seinem Anwalt sprechen müsse. Den hatte er da aber noch nicht erreichen können. Spätestens heute Vormittag wollte er wieder nach Hause kommen. Warum ist er noch nicht hier?«

»Das ist gerade nicht die Frage, Frau Märker«, sagte Mira ruhig und lehnte sich zurück. »Die Frage ist, wie Sie bezeugen wollen, dass Ihr Mann gestern Abend das Haus nicht verlassen hat, wenn Sie doch tief und fest geschlafen haben.«

30

Mira hatte gehofft, die Nacht beim Kollegen Beck in der Zelle der Polizeiinspektion würde Märker ein bisschen weichkochen. Als Nils und sie ihm und seinem Anwalt nun gegenüberstanden, musste sie jedoch feststellen, dass er sich erstaunlich gut mit der Situation arrangiert hatte. Gut, sein Hemd war etwas verknittert, das Haar unfrisiert, und an seinen Wangen zeigten Schatten, dass er sich heute noch nicht rasiert hatte. Aber sein Blick war wach und seine Haltung aufrecht.

Der Anwalt hieß Dr. Grindmann. Bisher hatte Mira nichts mit ihm zu tun gehabt, doch den Namen würde sie sich merken. Er war groß und breit, trug einen gut sitzenden Anzug mit passendem Einstecktuch zur babyblauen Krawatte, und sein zurückgegeltes dünnes Haar verlieh ihm einen schmierigen Touch. Doch das Beeindruckende an ihm war sein Selbstbewusstsein. Er füllte mühelos den Raum mit seiner Präsenz, Märker wirkte neben ihm wie ein belangloses Würstchen, und auch Mira fühlte sich kleiner in seiner Anwesenheit.

»Grüß Gott, die Herren«, sagte Nils und schüttelte beiden die Hände.

Mira tat es ihm gleich. »Guten Tag.«

Sie setzten sich einander gegenüber an den rechteckigen Tisch, der in der Mitte des schmucklosen Raumes stand.

»Kommen wir direkt zur Sache«, ergriff Dr. Grindmann das Wort, während Märker mit ineinander verschränkten Fingern dasaß und beinahe unbeteiligt wirkte. »Mein Mandant ist unschuldig. Er hat Katharina Arnulf nicht getötet. Er hat sie nur ein einziges Mal gesehen und wusste weder ihren Namen noch wo sie wohnte. Auch den ominösen Notruf hat er nicht abgesetzt. Vielleicht hat sich jemand einen Scherz erlaubt und seine Stimme verstellt oder etwas in der

Art. Wie auch immer, so eine Aufnahme ist ohnehin nicht als stichhaltiges Beweismittel anzusehen.«

»Es geht hier nicht um einen Scherz, wie Sie es ausdrücken, sondern um Mord«, protestierte Mira.

»Das wissen Sie doch überhaupt nicht. Oder haben Sie den rechtsmedizinischen Bericht schon bekommen?« Dr. Grindmann blickte sie herablassend an. Seine dunklen Augen blitzten angriffslustig. Er schien ganz genau zu wissen, dass ihnen besagter Bericht noch nicht vorlag.

»Ihr Hals war aufgeschlitzt.«

»Das ist tragisch.«

»Das ist es. Und das macht es zu einem Tötungsdelikt. Ob wir es nun bereits schwarz auf weiß haben oder nicht, Ihr Mandant steht unter dringendem Tatverdacht.«

»Dass Sie das so sehen, gestehe ich Ihnen durchaus zu«, sagte Dr. Grindmann gönnerhaft. »Sie haben einen Verdacht, und dem müssen Sie im Rahmen Ihrer Ermittlungen nachgehen. Tun Sie das.« Er lächelte unverbindlich und faltete die Hände.

»Sie sagen heute gar nichts?«, fragte Nils an Märker gewandt.

Der schüttelte prompt den Kopf. »Mein Anwalt hat Ihnen bereits alles gesagt.« Dann lehnte er sich zurück und verschränkte die Hände vor der Brust, als wolle er seine Aussage dadurch unterstreichen.

»Das sehe ich nicht so. Zum Beispiel möchte ich auf jeden Fall wissen, wo Sie sich gestern Abend aufgehalten haben.«

»Ich war zu Hause und habe ferngesehen.«

»Kann das jemand bezeugen, Ihr Sohn vielleicht?«

»Benjamin war bei seiner Freundin. Aber meine Frau war da. Sie kann bestätigen, dass ich daheim war.«

Auf diese Aussage hatte Mira gewartet. »Da muss ich Sie enttäuschen, das kann sie leider nicht. Mein Kollege und ich haben heute Morgen mit ihr gesprochen. Sie gab an, sie sei wegen Kopfschmerzen bereits um zwanzig Uhr fünfzehn zu

Bett gegangen. Sie hat anscheinend so fest geschlafen, dass sie nicht einmal mitbekommen hat, wie Sie später zur Vernehmung abgeholt wurden.«

Märkers Adamsapfel hüpfte nervös. Doch bevor sie seine aufkeimende Unsicherheit nutzen konnte, griff Dr. Grindmann ein und zog die Aufmerksamkeit wieder auf sich. »Wir werden jetzt gehen und uns überlegen, ob wir rechtliche Schritte gegen den Sicherungsgewahrsam heute Nacht einleiten.« Er blickte Mira herausfordernd an.

»Tun Sie, was Sie nicht lassen können. Die Entscheidung, Ihren Mandanten in Gewahrsam zu nehmen, war richtig und wichtig, und ich würde wieder so handeln.«

»Richtig und wichtig, soso«, der Anwalt schmunzelte aufgesetzt. »War sie denn auch unerlässlich und verhältnismäßig, um die Allgemeinheit zu schützen oder eine Gefahr abzuwenden? Schließlich ist ein Sicherungsgewahrsam eine Einschränkung der Bewegungsfreiheit, ein Grundrecht, wie Sie ja sicherlich wissen.«

»Sie brauchen mich nicht zu belehren, ich kenne die Voraussetzungen. Wir hatten eine Leiche, ein Geständnis Ihres Mandanten auf Band, bei dem er sich entsprechend gestresst und aufgelöst anhörte, und dann kurz darauf sein vehementes Zurückrudern, als er von besagtem Anruf plötzlich nichts mehr wissen wollte. Als wir ihm die Aufnahme vorspielten und er seine eigene Stimme hörte, wirkte er in höchstem Maße aufgebracht, wenn nicht gar unberechenbar. Ich sehe Ihren etwaigen rechtlichen Schritten gelassen entgegen.«

Ob diese Argumentation vor einem Richter oder einer Richterin standhalten würde, wusste Mira nicht. Gegenüber Märker zeigte sie jedoch die gewünschte Wirkung, denn er blickte unsicher zu seinem Anwalt. Auch der schmunzelte nun nicht mehr. Zumindest aus der Defensive hatte Mira sich also befreien können.

»Schön«, sagte Dr. Grindmann. »Dann sind wir in dieser Angelegenheit anscheinend alle sehr gelassen. Wir wünschen

Ihnen viel Erfolg bei Ihren Ermittlungen. Je eher Sie den wahren Täter fassen, desto besser.« Er ließ seine Mundwinkel kurz zucken, was wohl ein Lächeln darstellen sollte. Dann stand er auf. »Kommen Sie?«, fragte er Märker mit vorwurfsvollem Unterton, als dieser nicht sofort ebenfalls aufstand. Der nickte hastig und beeilte sich, ihm zu folgen.

»Herr Märker?«, rief Nils ihm nach. »Halten Sie sich bitte zu unserer Verfügung. Wir werden vermutlich noch einige Fragen an Sie haben.«

Zu Miras Erstaunen nickte Märker erneut und murmelte: »Ist gut.« Dann verließ er den Vernehmungsraum; von seinem Anwalt war schon nichts mehr zu sehen.

Mira sank ernüchtert gegen ihre Stuhllehne, als die Tür zugefallen war.

»Gut gebrüllt, Löwe«, raunte Nils ihr zu.

Sie winkte ab. »Danke. Aber wenn ich ehrlich bin, ist das Gespräch nicht gerade so gelaufen, wie ich gehofft hatte.«

»Dachtest du, er gesteht?«

»Ja. Ganz schön naiv, oder?«

»Überhaupt nicht. Hätte ja durchaus sein können. Man weiß das vorher nie so genau. Immerhin hatte er die Tat ja bereits zugegeben, wir haben sein Geständnis auf Band.«

Mira runzelte die Stirn und schob Nils' Aussage in ihrem Gehirn einige Male hin und her. »Sein Geständnis auf Band«, wiederholte sie nachdenklich. »Ja, haben wir das denn wirklich?«

Nils blickte sie fragend an.

»Solange er es leugnet, ist die Aufnahme wertlos. Ich werde sie untersuchen lassen. Wenn uns unsere Profis bestätigen, dass sie echt ist, können wir Märker mit dieser Aussage noch einmal ganz anders in die Mangel nehmen, ob die Aufzeichnung nun ein offizielles Beweismittel ist oder nicht.«

31

Als Mira und Nils wieder bei der Dienststelle der Kripo in der Ludwig-Thoma-Straße ankamen, liefen sie einer Person in die Arme, mit der Mira ganz und gar nicht gerechnet hatte: Die Journalistin, die über den Vorfall am Fichtelsee berichtet hatte und der Mira ihre zweifelhafte Präsentation in der Tageszeitung verdankte, schien vor dem Eingang auf sie gewartet zu haben. Wenigstens war von ihrem fotografierenden Kollegen nichts zu sehen. Mira hob abwehrend die Hand und wollte mit Nils einfach an ihr vorbei in das Gebäude laufen.

Doch die Dame ließ sich nicht so einfach abschütteln. »Auf ein Wort«, rief sie und heftete sich an ihre Fersen. »Warum haben Sie Karl-Heinz Märker verhaftet? Ist das Teil Ihres kleinen privaten Streits, oder hat er sich etwas zuschulden kommen lassen? Ist es nicht etwas übertrieben, ihn mitten in der Nacht abholen zu lassen? Oder hat seine Verhaftung etwas mit dem Leichenfund am Roten Main zu tun?« Sie feuerte eine Frage nach der anderen ab, um Mira zum Stehenbleiben zu bewegen und ihr eine Reaktion zu entlocken.

Ein Seitenblick verriet Mira, dass es hinter Nils' Stirn arbeitete. Und auch Mira musste sich wundern, wie die Journalistin das alles so schnell erfahren hatte. Gab es womöglich jemanden bei der Polizei, der ihr diese Infos zukommen ließ? Falls dem so war, würde Mira es vermutlich nie erfahren. Ganz unkommentiert wollte sie die Fragen trotzdem nicht lassen. Die Journalistin war topinformiert und verstand anscheinend ihren Job, doch dass sie ganz richtiglag, musste sie ihr ja nicht auf die Nase binden.

»Ich komme gleich nach«, flüsterte sie Nils zu und drehte sich um. Beinahe rannte die Reporterin in sie hinein, da sie wohl nicht ernsthaft damit gerechnet hatte, dass Mira sich zu einem Gespräch mit ihr bereit erklären würde. Nun, im

Grunde hatte sie das auch nicht vor. »Ich weiß nicht, woher Sie Ihre Informationen bekommen, doch ich muss Sie enttäuschen, sie sind leider falsch.«

»Wie meinen Sie das? Dann klären Sie mich doch bitte auf.«

»Karl-Heinz Märker wurde nicht verhaftet, zumindest ist mir diesbezüglich nichts bekannt.«

»Wurde er nicht gestern Abend von der Polizei abgeholt?«

»Von mir jedenfalls nicht.« Mira zuckte mit den Schultern. »Wer behauptet denn so etwas?«

Statt einer Antwort biss sich die Journalistin auf die Unterlippe. »Und was ist mit dem Leichenfund?«

»Zu laufenden Ermittlungen kann ich leider nichts sagen. Wir werden aber sicherlich bald eine Pressemitteilung herausgeben.« Damit ließ Mira die etwas bedröppelt dreinschauende Journalistin stehen und ging hinein. Sie hätte wirklich gerne gewusst, wer da geplaudert hatte. Gedankenverloren betrat sie ihr Büro und fand Sylvia, die gerade angeregt mit Philipp plauderte, auf ihrem Stuhl vor. Als sie Mira erblickte, stand sie auf.

»Alles okay? Nils meinte, du unterhältst dich mit der Journalistin, die gestern etwas … na, sagen wir, provokativ über dich berichtet hat. Ich hoffe, du hast ihr nicht den Kopf abgerissen.«

»Nun übertreib mal nicht. Ich bin zwar nicht der Bürosonnenschein so wie du, aber Köpfe reiße ich normalerwiese trotzdem nicht ab.«

»Zum Glück«, bemerkte Philipp und fuhr sich in gespielter Sorge über die Haare.

Sylvia zog eine kindische Grimasse. »Ich habe übrigens den Bericht zur Mistelbrücke mitgebracht«, sagte sie dann und deutete auf die Mappe, die neben Philipps hochgelegtem Fuß auf dem Rollcontainer lag.

»Danke dir.«

»Und ich habe Nachforschungen zu dem Stadtrat namens

Arnulf angestellt, den Benjamin Märker erwähnt hatte«, ergänzte Philipp.

Mira ließ sich in ihren Schreibtischstuhl fallen. Sylvia nahm den Bericht vom Rollcontainer und reichte ihn ihr. Dann setzte sie sich seitlich auf den Schubladenturm und blickte Philipp erwartungsfroh an. Mira schmunzelte in sich hinein. Sylvia würde sicherlich auch eine gute Journalistin abgeben, so neugierig, wie sie war.

Philipp strich sein Poloshirt glatt, wie er es immer tat, wenn er etwas zu berichten hatte und dadurch Aufmerksamkeit auf sich zog. »Es gibt ihn tatsächlich. Er heißt Harald Arnulf und ist der Vater unseres Opfers.«

»Tatsächlich?« Mira drehte sich grübelnd auf ihrem Bürostuhl hin und her. Wie passte das denn nur alles zusammen? »Was weißt du noch über ihn? Ist er ein politischer Gegner von Märker, oder liegen die eher auf einer Wellenlänge? Und warum war er nicht in der Sitzung, bei der die vergifteten Krapfen auftauchten? Ob er womöglich wusste, was seine Tochter vorhatte?«

Philipp strich sich nachdenklich über den Kinnbart. »Er ist parteilos, ich kann dir nicht sagen, ob Arnulf und Märker konträre oder eher übereinstimmende politische Vorstellungen haben. Das muss ich erst recherchieren.«

»Auf jeden Fall sollten wir uns mal mit ihm unterhalten. Wir wollten die Arnulfs ja eh noch besuchen.«

Philipp nickte. »Und wie war es mit Märker und seinem Anwalt?«, wollte er wissen.

Sylvia rutschte auf dem Rollcontainer halb um die eigene Achse und blickte Mira interessiert an. Die fasste zusammen, wie die Vernehmung abgelaufen war. Als sie die ganze Sache für Miras Geschmack mehr als ausreichend besprochen hatten, schlug sie den kriminaltechnischen Bericht auf. Sylvia machte jedoch keine Anstalten, wieder zu gehen. Hatte sie etwa noch immer ein schlechtes Gewissen? Mira war ganz normal zu ihr gewesen, schließlich trat sie auch häufig dem einen oder anderen im Büro auf den Schlips, und außerdem wollte sie den leidigen Zeitungsbericht nicht weiter aufbauschen. »Brauchst du noch was?«, fragte sie Sylvia schließlich.

»Nicht direkt«, meinte diese und stand auf. »Aber ich würde gerne mal wieder etwas mit euch unternehmen. Ich hab's vorhin schon mit Philipp besprochen. Du mochtest Edgar Gneis nicht recht, das weiß ich ja. Aber seine Idee, sich auch mal außerhalb der Dienststelle zu treffen, zum Teambuilding und so, die war doch nett, oder?«

Edgar Gneis war ein Fallanalytiker aus München, der sie im Sommer bei mehreren verzwickten Mordfällen unterstützt hatte. Sylvia hatte völlig recht, sie mochte ihn nicht, und schon die Erinnerung an ihn rief ein Gefühl der Ablehnung in ihr wach. Mira versuchte, es zu ignorieren. Sylvias Vorschlag war ja abgesehen davon, dass sie Gneis erwähnt hatte, nicht schlecht. »Klar, ich bin gerne dabei.«

Die Antwort wurde mit einem Lächeln belohnt. »Wir könnten zum Bowling gehen«, schlug Sylvia vor.

Philipp deutete mit vorwurfvoller Miene auf seinen Fuß. »Ich bin für Essengehen. Vielleicht ein Steak im Liebesbier?«

»Das war ja klar«, meinte Mira lachend. Philipp brüstete sich zwar immer wieder damit, was für ein guter Kletterer er doch sei, und man musste ihm zugutehalten, dass er sich seinen Fuß beim Joggen verletzt hatte, doch dass er für einen Restaurantbesuch plädierte, passte einfach zu gut zu dem verfressenen Bild, das sie von ihm hatte.

Er quittierte Miras Spott mit einem bösen Blick, ehe er möglichst unauffällig die halb leere Packung Choco Crossies auf seinem Schreibtisch mit einem Blatt Papier verdeckte.

Sylvia ignorierte das Geplänkel. »Tolle Idee, Philipp. Das Liebesbier ist immer einen Besuch wert. Dann ist es also abgemacht?«

»Ja, abgemacht«, stimmten Mira und Philipp zu.

»Jetzt müssen wir nur noch einen passenden Termin finden.«

Miras Telefon klingelte und unterbrach Sylvias Bemühungen, sofort Nägel mit Köpfen zu machen. Sie stand auf, um das Büro zu verlassen. Am Apparat war Roland, der Rechtsmediziner. Mira mochte ihn und seine geradlinige Art.

»Es tut mir leid, Mira, aber den Bericht zur Toten von gestern Abend schaffe ich heute nicht mehr. Ich habe gleich noch zwei Sexualdelikte und eine eventuelle Vergiftung vor mir. Deshalb dachte ich, ich rufe kurz durch und gebe dir eine paar wichtige Fakten vorab.«

»Das ist super, vielen Dank, Roland. Ich stelle den Lautsprecher an, damit Philipp mithören kann.« Sie sah zu Sylvia, die auf halbem Weg zur Tür kehrtgemacht hatte und mit neugieriger Miene zurückschlich. Die Frau war wirklich unverbesserlich.

Interessiert lauschten sie, während Roland ihnen erklärte, dass der Tod kurz vor dem Auffinden der Leiche eingetreten sein musste. Ein oder zwei Stunden davor vielleicht. Tatwaffe sei ein scharfer Gegenstand gewesen mit glatter Klinge. Der Schnitt verriet außerdem, dass der Täter hinter seinem Opfer gestanden haben musste. Mit der Rechten habe er um sie herumgegriffen und ihr den Hals aufgeschlitzt.

»Oder sie, die Täterin. Man muss nicht extrem kräftig sein für solch eine Tatausführung, oder?«, warf Mira ein.

»Das ist richtig. Der Klingenführung nach war der Täter oder die Täterin ein gutes Stück größer als das Opfer. Da Katharina Arnulf aber mit ihren hundertfünfundsechzig Zentimetern nicht gerade riesig war, könnte es auch eine größere Frau gewesen sein.«

»Okay, rechtshändig, groß, Messer«, fasste Mira zusammen. »Sonst noch etwas?«

»Es gibt außer der Halswunde keine Verletzungen. Auch keinerlei Hinweise auf ein Sexualdelikt. Vielleicht hat der Täter ihr gezielt aufgelauert und sie überrascht. Und sie war definitiv schon tot, als sie ins Wasser gelangte.«

Sylvia nickte und griff nach der Mappe, die die Fotos zu

ihrem kriminaltechnischen Bericht enthielt. Sie schlug sie auf, legte sie vor Mira hin und tippte auf ein Bild vom Geländer der Mistelbrücke. Mira schauderte. Sie hatte am Vorabend auf der Brücke gestanden und zum Fundort nahe der Mainmündung hinuntergeschaut. Dabei hatte sie nicht geahnt, welchen Anblick die Brücke aus der Gegenrichtung bot. Die Außenseite des Geländers war blutverschmiert. Es sah aus, als hätte jemand dunkelrote Farbe von oben über das Holz gekippt. Mira sah vor ihrem geistigen Auge, wie die verletzte Katharina Arnulf auf der Brücke nach vorne taumelte, als ihr Mörder sie losließ, sich über das Geländer beugte und ein Schwall Blut sich darüber ergoss. Dieses Bild würde sie so schnell nicht wieder loswerden.

32

Mira und Philipp hatten sich darauf geeinigt, ihren Besuch bei den Arnulfs auf den nächsten Tag zu verschieben. Als Mira nun in das verweinte Gesicht von Beatrix Arnulf blickte, war sie froh über diese Entscheidung. Die Augen blinzelten klein und rot durch die runden Brillengläser. Auch Harald Arnulf sah mitgenommen aus. Sein dunkles Haar stand wirr vom Kopf ab, und er ging unentwegt vor der Schrankwand auf und ab und konnte nicht still sitzen. Zweimal schon hatte er es versucht, zweimal war er wieder aufgesprungen. Mira rechnete es Philipp hoch an, dass er sie zu diesem schwierigen Termin begleitete. Mit seinem Fuß hätte er schließlich eine gute Ausrede gehabt, im Büro zu bleiben und das Bein hochzulegen. Doch er war tapfer mitgekommen, auch wenn er sich jetzt sehr klein machte, sein Wasserglas nicht anrührte und aussah, als würde er sich sehr weit wegwünschen.

»Wie stehen Sie zu Karl-Heinz Märker?«, fragte Mira nach einer längeren Phase traurigen Schweigens.

Beatrix Arnulf zuckte mit den Schultern. Sie wirkte hilf- und kraftlos.

Mira wandte sich Katharinas Vater zu.

»Der Märker ist ein Arschloch. Wir sind schon öfter aneinandergeraten.« Er fuhr sich mit der Hand durchs Haar, machte kehrt und lief in die andere Richtung. »Aber dass er Katharina auf dem Gewissen haben soll, kann ich einfach nicht glauben. Wegen ein bisschen politischem Gezeter bringt man doch niemanden um. Außerdem hatte Katharina mit alldem doch überhaupt nichts zu tun!«

Nun, das stimmte so natürlich nicht. Seine Tochter hatte sich mit ihren Aktionen deutlich in das politische Gezeter, wie Arnulf es nannte, eingemischt.

»Waren Sie in die Krapfensache eingeweiht? Schließlich passierte das genau an dem Tag, an dem Sie nicht an der Sitzung teilnahmen.«

Harald Arnulf schüttelte den Kopf, ohne stehen zu bleiben. »Nein, ich wusste das nicht. Ich muss zurzeit häufig beruflich nach Polen. Wir bauen dort eine neue Fertigungshalle für einen Automobilzulieferer, und als Bauleiter muss ich natürlich regelmäßig vor Ort sein. Es war bereits die dritte Sitzung, die ich deswegen verpasst habe.«

»Sie sagten, Sie seien schon öfter mit Märker aneinandergeraten. Worum ging es dabei?«

»Verschiedenes. Unsere politischen Vorstellungen gehen einfach ziemlich auseinander. Außerdem hat man bei ihm manchmal das Gefühl, er sei irgendwie von gestern. Alles, was neu für ihn ist, lehnt er erst einmal ab. Es ist schwierig, mit ihm zu diskutieren.«

»Hat er Sie jemals persönlich angegriffen?«

»Nur verbal.«

»Haben Sie diese Konflikte gegenüber Ihrer Tochter thematisiert?«, bohrte Mira weiter.

Harald Arnulf blieb abrupt stehen. »Sie denken, sie hat das für mich gemacht? Um mich zu unterstützen oder mir zu gefallen?«, fragte er tonlos. Es war offensichtlich, dass ihn der Gedanke quälte.

»Das kann ich nicht beurteilen. Mir erklärte sie, dass sie Aufmerksamkeit generieren wollte für Umweltthemen.«

Er nickte nach einem kurzen Moment des Überlegens und setzte seinen unruhigen Lauf fort.

»Frau Arnulf, Sie haben mir bei unserem letzten Gespräch gesagt, Ihre Tochter sei in einem Volleyballteam und oft beim Reiten. Gehörte sie auch einer politischen Gruppe an? Oder einer aktivistischen Gruppierung zum Beispiel für den Umweltschutz?«

Beatrix Arnulf blickte müde auf. »Von einer Gruppe weiß ich nichts. Mit ihrer Freundin Cindy war sie zwei- oder dreimal auf einer dieser Fridays-for-Future-Demos. Das ist aber schon ein Weilchen her.«

Cindy, den Namen hatte Beatrix Arnulf ihnen bereits genannt, als sie auf der Suche nach ihrer Tochter gewesen waren. Vielleicht wäre die Freundin eine gute nächste Anlaufstelle.

»Haben Sie irgendeine Idee, wie Katharina an das Gift gekommen ist?«, fragte Mira weiter. Der Punkt war nach wie vor völlig unklar. Und dann war da ja noch die Nummer, die sie mehrfach angerufen hatte und die anscheinend Märker gehörte. Wie auch immer das zusammenhängen mochte, Mira hatte den starken Verdacht, dass die junge Frau bei ihren Aktionen nicht allein gehandelt hatte.

»Sie hat es mir nicht gesagt. Ich habe sie auch nicht weiter bedrängt, weil ich dachte, bei dem Termin mit Ihnen würde sie es dann schon erzählen«, erklärte Beatrix Arnulf.

Mira seufzte. Ja, sie hatte auch angenommen, von ihr einige Antworten zu erhalten. Doch der Zug war nun leider endgültig abgefahren.

»Darf ich Sie auch etwas fragen?«, erkundigte sich Beatrix Arnulf mit dünner Stimme.

»Selbstverständlich.«

»Hat die Rechtsmedizin irgendetwas gefunden?«, flüsterte sie.

Mira stutzte. »Was meinen Sie?«

»Ich meine ...« Beatrix Arnulf rang nach Worten. »Ich meine, es hat sie doch niemand angefasst, oder?«

Harald Arnulf hielt inne. Er blieb mit dem Rücken zu ihnen stehen. Im Raum war nicht einmal ein Atmen zu hören.

Beatrix Arnulfs banger Blick schnürte Mira die Kehle zu. Im Stillen dankte sie Roland, dass er sie informiert hatte und sie den trauernden Eltern zumindest diese Angst nehmen konnte. »Es gibt keinerlei Hinweise auf ein Sexualdelikt«, sagte sie behutsam. »Auch wurden keine Abwehrverletzungen gefunden. Es scheint alles ziemlich schnell gegangen zu sein.«

Beatrix Arnulf ließ die angespannten Schultern sinken und weinte leise, während ihr Mann seine Wanderung durch das Wohnzimmer wieder aufnahm. Auch Philipp atmete erleichtert aus. Mira begegnete seinem Blick. Er sah aus, als hätte man ihn durch die Mangel gedreht. Sie war sich ziemlich sicher, dass er den nächsten Termin dieser Art auslassen würde. Das konnte sie ihm nicht verübeln. Auch ihr selbst ging das nach all den Jahren noch immer näher, als es sollte.

Mira beobachtete Harald Arnulf dabei, wie er hin und her tigerte. Wie Rilkes Panther war auch er gefangen, jedoch nicht hinter Gitterstäben, sondern in purer Trauer.

»Hatte Mira in der letzten Zeit Streit mit irgendjemandem, von Karl-Heinz Märker jetzt einmal abgesehen?«, versuchte Mira, das Gespräch vorsichtig wieder in Gang zu bringen.

Beatrix Arnulf reagierte nicht. Sie war damit beschäftigt, sich mit einem Taschentuch über das Gesicht zu wischen, ohne den Blick vom Foto ihrer Tochter zu lösen. Mira hatte es beim letzten Besuch mitgenommen und heute wieder zurückgebracht. Nun lag es vor der weinenden Mutter auf dem Tisch.

Mira wandte sich wieder Herrn Arnulf zu. Der schüttelte den Kopf. Dann fixierte er sie. »Sie wissen so gut wie ich, mit wem unsere Katharina aneinandergeraten ist.«

»Sie halten Karl-Heinz Märker für den Täter«, stellte Mira fest.

»Sie doch auch! Oder warum haben Sie mich sonst über ihn und unser Verhältnis ausgefragt?«

Mira presste die Lippen aufeinander. Ja, Märker war ihre beste Spur, und durch die Drohung, die er Katharina am Fichtelsee nachgerufen hatte, in Kombination mit dem Notruf nach ihrem Tod drängte er sich förmlich als Täter auf. Aber konnte ein beschmierter Porsche tatsächlich ein Mordmotiv sein? Sie spürte, dass das Bild noch zu unvollständig war, um die richtigen Schlüsse zu ziehen. Wenn Karl-Heinz Märker der Mörder war, musste mehr dahinterstecken.

»Sagen Sie, haben Sie eigentlich Ambitionen, Bürgermeister zu werden?«, fragte sie nachdenklich.

Arnulf winkte ab. »Gott bewahre, auf keinen Fall! Diesen Kampf überlasse ich Märker und Bierhoff. Aber was hat das mit Katharina zu tun?«

»Ich weiß es nicht«, gab Mira zu. Sie blickte zu Philipp, doch der zuckte ebenfalls nur mit den Schultern.

33

»Das war heftig.« Philipp atmete geräuschvoll aus, als Mira und er wieder im Auto saßen.

Mira rieb ihm tröstend über den Arm. »Geht's wieder?« Er nickte, spielte aber mit nervösen Fingern an der silbernen Perle herum, die sein Spitzbärtchen zierte. Mira würde sich an dieses Schmuckstück nie gewöhnen, doch jetzt war nicht der richtige Zeitpunkt, ihn damit aufzuziehen.

»Ich würde dir ja gerne sagen, dass es dir irgendwann nichts mehr ausmacht, trauernden Angehörigen gegenüberzutreten. Aber das wäre gelogen.«

»Schon okay.« Er atmete noch einmal tief durch. »Wie machen wir weiter?«

»Das ist eine verdammt gute Frage.« Mira starrte auf das Lenkrad vor sich. Anstatt den Motor zu starten, lehnte sie sich zurück und überlegte. »Wir haben die vergifteten Stadträte, die Aktion gegen Märkers Porsche und die tote Katharina Arnulf. Ich denke, dass das alles miteinander zusammenhängt.«

»Das glaube ich auch. Aber meinst du, Märker würde wirklich jemanden umbringen, nur weil derjenige sein Auto demoliert?«

»Genau das irritiert mich auch. Am Anfang war ich sicher, dass es so gewesen sein muss. Aber irgendwie werde ich das Gefühl nicht los, dass uns da noch mindestens ein Puzzleteil fehlt. Vor allem dass der Notruf von dieser ominösen Handynummer abgesetzt wurde, passt für mich noch nicht ins Bild. Das Auto als Motiv wäre auch irgendwie hanebüchen, oder nicht?«

»Ja, schon. Aber das sind Motive ja oft. Vor Kurzem habe ich einen True-Crime-Podcast angehört, da ging es um eine Frau, die –«

Mira winkte ab und brachte Philipp damit zum Schweigen. »Ich weiß, du stehst auf CSI- und True-Crime-Serien. Aber bitte verschon mich. Lass uns bei unserem Fall bleiben.«

Philipp hob beschwichtigend beide Hände. »Okay, okay.«

»Der Knackpunkt ist für mich irgendwie noch immer dieses Gift«, meinte Mira. »Das gibt es, wie wir wissen, nicht im Supermarkt. Jemand muss es für Katharina beschafft haben. Das heißt, sie hat entweder mit jemandem zusammengearbeitet, der da aus beruflichen Gründen rankommt, oder es handelt sich vielleicht tatsächlich um die Charge, die der Uni abhandengekommen ist.«

»Die haben allerdings erst bei der Inventur festgestellt, dass etwas fehlt. Wir wissen also nicht einmal, wann es dort gestohlen wurde.«

»Das ist ungünstig, sicher. Lass uns da trotzdem weitermachen. Ich möchte auf jeden Fall mal wissen, wer in dem Zeitraum, in dem das Gift dort weggekommen sein muss, alles Zugang dazu hatte. Findest du das für mich heraus? Katharina kann es mir ja jetzt leider nicht mehr erzählen. Ich hätte mich nicht auf ihre Aussage verlassen sollen, dann wären wir vielleicht schon ein Stück weiter.«

»Ich klemme mich direkt ans Telefon, wenn wir zurück in der Dienststelle sind.«

»Danke.« Mira startete den Wagen. Während der Fahrt schwiegen sie und hingen ihren Gedanken nach.

Als sie angekommen waren und zu ihrem Büro gingen, fühlte Mira sich erschöpft. Auf dem Gang kam ihnen Nils entgegen, und er hatte einen Fremden im Schlepptau. Mira schaute den jungen Mann interessiert an, war sich aber ziemlich sicher, ihn noch nie gesehen zu haben. Er trug einen Anzug, sein Haar war in einer Art und Weise frisiert, die man nur schwungvoll nennen konnte, und er hatte ein einnehmendes Lächeln.

»Mira, du kommst wie gerufen«, meinte Nils. »Darf ich

dir Benedikt Buchwald vorstellen? Er hat sich um unsere freie Stelle beworben.«

Buchwald streckte ihr die Hand entgegen, und Mira ergriff sie. Er hatte einen festen Händedruck.

»Das ist Hauptkommissarin Mira Streitberg. Mit ihr würden Sie dann gegebenenfalls zusammenarbeiten«, erklärte Nils.

»Freut mich«, meinte Mira. Sie musterte ihr Gegenüber. Benedikt Buchwald hatte etwas von einem Hollywoodstar, oder zumindest könnte er einer Zeitschrift über die Stars und Sternchen der Filmindustrie entsprungen sein. Außerdem wirkte er durchaus sympathisch.

Philipp hatte kurz innegehalten, als sie Nils und Benedikt Buchwald begegneten, war dann aber wortlos ins Büro abgebogen. Anscheinend war er von dem Bewerber nicht gerade angetan. Mira wechselte noch ein paar Worte mit Buchwald. Als sie schließlich das Büro betrat, saß Philipp an seinem Schreibtisch und tippte lautstark, beinahe aggressiv auf seiner Tastatur herum. Mira schmunzelte in sich hinein. Sie wusste ja, dass Philipp nach seinem Studium gerne hier anfangen würde. Deshalb hatte er Benedikt Buchwald wohl ohne Umschweife in die Kategorie Konkurrenz einsortiert.

Sie setzte sich, schaltete ihren Computer ein und spitzte dann über den Monitor zu ihrem Praktikanten hinüber. »Alles klar bei dir?«

»Klar ist alles klar«, kam es etwas schnippisch zurück.

»Nun sei keine Diva. Das passt nicht zu dir.«

»Bin ich auch nicht. Aber dieser Buchwald sieht aus wie eine. Hast du seine Föhnfrisur gesehen?«

»Du bist eifersüchtig«, stellte sie grinsend fest.

Philipps Blick zuckte kurz zu ihr, bevor er sich wieder auf seinen Bildschirm konzentrierte. »Überhaupt nicht«, murmelte er.

»Dann ist es ja gut. Musst du nämlich nicht. Erstens ist gar nicht klar, ob er die Stelle bekommt. Und zweitens bist du eh noch nicht fertig. Bis es so weit ist, gibt es ja vielleicht schon wieder eine andere Vakanz.«

»Klar, ich mach dann in zwanzig Jahren deine Schwangerschaftsvertretung«, gab er mürrisch zurück.

Mira zog die Augenbrauen hoch. »Na, mit der weiblichen Biologie bist du ja nicht sehr gut vertraut.«

»Was ich sagen will, ist, dass die Fluktuation hier nicht besonders hoch ist. Wer weiß, wann überhaupt mal wieder was frei wird. Und wir wären ein tolles Team. Du magst mich doch, oder? Also ich mag dich schon. Meistens.«

»Nun werd mal nicht rührselig. Außerdem hast du dich ja nicht mal beworben, oder? Woher soll der Chef denn überhaupt wissen, dass du hierbleiben willst?«

»Natürlich weiß er das.«

»Trotzdem bist du mit dem Studium nun mal noch nicht fertig.«

»Aber fast.«

Mira lehnte sich zurück und rief ihr E-Mail-Postfach auf. Philipp würde sich schon wieder einkriegen. Und sie konnte ja verstehen, dass die Begegnung mit Benedikt Buchwald ihm gerade einen kleinen Stich versetzt hatte. Rein optisch machte der neue Bewerber durchaus was her. Ein einnehmendes Lächeln war jedoch nicht unbedingt das, was man für diesen Job mitbringen musste. Zum Glück, denn überbordende Freundlichkeit war auch nicht gerade Miras Kernkompetenz. Philipp würde seinen Weg schon gehen. Er war zuverlässig, bodenständig, hatte Humor, und diese komische Bartperle war bestimmt nur eine Phase.

Mira hielt inne, als ihr bewusst wurde, dass sie ihren Praktikanten gerade gedanklich gegenüber dem neuen Bewerber verteidigte. Dann beugte sie sich wieder vor und spähte über den Monitor. »Philipp?«

»Hm.«

»Ich mag dich auch.«

34

Karl-Heinz Märker war immer davon ausgegangen, dass seine Frau loyal zu ihm war. Wie hatte er sich nur so in ihr täuschen können? Dass sie dieser dummen Polizistin erzählt hatte, sie habe geschlafen und wisse deshalb nicht, ob er wirklich den ganzen Abend zu Hause gewesen sei, hatte ihn tief getroffen. Er hatte sich auf ihr Alibi verlassen. Nicht einmal im Traum wäre er darauf gekommen, dass sie der Polizei etwas anderes sagen könnte, als dass er daheim gewesen war und vor dem Fernseher gesessen hatte. Aber Pustekuchen! Dank Claudia war er die Kripo noch nicht losgeworden, auch wenn sein Anwalt anscheinend was auf dem Kasten hatte. Wenigstens auf den war wohl Verlass.

Lustlos zappte er durch die TV-Kanäle. Eigentlich war es ihm zuwider, am helllichten Tag vor der Glotze zu hocken. Aber er hatte sich nach dem ganzen Debakel kurzfristig freigenommen, um unangenehmen Fragen erst einmal aus dem Weg zu gehen. Golfen fiel ebenfalls flach, denn dann hätte er ja auch gleich zur Arbeit gehen können. Benni war bei einem Kumpel, und Claudia hatte sich in ihrem Atelier verschanzt. Märker wusste nicht, ob sie das tat, weil sie ein schlechtes Gewissen oder Angst vor ihm hatte. Und eigentlich war es ihm gerade auch egal. Er musste ihren Verrat erst einmal verdauen.

Da klingelte sein Mobiltelefon. Es war Detlef Höllrigl. Schnell schaltete Märker den Fernseher aus. Der Oberbürgermeister musste ja nicht hören, dass er hier untätig herumsaß.

»Grüß dich, Detlef!«, meldete er sich betont locker.

»Hallo. Wie geht's dir?«

»Bestens. Was kann ich für dich tun?«

»Bestens? Bist du sicher? Nach allem, was man so hört, steckst du ziemlich in der Klemme.«

Märker schwieg für einen kurzen Moment. Detlef war anscheinend voll im Bilde. Das hatte er schon befürchtet. Leugnen war also wohl keine Option mehr. Aber zumindest beruhigen musste er ihn. »Ach, das ist alles halb so wild. Ein Missverständnis.«

»Tatsächlich? Soso.«

Eine unangenehme Pause entstand, in der Märker sich fragte, was Detlef noch alles wusste. In der Zeitung hatten zum Fall Katharina Arnulf bisher nur die Infos aus der offiziellen Pressemitteilung der Polizei gestanden, ohne Hinweise auf eine mögliche Verstrickung seinerseits. Doch das musste nichts heißen. Auch Detlef hatte seine Kontakte.

»Mannomann. Wenn ich gewusst hätte, wie das alles eskaliert, hätte ich dich niemals zu dieser Klimatagung geschickt.«

»Es konnte ja keiner ahnen, dass mir dort jemand auflauern und meinen Wagen verunstalten würde.«

»Richtig. Und es konnte erst recht niemand ahnen, dass diejenige ein paar Tage später tot und du in U-Haft sein würdest.«

»Ich bin nicht in U-Haft. Ich sagte dir doch, das war ein Missverständnis. Wahrscheinlich wollte diese übereifrige Polizistin mir einfach ans Bein pinkeln.«

»Oh Gott, erinnere mich nur nicht daran!«, empörte sich Detlef. »Das Foto von euch war nicht gerade ein Bild, das man auf ein Wahlplakat drucken möchte.«

Märker unterdrückte einen weiteren bissigen Kommentar bezüglich der Kripobeamtin. Er hatte natürlich geahnt, dass ihm die Geschehnisse der letzten Zeit das ein oder andere unangenehme Gespräch einbringen würden. Auch dass Detlef ihn wegen der schlechten Publicity rügte, war nur verständlich. Schließlich war er im Begriff, in seine Fußstapfen zu treten. »Hör zu, Detlef«, sagte er in beschwichtigendem Tonfall. »Mir ist schon klar, dass das alles nicht ganz optimal gelaufen ist.«

»Das ist ja wohl die Untertreibung des Jahrhunderts.«

»Wie auch immer. Ich verspreche dir, dass ich alles regle. In ein paar Tagen lachen wir gemeinsam darüber.«

Detlef Höllrigl ließ sich Zeit mit einer Antwort. »Ich glaub dir ja, dass du das hinkriegst. Einer wie du fällt immer auf die Füße. Aber ich kann keinen als Nachfolger vorschlagen, der unter Mordverdacht steht.«

Ein paar Worte nur, und doch trafen sie Märker wie ein Schlag in die Magengrube. »Was willst du damit sagen?«, fragte er tonlos, obwohl er es sofort verstanden hatte: Detlef ließ ihn fallen.

»Das musst du verstehen, Karl-Heinz. Es ist jetzt einfach zu viel vorgefallen. Ich werde den Bierhoff unterstützen. Aber ich bin sicher, auch deine Zeit wird kommen. In ein paar Jahren haben die Leute längst wieder vergessen, was heute war.«

Märker spürte einen unangenehmen Druck in der Kehle. Zum Glück saß er schon. Ansonsten hätte Detlefs Ansprache ihn womöglich aus den Socken gehauen. Nicht nur, dass er ihn als Bürgermeisterkandidaten absägte, er wollte stattdessen sogar den Bierhoff, diesen blasierten Gockel, unterstützen! »Das kann doch nicht dein Ernst sein!«, keuchte er.

»Mir sind da wirklich die Hände gebunden«, rechtfertigte sich der Oberbürgermeister. »Ich habe einen guten Ruf, und zwar verdientermaßen. Viele Jahre lang habe ich mein Bestes gegeben für die Stadt, so möchte ich auch in Erinnerung bleiben. Da passen beschmierte Autos, vergiftete Krapfenspenden und ein echter oder auch missverständlicher Mordverdacht einfach nicht rein, das musst du doch verstehen!«

Märker schluckte hart. »Ja, ich versteh schon. Der aalglatte Bierhoff, der passt da aber wunderbar rein, nicht wahr?« Die Worte schmeckten bitter auf seiner Zunge.

»Nun sei nicht so, Karl-Heinz. Nimm's sportlich.« Damit legte Detlef Höllrigl einfach auf.

Das tat er nun schon zum zweiten Mal. Beim ersten Mal hatte Märker es sportlich genommen, wie Detlef so schön sagte. Jetzt hatte er jedoch das Gefühl, dass dieses Telefonat ein Abschied für immer gewesen war. Manche Brüche ließen sich nicht mehr kitten.

Märker ließ das Handy sinken und starrte auf den dunklen Fernsehbildschirm. Das Gespräch hatte ihn mehr Kraft gekostet, als er für möglich gehalten hätte. Minuten verstrichen, während deren er sich wie auf Stand-by geschaltet fühlte. Als das Telefon in seinen Händen erneut klingelte, zuckte er erschrocken zusammen. Müde blickte er auf das Display. Sein Bruder Thomas, der hatte ihm noch gefehlt. Märker fühlte sich gerade völlig außerstande, sich mit ihm und den Problemen seiner Mutter auseinanderzusetzen. Ihm fehlte schlichtweg die Kraft dazu, Thomas zum hundertsten Mal zu erklären, warum er nicht bereit war, einen Platz im Altenheim zu bezahlen.

Das Telefon klingelte hartnäckig weiter, und es gelang Märker mehr schlecht als recht, das aufdringliche Geräusch auszublenden. Als es endlich verstummte, schaltete er schnell den Ton aus für den Fall, dass Thomas gleich wieder anrufen würde. Er wusste ja schließlich, wie penetrant sein Bruder sein konnte.

Da poppte eine Nachricht auf dem Display auf. Lustlos tippte Märker sie an und las: »Servus, Märker, den nächsten Oberbürgermeister, den mach ich. Gruß Marvin Bierhoff«.

Der Druck in Märkers Kehle verwandelte sich in Brechreiz.

35

Cindy Schneider jobbte den Sommer über in einer Bäckerei. Darum vereinbarten sie telefonisch, dass sie heute ausnahmsweise etwas früher aufhören und am Ende ihrer Schicht für ein Gespräch in die Dienststelle kommen würde.

Mira nutzte die Zeit, um den SpuSi-Bericht in aller Ausführlichkeit zu studieren. Die Mistelbrücke war eindeutig der Tatort. Fingerabdrücke von Katharina Arnulf auf dem blutbesudelten Geländer belegten, dass Mira mit ihrem gruseligen Kopfkino wohl richtiggelegen hatte. Alles deutete darauf hin, dass die junge Frau auf der Brücke getötet wurde. Sie hatte sich nach dem Schnitt durch die Kehle über das Geländer gebeugt, entweder selbst, oder jemand hatte das getan, um sie darüberzuwerfen. Ihre Leiche war im Wasser gelandet und dann vermutlich von der Strömung ein paar Meter weitergetragen worden. Dem großen Ast, der dort im Wasser gelegen hatte, hatten sie es zu verdanken, dass der Leichnam kurz vor der Mündung in den Roten Main in der Mistel hängen geblieben war. Doch selbst wenn er im Fluss davongetrieben wäre, hätten sie den Tatort aufgrund der Blutspuren vermutlich trotzdem gefunden. Seit dem Mord hatte es nämlich nicht geregnet, obwohl der Herbst quasi schon vor der Tür stand.

Philipp streckte sich ausgiebig und zog damit Miras Aufmerksamkeit auf sich.

»Du musst nicht mit mir auf Cindy Schneider warten«, sagte sie. »Geh ruhig nach Hause. Ich erzähle dir morgen, was sie gesagt hat.«

»Kommt nicht in Frage. Außerdem wird sie ja jeden Moment auftauchen.«

Wie bestellt klingelte just in diesem Moment das Telefon, und der Empfang meldete Cindy Schneiders Ankunft. Trotz seiner Fußverletzung erklärte Philipp sich sofort bereit, sie am Eingang abzuholen.

»Wir packen zusammen und sprechen vorne mit ihr. Dann können wir danach direkt heim«, schlug Mira stattdessen vor.

Sie räumte schnell das Nötigste auf ihrem Schreibtisch zusammen, während Philipp eine halb leere Packung Gummifrösche in einer Schublade verstaute. Dann fuhren sie die Rechner herunter und verließen das Büro.

Cindy Schneider war eine zierliche junge Frau, die Mira mit ihrer Flechtfrisur an Julija Tymoschenko, die ehemalige Ministerpräsidentin der Ukraine, erinnerte. Sie begrüßten sie und führten sie in ein Besprechungszimmer in direkter Nachbarschaft zum Empfang.

»Tut mir leid, dass ich so spät dran bin. Es hat leider doch alles ein bisschen länger gedauert in der Bäckerei.«

Philipp winkte ab und erklärte, dass das überhaupt kein Problem sei, noch ehe Mira überhaupt reagieren konnte. Sonst gab er sich ja immer recht wortkarg bei den Befragungen. Mira überlegte, ob sie seine neue Aufgeschlossenheit der Begegnung mit Benedikt Buchwald zu verdanken hatte oder ob Cindy Schneider ihm so gut gefiel, dass er sich von seiner besten Seite zeigen wollte.

»Es tut mir leid, dass Sie Ihre Freundin verloren haben«, fuhr er fort.

Mira entschied sich, ihn machen zu lassen, ging nach nebenan und holte ein paar kleine Getränkeflaschen. Philipp hatte die Situation ja anscheinend voll im Griff. Als sie zurückkam, erzählte Cindy Schneider gerade, dass Katharina schon in der Grundschule ihre beste Freundin gewesen sei. »In letzter Zeit hatte ich aber das Gefühl, dass sie sich ein bisschen von mir entfernt hat.«

Mira stellte die Getränke in die Mitte des Tischs, Gläser standen bereits auf einem kleinen Tablett bereit. Sie nickte Cindy auffordernd zu, und die griff sich dankend eine Cola.

»Woran machen Sie das fest? Was hatte sich denn verändert?«, hakte Mira nach und schob Philipp einen Orangensaft zu, weil sie wusste, wie gern er den mochte.

»Ich kann gar nicht genau benennen, wann es anfing, aber ich hatte immer mehr das Gefühl, dass sie mir nicht mehr alles erzählt hat. Früher hatten wir keine Geheimnisse voreinander.«

»Und später schon?«

»Ja, sie hat auch unsere Verabredungen immer öfter abgesagt. Ob sie keine Zeit oder keine Lust hatte, sich mit mir zu treffen, weiß ich nicht. Aber ihre Absagen klangen meist sehr nach Ausreden. Und da war jemand, um den sie ein Riesengeheimnis gemacht hat. Ich glaube, sie hat ihn im Internet kennengelernt.«

»Einen Mann? Also im Sinne eines neuen Partners?«, wollte Philipp wissen.

»Ein Mann, ja. Aber dass die beiden zusammen waren, glaube ich nicht. Ich habe sie mal ein bisschen aufgezogen, dass sie ja nur noch Augen für diesen ominösen Fremden habe und ob sie wohl sehr verliebt sei. Da wurde Katharina richtig wütend. Sie schimpfte, dass ich oberflächlich sei. Und dass es viel wichtigere Themen gebe als Männer.«

»Wissen Sie, was für Themen Katharina damit gemeint hat? Worum ging es bei dieser Bekanntschaft?«

»Katharina und ich waren ein paarmal zusammen bei den Fridays-for-Future-Demos in Nürnberg. Irgendwann wollte sie nicht mehr mitkommen. Sie meinte, das bringe nichts, man müsse zu drastischeren Mitteln greifen, wenn man etwas erreichen wolle. Ich glaube, das kam von ihm.«

»Könnte es sein, dass Katharina sich unter dem Einfluss dieses Mannes radikalisiert hat?«

Cindy überlegte kurz. »›Radikalisiert‹ ist so ein drastisches Wort. Aber in gewisser Weise trifft es das, ja.«

»Und Sie haben keine Ahnung, wer dieser Mann sein könnte? Oder wo genau die beiden sich kennengelernt haben? War Katharina im Internet in einem bestimmten Forum aktiv oder so?«, wollte Philipp wissen.

Doch Cindy Schneider machte ein hilfloses Gesicht und zog die Schultern hoch. »Tut mir leid, ich weiß es nicht.«

Weitere Fragen zu Karl-Heinz Märker, einer Verbindung zur Uni Bayreuth und zu etwaigen Konflikten oder Feindschaften der Verstorbenen führten ins Leere. Und so verabschiedeten sie die junge Frau nach einer Dreiviertelstunde und verließen zusammen mit ihr das Gebäude.

»Was hältst du von der Geschichte um diesen unbekannten Mann?«, fragte Philipp, als Cindy Schneider außer Hörweite war.

»Ein interessanter neuer Aspekt. Ob er etwas mit Katharina Arnulfs Tod zu tun hat, sei mal dahingestellt. Aber einen Zusammenhang mit ihren Gift- und Farbanschlägen halte ich für sehr wahrscheinlich.«

Und irgendwo musste Katharina diesen ominösen Fremden ja kennengelernt haben. Vielleicht im Internet? Das Handy von Katharina Arnulf wurde derzeit im K11 untersucht. Ebenso wie die Aufnahme des Notrufs, den Karl-Heinz Märker am Tatabend abgesetzt hatte. Mira hatte dort morgen einen Termin mit den Kollegen. Sie musste klären, ob Katharina einen Computer hatte, und den gegebenenfalls auch ins K11 bringen.

»Kommst du morgen früh mit zur Cybercrime in die Friedrichstraße?«, fragte sie Philipp.

Seine Augen leuchteten. »Gerne, das klingt spannend!«

Die Nummer der Arnulfs suchte Mira schnell aus dem Internet heraus, da sie nicht zu ihrem Schreibtisch zurücklaufen wollte. Zum Glück gab es einen Eintrag im Telefonbuch. Philipp spähte interessiert auf Miras Display und verfolgte, was sie tat. Als sie den Anruf startete, aktivierte Mira den Handylautsprecher und ließ ihn mithören.

»Guten Abend, Herr Arnulf. Mira Streitberg hier. Sagen Sie, hatte Ihre Tochter einen Computer?«

»Ja, einen Laptop, er steht in ihrem Zimmer.«

»Wir würden ihn uns gerne ansehen.«

»Ist gut. Kommen Sie heute aber bitte nicht mehr her, meiner Frau geht es nicht gut«, sagte er leise. »Ich bringe Ihnen das Gerät morgen früh vor der Arbeit vorbei.«

36

Fast beneidete Mira das K11 um seine Räumlichkeiten. Denn anders als die meisten Abteilungen der Kripo Bayreuth war das Kommissariat Cybercrime in der Friedrichstraße untergebracht, die mit ihren historischen Sandsteinbauten als eine der schönsten Straßen der Stadt galt. Auch der bekannte deutsche Schriftsteller Jean Paul verlebte Anfang des 19. Jahrhunderts seine letzten gut zwanzig Jahre hier. Der Mann hatte offensichtlich Geschmack.

Mit dem Laptop, den Herr Arnulf am Morgen wie versprochen bei ihnen abgegeben hatte, unter dem Arm und Philipp im Schlepptau betrat Mira das Gebäude. Philipp blickte sich ehrfürchtig um. Es war das erste Mal, dass er hier war, und die Abteilung Cybercrime übte ganz offensichtlich eine ziemliche Faszination auf ihn aus. Mira ging es da ähnlich, denn sie war der typische Nutzer und kannte lediglich die Bedienoberflächen ihrer Programme. Die Funktionsabläufe, die sich dahinter verbargen, waren ihr völlig schleierhaft.

Ihre Ansprechpartnerin, eine hochgewachsene Frau namens Bettina Liebstöckel, erwartete sie bereits. Mit ihrem haselnussbraunen, langen Bob und der roten Bluse zum schwarzen Bleistiftrock war sie nicht unbedingt das, was Mira in einer IT-Abteilung erwartet hätte. Sie schalt sich insgeheim selbst. Da wollte sie immer offen und vorurteilsfrei sein, und dann stolperte sie schon am frühen Morgen über ihre verstaubten Rollenbilder.

Bettina Liebstöckel versorgte erst einmal alle mit Koffein. Das ungeschriebene Gesetz, dass zu jeder Polizeibesprechung ein Kaffee gehörte, galt also anscheinend auch hier in der Friedrichstraße.

Mira und Philipp erzählten der Kollegin von den neuen Informationen im Fall Katharina Arnulf und dass sie den

Laptop der Toten bitte im Hinblick auf einen verdächtigen Kontakt hin untersuchen sollte.

Bettina Liebstöckel nickte und nahm den Computer entgegen. »Das ist kein Problem. Wenn sie über dieses Gerät kommuniziert haben, finde ich das raus. Ich werde mir auch die gelöschten Dateien ansehen, und das Handy kann ich dahingehend ebenfalls noch mal überprüfen.« Sie stellte den Arnulf'schen Laptop zur Seite und klappte ihren eigenen auf. »Erst einmal die Tonaufnahme«, entschied sie.

Mira und Philipp rückten näher heran und blickten neugierig auf den Bildschirm.

Bettina Liebstöckel öffnete die Sounddatei und spielte sie ab. Karl-Heinz Märkers Stimme hallte gespenstisch durch das Besprechungszimmer. Mira spürte, wie eine Gänsehaut ihre nackten Unterarme überzog und die Schultern hinaufkroch.

Die letzten Worte der Aufnahme verklangen: »Hilfe braucht hier keiner mehr.«

Bettina Liebstöckel öffnete eine zweite Datei. »Hier zum Vergleich eine Ansprache von Märkers Facebook-Account.«

Es folgte eine Litanei an Polemik. Zum Glück stoppte die Kollegin die Aufzeichnung nach ein paar Sekunden. Während man in der ersten Aufnahme deutlich gehört hatte, dass Märker aufgewühlt war, klang er in der zweiten entspannter, wenn auch etwas angriffslustig. Trotz aller Unterschiede war Mira sich jedoch sicher, dass der Redner in beiden Fällen Märker war.

»Es ist dieselbe Stimme«, sprach Philipp laut aus, was sie dachte.

Mit einem wissenden Lächeln wiegte Bettina Liebstöckel den Kopf hin und her. »Es soll zumindest dieselbe Stimme darstellen.«

»Wie meinen Sie das?«, hakte Mira nach. »Denken Sie, jemand hat seine Stimme verstellt, um so zu klingen wie Märker? Das müsste ja ein wahrer Künstler sein.

»Oh, die Aufnahme ist von einem Künstler, da gebe ich

Ihnen recht. Sie ist sehr gut gemacht, da wusste jemand genau, was er tut.«

Mira und Philipp blickten sich verblüfft an.

»Hören Sie noch einmal ganz genau hin«, forderte Bettina Liebstöckel sie auf und spielte den Notruf ein zweites Mal ab.

»Ich hab's getan, ich habe es getan!« – »Was haben Sie getan? Wie heißen Sie?« – »Mein Name ist Karl-Heinz Märker. Ich habe sie umgebracht.«

Bettina Liebstöckel blickte sie fragend an. Doch Mira konnte nach wie vor nichts Auffälliges erkennen. Auch Philipp schüttelte den Kopf.

Die Kollegin spielte den letzten Satz erneut ab, mehrfach hintereinander. »Ich habe sie umgebracht«, beteuerte Märkers Stimme in Dauerschleife.

Je öfter sie es hörte, desto unwohler wurde Mira, allerdings nicht wegen des Inhalts. Nein, sie hatte nach einer Weile tatsächlich das Gefühl, dass sich irgendetwas an dem Satz holprig anhörte. »Etwas ist seltsam, aber ich bekomme es nicht zu fassen.«

»Es ist das Wörtchen ›habe‹«, sagte Bettina Liebstöckel. »Die letzte Silbe ist etwas zu stark betont, leicht verlängert.«

Mira lauschte erneut. »Sie haben recht. Wieso ist mir das nicht sofort aufgefallen?«

»Weil unser Gehirn großartig ist und uns vor allerlei Störeinflüssen schützt, die uns tagtäglich begegnen. Es filtert sie heraus und konzentriert sich auf das Wichtige und Bekannte. Ihres hat sich vermutlich mehr auf den Inhalt der Nachricht konzentriert oder darauf, Märkers Stimme zu erkennen, weil Sie ja davon ausgingen, dass er es ist. Außerdem ist der Effekt hier nur ganz minimal.«

Mira schwirrte der Kopf. Ein Blick in Philipps ratloses Gesicht verriet ihr, dass es ihm ebenso ging. Wenigstens war sie nicht die Einzige, die diese Besonderheit nicht herausgehört hatte. Doch was bedeutete das nun eigentlich?

»Und was sagt uns das?«, fragte sie.

»Die Aufnahme ist ein Voice-Deepfake.«

»Ein was?«, fragte Philipp mit großen Augen.

»Eine künstlich erzeugte oder abgeänderte Stimme. Es wurde eine KI, ein Computerprogramm, eingesetzt, um Märkers Stimme zu imitieren. Und das ist nicht mit irgendeiner billigen Standard-App gemacht worden. Das Gespräch liefert keinen Hinweis darauf, dass die Sätze vorbereitet wurden, die Antworten passen genau zu den Fragen. Das Ganze wurde also in Echtzeit gemacht. Und auch der Fehler bei dem Wort ›habe‹ ist so gering, dass ein Laie die falsche Aussprache auch auf den emotionalen Ausnahmezustand des Sprechenden schieben kann. Eine wirklich großartige Arbeit.« Bettina Liebstöckels Augen leuchteten.

Mira war baff.

»Das ist ja krass«, murmelte Philipp.

Ja, dem konnte sie nur zustimmen. Zwar hatte Mira die Aufnahme bewusst in die Analyse gegeben. Allerdings in der Erwartung, Märker mit dem Ergebnis doch noch zu einem offiziellen Geständnis bewegen zu können. Sie hatte zu keiner Zeit in Erwägung gezogen, dass die Aufnahme nicht echt sein könnte. Und nun hatten sie hier einen Voice-Deepfake. In einem Bayreuther Mordfall. Wahnsinn. Miras Gedanken überschlugen sich förmlich. War Märker also tatsächlich der Falsche und unschuldig? Aber wen musste sie stattdessen ins Visier nehmen? So einen Deepfake konnte nicht jeder anfertigen, wenn sie die Kollegin richtig verstanden hatte.

»Sie sagen, die Aufnahme ist professionell gemacht. Wer kann so etwas?«

»Das ist eine verdammt gute Frage. Von Deepfakes in Wort und Bild hört man immer häufiger. Grundsätzlich kann sich inzwischen jeder ein entsprechendes Programm besorgen. Aber dieser hier ist von sehr hoher Qualität, dabei hinken deutsche Voice-Deepfakes im internationalen Vergleich eigentlich noch deutlich hinterher. Auch die Emotionalität in der Aufnahme ist beeindruckend. Ich habe mir einmal die verfügbaren Programme auf dem Markt angeschaut. Stand heute kann ich Ihnen nicht sagen, mit welchem es erstellt wurde. Deshalb tippe ich auf eine noch nicht veröffentlichte Anwendung. Das würde für einen Insider sprechen.« Sie zuckte mit den Schultern. »Vielleicht steht demjenigen eine Beta-Version zur Verfügung, oder es ist eine Auftragsarbeit. Ich meine, im Darknet kann man alles kaufen, also sicherlich auch Voice-Deepfakes.«

Puh, diese neue Erkenntnis machte den Fall nicht gerade einfacher, sondern erst so richtig verzwickt.

37

Als Mira und Philipp an ihre Schreibtische zurückkehrten, wartete schon eine Mail von Bettina Liebstöckel in ihren Postfächern. Die Kollegin hatte noch einmal kurz zusammengefasst, was sie besprochen hatten, und ihnen die Log-in-Daten für Katharina Arnulfs Instagram-Account geschickt. Philipp loggte sich sogleich ein. Er wollte direkt die privaten Nachrichten innerhalb der Social-Media-App unter die Lupe nehmen.

Mira öffnete inzwischen den rechtsmedizinischen Bericht, den Roland ihr geschickt hatte. Er war kurz vor Mitternacht versendet worden. Bei ihm im Institut schien gerade wirklich die Hölle los zu sein. Sofort bekam Mira ein schlechtes Gewissen, weil sie sich vor den letzten Obduktionen gedrückt hatte. Wenn sie nicht anwesend war und sich direkt Notizen machte, hatte der arme Roland ja noch mehr Zeitdruck. Sie nahm sich fest vor, beim nächsten Mal wieder hinzugehen, auch wenn Obduktionen ihr noch schwerer fielen, als Angehörige von Opfern zu besuchen, um ihnen die Todesnachricht zu überbringen. Wenn man es genau betrachtete, hatte sie sich mit ihrem Job schon ein paar äußerst unliebsame Aufgaben ans Bein gebunden. Vielleicht würde sie irgendwann doch noch die Abteilung wechseln. Die Arbeit im K3 für Vermögens- und Wirtschaftskriminalität stellte Mira sich spannend vor. Das könnte sie interessieren. Außerdem säße sie dann in dem hübschen Gebäude in der Friedrichstraße, wo sie heute mit Bettina Liebstöckl gesprochen hatten. Und Nils wäre nicht mehr ihr Chef. Die Idee wurde immer verlockender. Mira schob den Gedanken beiseite, ehe sie noch auf dumme Gedanken kam, und konzentrierte sich auf Rolands Bericht.

Einige Informationen hatte er ihr ja bereits telefonisch

durchgegeben. Nun interessierte Mira vor allem, ob es vielleicht weitere Details zur Tatwaffe gab.

Die Schnittwunde am Hals deutete auf eine sehr scharfe Klinge hin. Viel genauer konnte man es leider nicht eingrenzen. Ein Stich war meist ergiebiger bezüglich Klingenform und -länge. Mira tippte auf ein Taschen- oder Jagdmesser von geringer Größe und Gewicht. Schließlich lag der Tatort mitten in der Stadt, die Waffe musste relativ klein gewesen sein, sonst wäre sie womöglich jemandem aufgefallen. Auch Katharina Arnulf hätte eine große Klinge vorab bemerken können, dann hätte es vermutlich Abwehrverletzungen gegeben. Laut Bericht deuteten Winkel und Schwung der Verletzung ebenfalls auf eine verhältnismäßig kurze Klinge hin. Schade, damit ließ sich der Täterkreis überhaupt nicht eingrenzen. Ein Katana, das wäre doch mal was. Das hatte nicht jeder zu Hause herumliegen.

»Ich fühle mich schlecht«, meldete sich Philipp unvermittelt zu Wort.

Mira lugte mit fragender Miene zu ihm hinüber. »Was ist los?«

»Es fühlt sich nicht richtig an, in ihren Nachrichten zu stöbern. Ich weiß, dass wir das im Grunde für sie tun, aber ich dringe ja trotzdem in ihre Privatsphäre ein. Ich habe ein ganz schlechtes Gewissen.« Er sah richtig geknickt aus. Seine Gedankengänge rührten sie.

»Soll ich dich ablösen? Du wolltest doch eh noch mal Dampf machen und sehen, ob wir die Infos von der Uni vor dem Wochenende bekommen. Du weißt schon, die Liste, wer alles Zugang zu dem verschwundenen Gift hatte.«

Philipp nahm ihren Vorschlag dankend an. »Ich habe schon eine Erinnerung per E-Mail geschrieben und werde gleich noch mal in der Uni anrufen.«

»Außerdem könntest du mal recherchieren, ob es in der Nähe irgendwelche Firmen gibt, die sich mit solchen Voice-Deepfakes beschäftigen.«

»Unser Täter muss nicht unbedingt in einem lokalen Unternehmen arbeiten. Gerade im IT-Bereich läuft ja vieles in erster Linie online«, gab Philipp zu bedenken.

Mira zog eine Schnute. »Ich fürchte, du hast recht.«

Philipp begann zu telefonieren, und Mira klickte sich weiter durch Katharina Arnulfs Instagram-Chats. Sie waren alle recht belanglos, teilweise gar kryptisch. Hier ein Gruß zum Geburtstag, da eine Reaktion auf eine Story, die Katharina gepostet hatte. Mira wechselte zu den Beiträgen. Die meisten zeigten Schnappschüsse von Ausritten. Weiter unten ein Foto von einer Demo. Mira rief den Post auf. Gemäß dem Hashtag war es auf einer der Fridays-for-Future-Demos aufgenommen worden, im Hintergrund erkannte Mira die Nürnberger Lorenzkirche. Das Bild zeigte Katharina Arnulf und Cindy Schneider, die mit Fahnen und Plakaten ausgerüstet in die Kamera grinsten. Die Kommentare darunter waren durchwachsen, es fand sich sowohl Zustimmung als auch Ablehnung, wobei die erhobenen Daumen und Herzchen eindeutig überwogen. Mira klickte sich durch die Profile derer, die das Bild kommentiert hatten. Ein Kommentar erregte ihre Aufmerksamkeit, er bestand lediglich aus zwei Emojis, einer Weltkugel und einer Faust. Der Verfasser mit dem Nickname »5nach12« hatte ein privates Profil mit nur einem Follower, und der war Katharina gewesen. Sie notierte sich den Nickname, um Bettina Liebstöckel darauf anzusetzen.

»Die Liste müsste gleich kommen«, sagte Philipp, der sein Telefonat soeben beendet hatte. »Die wollten erst nicht wegen Datenschutz und so. Aber letztendlich haben sie sich dazu bereit erklärt, wenigstens Telefonnummern mitzuschicken, wenn auch keine Adressen.«

»Super, das erspart uns vielleicht etwas Arbeit. Hast du gut gemacht.«

»Danke. Die Sekretärin konnte meinem Charme dann halt doch nicht widerstehen«, meinte Philipp verschmitzt.

Mira war froh, ihn wieder grinsen zu sehen. So trübsinnig,

wie er vorhin noch gewirkt hatte, hätte sie ihn ungern ins Wochenende entlassen.

Wenig später leitete Philipp ihr die Mail mit der besagten Liste weiter. Mira fing sogleich an, die Namen durch die Datenbanken zu jagen, um zu sehen, ob eine der Personen womöglich vorbestraft war. Leider brachte das jedoch keinen Treffer. Wäre ja auch zu schön gewesen.

Dann würde sie ihren Laptop eben mit nach Hause nehmen und die Liste morgen durchtelefonieren. Was sie zu den Leuten sagen sollte, wusste sie noch nicht genau, aber nachdem sie in Sachen Gift endlich eine brauchbare Spur hatten, der sie folgen konnte, würde sie sicherlich nicht zwei Tage lang die Hände in den Schoß legen und auf die neue Woche warten. Sie nahm das Gerät aus der Dockingstation und packte es ein.

Außerdem sollte sie sich vielleicht mal bei Karl-Heinz Märker melden. Irgendwie hatte sie seit dem Morgen das Gefühl, ihm unrecht getan zu haben. Natürlich war es ganz normal, dass man Verdächtige überprüfte und dabei auch mal einer falschen Fährte folgte. Aber wenn Mira ehrlich war, hatte sie sich schon ziemlich auf ihn eingeschossen gehabt. Entschuldigen würde sie sich zwar nicht, dafür war ihr der Kerl eindeutig zu unsympathisch. Aber zumindest das Gespräch mit ihm würde sie suchen. Schließlich musste es ganz schön belastend sein, wenn jemand die eigene Stimme dazu missbrauchte, einen Mord zu gestehen.

Sie wählte seine Nummer und wartete einige Zeit. Doch das monotone Tuten wurde nicht durch die Annahme des Gesprächs abgelöst. Achselzuckend legte Mira wieder auf. Damit hatte sie also noch eine Aufgabe, die sie mit ins Wochenende nahm. Und wo Fips lebte, musste sie auch endlich herausfinden. Neben der Arbeit war das Thema während der letzten Tage völlig in den Hintergrund geraten. Dabei wusste Mira, dass Nils insgeheim auf eine Antwort hinsichtlich der Katzenfrage wartete, auch wenn er sich ganz entspannt gab und darum bemüht war, ihr keinen Druck zu machen. Zumindest hatte er schon mal ganz subtil einige Schlafzimmerschubladen für sie freigeräumt. Mira lächelte in sich hinein. Vielleicht war es ganz gut, dass die Arbeit sie abgelenkt hatte. So hatte sie Nils' Vorschlag etwas sacken lassen können. Und inzwischen fand sie die Idee, bei ihm einzuziehen, auch gar nicht mehr so beängstigend.

38

Mira drückte rasch auf »Aus«, als ihr Handywecker ertönte. Sie wollte aufstehen und arbeiten, aber das hieß ja nicht, dass sie Nils auch aus dem Bett schmeißen musste. Sie lauschte seinen gleichmäßigen Atemzügen. Anscheinend hatte sie tatsächlich schnell genug reagiert. Das lag vermutlich daran, dass sie schlecht geschlafen und seit einer Weile ohnehin nur noch gedöst hatte.

Auf Zehenspitzen schlich sie aus dem Zimmer ins Bad, putzte sich die Zähne und schlüpfte in ihren Bademantel, der an der Tür am Haken hing.

Im offenen Wohn-Ess-Bereich wurde sie von Fips begrüßt. Der kleine Kater haute meist spät am Abend wieder ab, doch in letzter Zeit kam es immer öfter vor, dass er sich wie gestern auf Miras Couchhocker zusammenrollte, auf dem stets eine zusammengefaltete Kuscheldecke lag, und die Nacht hier verbrachte. Sie gab ihm etwas zu trinken und zu fressen und machte es sich dann mit ihrem Laptop und einer Tasse Kaffee auf der Couch gemütlich.

Mira betrachtete unschlüssig die Liste der im Diebstahlzeitraum befugten Mitarbeiter, die die Uni zusammengestellt hatte. Es waren lauter Männernamen. Mira hatte noch keine zündende Idee, wie sie die Telefonate beginnen sollte. Wenn einer dieser Leute das Muscarin gestohlen und weiterverkauft hatte, würde er ihr das sicherlich nicht auf die Nase binden. Und wenn derjenige mit Katharina Arnulf unter einer Decke gesteckt hatte, erst recht nicht. Doch bestimmt war es kein Zufall, dass genau dieses Gift ausgerechnet an der Bayreuther Uni abhandengekommen war. Klar, das Schicksal spielte einem manchmal seltsame Streiche, doch wie wahrscheinlich war es, dass es hier keinen Zusammenhang gab?

Vielleicht sollte sie die acht Männer einfach mit dem Vergiftungsfall konfrontieren und in die Dienststelle zur Befragung einladen, um zu sehen wie sie reagierten. Bei den meisten Schuldigen gingen dann die Alarmglocken an. Mira konnte nur hoffen, dass der Betreffende spätestens vor Ort einknickte.

Sie sah auf die Uhr. Kurz vor acht. Da konnte es gut sein, dass der ein oder andere samstags noch schlief, aber das würde nur die Dringlichkeit ihres Anrufes unterstreichen, und ein bisschen zusätzlicher Druck konnte nicht schaden.

Als Erstes wählte sie die Nummer des Professors. Fast erschrak sie, als er schon nach dem zweiten Klingeln abnahm. Er hörte sich hellwach an, Mira hatte ihn also nicht aus dem Bett geklingelt. Sie stellte sich vor und erklärte ihm, dass es Hinweise darauf gebe, dass das Muscarin, mit dem die Stadtratssitzung vergiftet worden war – wovon er sicherlich gehört habe –, von seinem Lehrstuhl beschafft worden sei. Das war mit etwas Wohlwollen ja nicht einmal gelogen, auch wenn diese Hinweise in erster Linie darauf basierten, dass Mira nicht an Zufälle glaubte.

»Das darf doch wohl nicht wahr sein!«, rief er. Mira wappnete sich innerlich für eine Rechtfertigung. Doch es zeigte sich, dass der Professor nicht gegen sie wettern wollte. Nein, vielmehr brachte ihn die Vorstellung auf die Palme, dass einer seiner Mitarbeiter ihn hintergangen haben und seinen guten Ruf schädigen könnte. Sehr gut. So wie er sich anhörte, würde er zumindest den Leuten auf der Liste, die nach wie vor bei ihm beschäftigt waren, ordentlich Dampf machen.

Bei der zweiten Nummer ging niemand ran. Mira legte unverrichteter Dinge auf.

Sie stellte ihren Laptop von ihrem Schoß auf den Couchtisch, und Fips nutzte die Gelegenheit und machte es sich auf dem nun freien Kuschelplatz gemütlich. Sie nahm sich einen Moment Zeit, ihn zu kraulen, und wurde mit einem Schnurren belohnt. Dann rief sie die nächste Nummer an.

Nach einigem Warten meldete sich ein Herr, der sich sehr

jung anhörte und etwas nasal sprach, was seiner Stimme einen arroganten Touch verlieh. »Wissen Sie, wie spät es ist?«, war seine erste, patzige Reaktion, als Mira sich vorgestellt und ihr Anliegen vorgetragen hatte.

»Ja, es ist acht Uhr vier.«

»Können wir das nicht ein andermal besprechen?«, empörte er sich. »Ich habe einen Kater und mit der Sache sowieso nichts zu tun. Ich komme auch gern am Montagmorgen zu Ihnen ins Büro, wenn Sie das glücklich macht. Aber im Moment fühle ich mich wirklich nicht gut.« Auf einmal klang er gar nicht mehr so arrogant, sondern eher leidend.

»Es geht hier nicht darum, was mich glücklich macht, sondern um die Aufklärung eines Giftanschlags«, beschied sie ihn ernst.

»Schon gut, ich verstehe Sie ja. Sie machen ja auch nur Ihren Job«, lenkte er kleinlaut ein. Fast bekam Mira ein bisschen Mitleid mit ihm. »Ich nehme eine Kopfschmerztablette und rufe Sie dann zurück, okay?«

Sie schmunzelte in sich hinein. Die Reaktion des Mannes sprach stark dafür, dass er wirklich nichts mit dem Gift zu tun hatte. In erster Linie interessierten ihn die unangenehmen Folgen der gestrigen Party. Sie gab sich geschlagen und nannte ihre Nummer für den Rückruf.

Ein Unimitarbeiter namens Christian Kehl war ihre nächste Anlaufstelle. Auch er ging zügig an den Apparat, und Mira erklärte ein drittes Mal geduldig, worum es ging.

»Ich bin informiert, Professor Bohnert hat mich gerade angerufen.« Er klang aufgebracht. Das Gespräch mit dem Professor war wohl nicht gerade erfreulich gewesen.

»Und? Haben Sie dem Professor die Tat gestanden, oder was genau haben Sie besprochen?«, fragte Mira provozierend.

»Gestanden? Überhaupt nichts habe ich gestanden. Ich habe das Gift nicht gestohlen, und verloren habe ich es auch nicht!«

Mira stutzte. Bisher war sie überhaupt noch nicht auf die Idee gekommen, dass jemand eine Packung Gift verlieren könnte. Dass er das nun so sagte, irritierte sie. Und hatte er nicht das »ich« in seinem Satz etwas betont? »Herr Kehl, möchten Sie mir etwas mitteilen?«, fragte sie im strengsten Ton, den sie zustande brachte.

»Mögen tu ich nicht! Aber ich halte auch nicht den Kopf hin.« Er brach ab. Mira spürte, dass er mit sich rang.

»Für wen wollen Sie nicht den Kopf hinhalten?«

Aus dem Telefon drang ein Schnaufen. »Für den Clemens.«

Mira blickte rasch auf die Liste. Clemens Theobald, ihn hätte sie als Nächstes angerufen.

»Was ist mit Clemens Theobald?«

»Ach, den haben Sie also eh schon auf dem Schirm«, murmelte Christian Kehl. Es schien ihn zu beruhigen, dass Mira den Namen schon kannte und er seinen Kollegen nicht komplett aus heiterem Himmel in die Pfanne haute.

»Erzählen Sie mir, was Sie wissen.«

»Clemens ist mein Nachfolger am Lehrstuhl. Ich habe dort promoviert, und seine Forschung baut nun auf meiner auf. Er vergleicht die Ergebnisse, die ich mit Muscarin erzielt habe, mit einer Alternative. Worum es da genau geht, soll er Ihnen erklären.«

Bitte nicht. Mira war nie besonders gut in Chemie gewesen. Alles, was kleiner war als eine Ameise, war ihr suspekt. Sie verließ sich lieber auf das, was sie sah.

»Wir hatten eine Überschneidung von zwei Wochen, ich habe ihm alles gezeigt und ein bisschen Starthilfe gegeben«, erzählte er weiter.

»Und?«

»Und in diesen zwei Wochen muss es passiert sein. Zehn Milligramm sind weggekommen. Für studentische Verhältnisse ein kleines Vermögen. An meinem letzten Tag habe ich es bemerkt. Das war natürlich ein toller Abschluss für mich.«

»Und Sie denken, Clemens Theobald hat etwas mit dem Verschwinden zu tun?«

»Ich habe ihn in Verdacht, ja. Sicher weiß ich es natürlich nicht, und er hat auch alles abgestritten. Aber als ich ihn darauf ansprach, hat er komisch reagiert. Ertappt irgendwie. Es war nur so ein Gefühl, deshalb konnte ich ja auch nichts tun. Aber wenn Sie mich jetzt schon so direkt fragen ...«

»Guten Morgen!«, kam es da von der Schlafzimmertür her.

Mira lächelte Nils an und beendete das Gespräch. Vielleicht sollte sie diesen Clemens Theobald gleich in die Dienststelle einladen, statt ihn am Telefon zu befragen. Doch erst einmal gab sie Nils einen Guten-Morgen-Kuss. Immerhin waren sie ja im Wochenende.

So spazierte sie wenig später Hand in Hand mit Nils durch den Hofgarten. Die frische Spätsommerbrise streichelte ihr durchs Haar. Da erblickte sie Fips.

»Schau mal, wir wurden verfolgt!«, rief sie und deutete auf den Kater, der gerade hinter einem Strauch hervorkam.

»Na, so was! Dabei wolltest du doch eigentlich ihn verfolgen, oder nicht?« Er lachte.

»Das können wir ja jetzt gemeinsam tun.«

Fips ignorierte sie und lief quer zum Weg wieder ein Stückchen von ihnen weg. Er änderte die Richtung und hielt auf den Amphitritebrunnen zu, wo Mira ihn beim letzten Mal verloren hatte, schlug dann jedoch einen weiteren Haken.

»Ich glaube, der will uns abschütteln!«, rief Nils amüsiert.

Sie hefteten sich an Fips' Fersen. Wenig später verließen sie alle drei den Hofgarten. Das Katerchen streunte durch die Straßen, als würde es den Stadtspaziergang genießen. Schließlich bog Fips wieder ab, hielt auf ein flaches altes Haus zu und sprang am Fenster neben der hölzernen Haustür aufs Fensterbrett. Während er durch die Scheibe ins Innere lugte, traten Mira und Nils neugierig heran.

»Na, wo hast du uns denn hier hingeführt?«, fragte Mira

flüsternd und streichelte dem Tier über den Rücken. Sie beugte sich vor und schaute ebenfalls durchs Fenster, konnte aber nicht viel erkennen.

»›Annemarie Gröbner‹, steht auf dem Klingelschild«, sagte Nils.

Mira nahm Fips auf den Arm und ging ebenfalls zur Haustür. Sie klingelten, doch alles blieb still.

»Grüß Gott!«, rief da eine weibliche Stimme.

Mira drehte sich um und erblickte eine Frau mittleren Alters mit einem Besen in der Hand. Anscheinend eine Nachbarin, die vor dem Haus gegenüber gefegt hatte. Mira war so auf Fips konzentriert gewesen, dass sie sie nicht bemerkt hatte.

»Sie interessieren sich wohl für das Haus?«, fragte die Frau.

»Wir möchten zu Annemarie Gröbner«, antwortete Nils.

Die Frau schüttelte den Kopf. »Da werden S' kein Glück haben. Die ist verstorben. Deshalb dachte ich, Sie wollen das Haus besichtigen. Es steht zum Verkauf.«

Mira trat ebenfalls näher. »Wissen Sie, ob das Frau Gröbners Katze ist?« Sie hob Fips demonstrativ hoch.

»Eine Katze hatte sie, ja«, sie beäugte Fips, »aber ob das die hier ist, das kann ich Ihnen nicht sagen.«

»Hmm, haben Sie die Kontaktdaten der Erben?«

»Nein, aber der Immobilienmakler, den die Familie beauftragt hat, meinte, ich solle ihm Bescheid geben, wenn sich jemand für das Haus interessiert.

Mira wollte zwar nicht das Haus, sondern die Katze. Aber die Nummer des Maklers war zumindest ein Anfang.

39

Mira und Nils hatten sich am nächsten Tag gerade die Bäuche mit Nils' legendärem Coq au Vin vollgeschlagen und überlegten nun, wie sie den restlichen Sonntag verbringen wollten, als ein Leichenfund gemeldet wurde. Aus dem gemütlichen Filmeabend, für den sie sich dank des heute strömenden Regens entschieden hatten, wurde also leider nichts. Stattdessen schlüpften sie wegen des unerwartet herbstlichen Wetters in ihre Windbreaker und fuhren zum Fundort. Der Leichnam war im Gewerbegebiet St. Georgen auf einem Parkplatz abgelegt worden. »Verschnürt wie ein Päckchen, dabei ist doch noch gar nicht Weihnachten«, hatten die Kollegen am Telefon gesagt.

Mira mochte solche Scherze nicht. Es passierte immer wieder, dass bei jemandem angesichts des Schreckens, den Todesfälle mit sich brachten, der Galgenhumor durchschlug. Und Mira verstand, dass jeder anders mit so einer Situation umging. Trotzdem empfand sie es als Respektlosigkeit gegenüber den Opfern.

Der Fundort bot ein tristes Bild: ein verwaister Parkplatz im Grau in Grau des Regentages. Die SpuSi war mit ihren Untersuchungen fast fertig, als Mira und Nils dort ankamen. Nur Sylvia und eine ihrer Kriminaltechnikerinnen waren noch anwesend. Sylvia blickte Mira mit großen Augen an, als diese ausstieg und zum Leichnam ging. Mira wunderte sich, konnte ihren Blick jedoch nicht deuten.

Roland war ebenfalls vor Ort. Er hockte neben dem Leichnam, der sich bereits in einem Leichensack befand. Auch über ihn wunderte Mira sich insgeheim, bedeutete seine Anwesenheit am Fundort doch, dass sie es hier mit etwas Außergewöhnlichem zu tun hatten. Normalerweise ließ der Rechtsmediziner die Körper ins Institut nach Erlangen bringen, nur in besonderen Fällen tauchte er persönlich vor Ort auf. Ein Leichenwagen stand für den Transport bereit. Dem Fahrer schien jedoch wohl bewusst zu sein, dass es noch ein Weilchen dauern würde. Er hatte den Sitz etwas zurückgestellt und die Augen geschlossen.

Als Roland sie bemerkte, stand er auf, um sie zu begrüßen. Er schüttelte Nils und Mira die Hand. Das schwarze Haar klebte ihm patschnass am Kopf, und auch seine Jeansjacke war dunkel von Feuchtigkeit, obwohl er einen Assistenten mit einem riesigen Regenschirm dabeihatte. Den hielt der junge Mann allerdings über die Leiche statt über Roland.

»Du hier?«, fragte Mira. »Haben wir etwas Besonderes?«

»Mehrere Einstiche in Oberkörper und Bauch. Die Stiche sind nicht besonders breit, scheinen aber recht tief zu sein. Ob er am Blutverlust starb oder Organe verletzt wurden, kann ich noch nicht sagen. Und ja, ich denke, wir haben hier etwas Besonderes.« Er malte bei dem Wort Gänsefüßchen in die Luft. »Jedoch nicht unbedingt wegen der Verletzungen«, fuhr er fort, »aber schaut es euch am besten selbst an.«

Mira und Nils wechselten einen fragenden Blick, ehe sie Roland zur Leiche folgten. Er zog den Leichensack etwas weiter auf, damit sie hineinsehen konnten. Miras Blick blieb am nackten Bauch des Opfers hängen. Der freigelegte Körper war blass und sah aus, als hätte man ihn aus einem Wachsfigurenkabinett geklaut. Im trüben Licht der Parkplatzbeleuchtung wirkten die Stichwunden beinahe unwirklich. Auffällig war dabei natürlich, dass nicht nur einmal, sondern sehr oft zugestochen worden war. Dieses sogenannte »Übertöten« sprach für eine emotionale Tat. Das konnte zum Beispiel bedeuten, dass Opfer und Täter sich gekannt und eine persönliche Beziehung zueinander gehabt hatten. Oder aber der Täter war in einer Art Blutrausch gewesen. War es das, was Roland ihnen hatte zeigen wollen?

»Oh Scheiße«, murmelte Nils, und Mira wunderte sich bereits zum dritten Mal in den letzten zehn Minuten, denn

Nils hatte sich sonst auch in schwierigen Situationen gut im Griff und ließ sich nur selten zu Kraftausdrücken hinreißen.

Sie löste ihren Blick von den Stichwunden und sah dem Toten ins Gesicht. Einige Sekunden lang starrte sie ihn an, ehe endlich die Erkenntnis in ihr Bewusstsein einsickerte. Es war Karl-Heinz Märker.

»Sylvia hat mich angerufen, dass ich herkommen soll«, erklärte Roland. »Wegen der laufenden Ermittlungen.«

Mira nickte mechanisch. Ihr Gehirn war vollkommen leer, als würde es seinen Dienst verweigern. Dann drängten tausend Gedanken auf einmal in ihren Kopf.

War Märker womöglich schon tot gewesen, als sie vorgestern Abend versucht hatte, ihn anzurufen? Hatte er damit, dass er sich als Opfer sah, die ganze Zeit recht gehabt? Der Voice-Deepfake sprach jedenfalls dafür. Hätte sie diesen Mord womöglich verhindern können, wenn sie ihm von Anfang an geglaubt hätte? Gehörte sie nach dem auf Foto festgehaltenen Streit vielleicht sogar selbst zum Kreis der Verdächtigen und musste den Fall abgeben?

»Alles klar?«, fragte Nils leise.

»Ich denke schon.«

»Er war vollständig bekleidet und in eine Plastikfolie eingewickelt. Die Totenflecken zeigen, dass er umgelagert wurde, aber dass das hier nicht der Tatort ist, ist ja eh naheliegend. Die Totenstarre ist voll ausgeprägt, mal sehen, wie lange noch.«

Mira hatte das Gefühl, dass Roland mehr mit sich selbst als mit ihnen sprach, da er niemanden ansah und, während er redete, an dem Leichensack herumzog. Sein Assistent stand schmal und blass hinter ihm. Er schien sich zu bemühen, unsichtbar zu sein, was ihm auch beinahe gelang.

Sylvia und ihre Teamkollegin packten ihre Sachen ins Auto. Dann trat Sylvia an Mira heran. »Das ist krass, oder? Erst die Arnulf, nun der Märker. Es ist, als würde jemand alle deine Hauptverdächtigen erledigen.«

»Du klingst schon wie Philipp. Guckst du auch zu viel fern?« Sie klang patziger als beabsichtigt und schob deshalb sogleich ein »Entschuldige« hinterher.

Sylvia überging beide Äußerungen und starrte auf Märkers leblosen Körper. Läge er nicht in einem Sack, Mira hätte auf die Idee kommen können zu behaupten, dass er friedlich aussah. Die Anzahl der Einstiche in seinem Körper sprach aber natürlich eine andere Sprache.

»Du musst dir überlegen, ob ich den Fall abgeben soll«, sagte Mira zu Nils. Sie wollte die Ermittlungen zu Ende bringen, doch ihr war auch klar, dass nach ihrem Zeitungsauftritt Gegenstimmen laut werden könnten. Und sie wollte Nils die Hand reichen. Mira wusste, dass sie manchmal etwas aufbrausend war und er es in seiner Doppelrolle als Freund und Chef nicht immer leicht mit ihr hatte. »Ich werde deine Entscheidung akzeptieren, ohne zu murren«, schob sie nach.

Nils nickte, sagte jedoch nichts, da in diesem Moment ein Auto auf den Parkplatz gefahren kam. Staatsanwältin Helene Bricker stieg aus und stöckelte mit energischen Schritten heran. Wie immer sah sie perfekt aus. Ob sie den Sonntagnachmittag auf dem heimischen Sofa wohl auch im Kostümchen und mit frisch gestylten Locken verbrachte? Trotz ihrer makellosen Erscheinung war Bricker jedoch keineswegs tussig. Mira war sie schon immer sympathisch gewesen.

»Was haben wir?«, fragte sie Nils schon von Weitem und streckte die Hand zum Gruß aus, noch ehe sie ihn erreichte. Er ging ihr ein paar Schritte entgegen, weshalb Mira nicht genau hören konnte, was gesprochen wurde.

Mira wandte sich wieder der Leiche zu. Sylvia hatte sich bei Brickers Auftauchen verabschiedet.

Im Augenwinkel bemerkte Mira, dass Helene Bricker und Nils näher kamen. Sie drehte sich um und begrüßte die Staatsanwältin ebenfalls.

»Außerordentlich ärgerlich, das mit dem Artikel«, sagte diese prompt. »Haben Sie schon darüber gesprochen, ob Frau

Streitberg den Fall behält?« Sie blickte fragend zwischen Mira und Nils hin und her.

»Ja, wir tendieren dazu«, meinte Nils diplomatisch.

Bricker fixierte Mira. »Wie fühlt es sich für Sie an, dass er tot ist? Sie mochten ihn nicht besonders, stimmt's?«

Mira zögerte einen Moment, sie war unschlüssig, was sie sagen sollte. Mit so einer direkten Ansprache hatte sie nicht gerechnet. »Märker hatte eine provokante Art. Und vielleicht hätte ich mich davon weniger beeindrucken lassen sollen. Er wollte mich provozieren, und ich habe ihm das im Grunde ermöglicht. Das war nicht sehr professionell«, räumte sie ein. »Allerdings kann ich nicht sagen, dass ich etwas gegen ihn hatte. Er war einfach höchst verdächtig. Am Freitag habe ich dann neue Informationen erhalten, die ihn entlasteten. Ich habe versucht, ihn anzurufen, um mit ihm darüber zu sprechen, konnte ihn aber nicht erreichen.«

»Vielleicht war er da schon tot«, bemerkte Helene Bricker und sah sich um. »Okay, bleiben Sie dran, Streitberg.« Sie klopfte Mira kollegial auf die Schulter. Dann ging sie seitlich um die Leiche herum und neben Roland in die Hocke. Mit Blick auf seine Einweghandschuhe verzichtete sie darauf, ihm die Hand zu geben.

Erleichterung strömte durch Mira hindurch. Erst jetzt bemerkte sie, wie wichtig es ihr war, die Sache selbst abzuschließen. Sie hatte in diesem Fall nicht alles richtig gemacht. Vielleicht konnte sie ihre Fehler aber wiedergutmachen, indem sie Märkers Mörder stellte.

40

Philipp war noch immer etwas blass um die Nase, als sie am Montag nach dem Vormittagstermin in Erlangen in die Dienststelle zurückkamen und Nils in die Arme liefen.

»So wie ihr ausseht, kommt ihr gerade aus der Rechtsmedizin«, meinte er mit einem schiefen Grinsen.

Mira winkte ab. Sie hatten im Vorfeld über den Termin gesprochen, er wusste also, wo sie gewesen waren. Doch sie musste zugeben, dass sie zumindest teilweise verdrängt gehabt hatte, wie anstrengend Obduktionstermine waren.

»Ich brauch erst mal einen Kaffee«, murmelte Philipp.

Nils klopfte ihm auf die Schulter. »Kommt mit, ich hab grade frischen gekocht.«

Die drei schoben sich in die kleine Abteilungsküche. Nils hatte nicht zu viel versprochen. Kaffeeduft erfüllte den Raum und ließ den fahlen Nachhall der Obduktion etwas verblassen. Er gab sich fürsorglich, holte drei Tassen aus dem Schrank und schenkte ein. Jeder hätte es verstanden, wenn Philipp nicht mit nach Erlangen gefahren wäre, doch er hatte sich nicht davon abbringen lassen. Die erste Obduktion war meist die schlimmste, das wussten sie alle aus Erfahrung.

Nils reichte ihm den ersten Kaffee. »Alles okay?«

Philipp nickte tapfer und nahm die Tasse entgegen. »Ja, gehört eben dazu.«

Nils nickte anerkennend. Dann reichte er Mira ihre Tasse. Es war die mit den aufgedruckten Herzchen, und sie schmunzelte in sich hinein.

»Märker ist irgendwann am Samstagabend gestorben. Roland konnte den Todeszeitpunkt auf zwischen achtzehn und einundzwanzig Uhr eingrenzen.« Mira nippte vorsichtig an ihrem Kaffee, der heiß dampfte.

»Das wird uns bestimmt weiterhelfen«, spekulierte Philipp. »Samstagabends haben die meisten Leute ein Alibi.«

»Wir werden sehen. Hört mal, ich weiß, dass ihr gerade viel um die Ohren habt. Es ist nicht selbstverständlich, einen Praktikanten voll in eine Mordermittlung einzubinden. Du schlägst dich da echt toll, Philipp.«

Philipp schien bei Nils' lobenden Worten ein paar Zentimeter zu wachsen.

»Ich habe in der letzten Zeit einige Gespräche geführt«, sagte Nils dann an Mira gewandt. »Und es sind nun zwei Bewerber in der Endauswahl. Ich würde die beiden gerne noch einmal einladen, damit du dir ein Bild machen und mitentscheiden kannst. Schließlich wirst du ja mit demjenigen arbeiten.«

»Das ist nett, danke«, antwortete Mira. Im Augenwinkel bemerkte sie, dass Philipp die Schultern hängen ließ. Nach dem dicken Lob vom Chef war diese Information wohl ein echter Dämpfer für ihn. Nils bekam davon nichts mit, und falls doch, ließ er es sich nicht anmerken.

»Ich werde versuchen, euch ein bisschen zu entlasten«, fuhr er unbeirrt fort. Ich habe gleich etwas Luft und werde zu Märkers Ehefrau fahren. Dann müsst ihr das nach der Obduktion nicht auch noch machen.«

Mira nahm dankend an, doch Nils' neue fürsorgliche Ader war ihr auch etwas suspekt. »Was verschafft uns denn die Ehre deiner Unterstützung?«, konnte sie sich nicht verkneifen zu fragen.

Nils blickte sie für einen Moment ertappt an. Dann rührte er peinlich berührt in seiner Kaffeetasse herum. »Philipp, lässt du uns bitte mal kurz allein?«

Philipp machte ein Gesicht, als wäre er ganz und gar nicht damit einverstanden, jetzt ausgeschlossen zu werden, trollte sich aber.

»Staatsanwältin Bricker hält große Stücke auf dich. Sie hat mich gewarnt, dass man die besten Mitarbeiter am leichtesten verbrennt, weil sie mehr machen und weniger murren.« Er lachte ein bisschen in sich hinein. »Nun, so ganz trifft das auf dich nicht zu, du beschwerst dich ja gerne mal.«

Mira boxte ihn freundschaftlich in die Seite.

»Aber was sie gesagt hat, hat mich trotzdem nachdenklich gemacht. Du stemmst gerade so vieles allein, was man sich normalerweise zwischen Partnern aufteilt. Natürlich ist Philipp eine Hilfe, aber mir ist durchaus bewusst, was du leistest.«

Mira drückte sich lächelnd an ihn. »Und das hat dir erst die Bricker sagen müssen, dass ich eine deiner Besten bin?«, neckte sie ihn.

»Du hast mich längst von deinen Qualitäten überzeugt«, flüsterte er ihr ins Ohr.

»Das will ich auch hoffen«, meinte sie kichernd. Sie hörte draußen auf dem Gang ein Geräusch und löste sich von ihm, zwinkerte ihm zu und verließ die Küche.

Sie fand Philipp an seinem Schreibtisch vor. Doch er arbeitete nicht, der Desktop war noch nicht entsperrt und Philipp gerade dabei, eine Packung Schokolinsen zu öffnen. Als sie sich setzte, rollte er mit seinem Stuhl zur Seite, beugte sich vor und blickte sie grinsend an. »Was läuft denn da zwischen dir und dem Chef?«

Mira sah verwundert auf. Spielte Philipp nur darauf an, dass Nils allein mit ihr hatte reden wollen, oder ahnte er, dass sie mehr waren als nur Kollegen? Er hatte eine spitzbübische Miene aufgesetzt, was irritierend war, da er wegen der Endauswahl für die offene Stelle eben noch geknickt gewesen war.

»Was meinst du?«, fragte sie vorsichtig zurück.

Philipp steckte sich eine kleine Handvoll Schokolinsen in den Mund und kaute ausgiebig, während er sie noch immer angrinste. »Ihr habt so getuschelt und gekichert«, sagte er, als er sie endlich hinuntergeschluckt hatte.

Mira kniff die Augen zusammen. Hatte der kleine Mistkerl etwa heimlich zugehört? »Es ist sehr unhöflich, seine Kollegen zu belauschen«, stellte sie mit tadelndem Blick fest.

»Ich bin sicher, Sylvia wird sich nicht daran stören, wenn ich ihr davon erzähle, sondern sich einfach nur auf die Neuigkeiten stürzen.«

Er sprach es zwar nicht aus, doch anscheinend war ihr Getuschel sehr verräterisch gewesen, und Philipp hatte genau durchschaut, dass Nils und sie zusammen waren. Da half nur der Angriff nach vorne.

»Es ist kein Geheimnis. Es gab nur noch nicht den richtigen Moment, unsere Beziehung öffentlich zu machen.«

Nun wurden Philipps Augen groß. »Eure *Beziehung*?«

»Ja, darum geht es hier doch die ganze Zeit, oder?«

»Schon, aber ich dachte, das wäre nur ein Büroflirt. ›Beziehung‹ klingt so ernsthaft.«

»Ist es auch. Wir werden bald zusammenziehen.«

»Echt jetzt? Das ist ja krass!«

Mira lachte. Es war befreiend, endlich mit jemandem darüber zu reden. »Das fand ich am Anfang auch. Jetzt freue ich mich darauf. Aber halt die Klappe. Ich will nicht, dass hier die Gerüchteküche brodelt. Lieber möchte ich es den Kollegen selbst sagen.«

»Das kostet dich was!«, meinte er wie aus der Pistole geschossen und lehnte sich selbstgefällig zurück.

Mira rollte mit den Augen. »Im Ernst? Willst du wieder ein paar Tüten Gummibärchen aus mir rausleiern?«

»Nein, ich muss auf meine Linie achten.« Er ließ sich ein paar Schokolinsen in den Mund rieseln. Dass dies seine Aussage etwas ins Lächerliche zog, schien ihm selbst nicht aufzufallen. »Aber wenn du schon einen derartig guten Draht zum Chef hast«, er hielt kurz inne, um vielsagend mit den Augenbrauen zu wackeln, »könntest du ihm doch verklickern, dass er mich nach meinem Studium einstellen soll. Mir fehlen nur noch ganz wenige Prüfungen und die Bachelorarbeit, dann bin ich startklar!«

»Ich sehe, was ich tun kann«, meinte Mira schmunzelnd. Philipp war es ja wirklich ernst mit seinen Zukunftsplänen hier bei ihnen bei der Bayreuther Kripo.

»Na, dann hoffe ich mal für deine Geheimniskrämerei, dass es genug sein wird«, sagte er in hochnäsigem Tonfall, hob beide Hände und legte die Fingerspitzen aneinander. Mira vermutete, dass er versuchte, einen alten James-Bond-Bösewicht nachzuahmen. Zum Glück wollte er sich hier nicht als Schauspieler bewerben.

41

Märkers Sekretärin Henrietta Breuer hatte noch nichts von seinem Ableben gewusst und musste sich erst einmal setzen. Genau genommen fiel sie zurück auf ihren Schreibtischstuhl. Sie weinte nicht, sah aber ehrlich erschüttert aus.

»Großer Gott!«, murmelte sie fassungslos. »Das ist ja wie in dem ›Tatort‹ gestern. Da meinte ich noch zu meinem Herbert: ›Schalt aus, das ist mir zu gruslig!‹, und jetzt bin ich selbst in einem Krimi!«

Mira überging den Kommentar. Trotz aller Fassungslosigkeit wirkte Frau Breuer stabil und brauchte keine Hilfe. Wahrscheinlich würde sie ihren Herbert anrufen, sobald sie außer Hörweite waren. »Wir möchten uns in seinem Büro umsehen.«

»Ja, ja, freilich.« Sie deutete zur Tür.

Mira nickte ihr zu, ging mit Philipp hinein und schloss die Tür hinter sich.

»Was suchen wir?«, fragte er, während er sich etwas ratlos umblickte.

»Terminkalender, Unterlagen oder Notizen, die auf einen Konflikt hindeuten, Drohbriefe …« Sie unterbrach sich selbst. »Okay, ich gebe zu, Letzteres ist eher unwahrscheinlich. Das hätte er uns vermutlich erzählt. Aber man weiß ja nie. Seinen Laptop hat Nils schon eingesammelt, der stand bei ihm zu Hause. Vielleicht finden wir ja noch sein Handy. Als man ihn gefunden hat, hatte er es nicht bei sich. Es ist verschwunden, genau wie sein Auto. Die Kollegen sind an beidem dran.«

»Sollte nicht jemand von der SpuSi dabei sein?«

»Vorerst ist eine kriminaltechnische Untersuchung nicht nötig. Wir suchen ja inhaltliche Hinweise. Dass sein Büro der Tatort ist, halte ich für äußerst unwahrscheinlich. Aber falls wir irgendetwas Verdächtiges sehen, rufen wir Sylvia an.«

Philipp nickte beruhigt und folgte ihr zum Schreibtisch. Der hatte auf beiden Seiten integrierte Schubladen, zwischen die der ausladende schwarze Ledersessel, auf dem Märker immer gethront hatte, gerade so passte. Philipp widmete sich der obersten linken Schublade, während Mira die Fächer auf der rechten Seite aufzog. Sie arbeiteten sich zügig nach unten durch. Bis auf einen Tischkalender, der oben auf der Platte lag, gab der Schreibtisch aber leider nicht viel her.

Mira stand aus der Hocke auf und streckte den Rücken durch. In der Zwischenzeit war Philipp an das große Löwenbild herangetreten. Er streckte die Hand aus, zog es leicht von der Wand weg und lugte dahinter.

»Was machst du denn da?«

»Hätte doch sein können, dass hier ein Tresor versteckt ist.«

Mira lachte auf. »Wir sind in einem städtischen Rathaus. Deine Phantasie geht mal wieder mit dir durch.«

Philipp winkte ab, als wäre ihr Einwand nicht ernst zu nehmen.

Mira trat an den halbhohen Aktenschrank heran, der seitlich neben dem Schreibtisch an der Wand stand. Er war verschlossen. Sie rüttelte erst ein paar Sekunden lang energisch an der Tür und ging dann hinaus, um Henrietta Breuer nach dem Schlüssel zu fragen.

»Da hab ich leider keinen. Nur Herr Märker hatte Zugang zu diesem Schrank.« Sie wirkte fast ein wenig beleidigt. Es hatte ihr anscheinend überhaupt nicht gefallen, aus Teilen seines Refugiums ausgesperrt zu werden.

»Gibt es irgendwo einen Ersatzschlüssel?«

»Nicht dass ich wüsste.«

»Rufen Sie bitte einen Schlüsseldienst.«

Die Sekretärin machte große Augen, griff dann jedoch eifrig nickend zum Hörer.

»Darfst du das überhaupt? Braucht es dafür nicht einen richterlichen Beschluss oder so etwas?«, flüsterte Philipp ihr zu, als sie ins Büro zurückkam.

»Märker wird sich darüber nicht mehr beschweren.«

Sie ließen sich in der Besucherecke des Büros nieder, um zu warten.

Wenig später kam die Sekretärin herein und erklärte, dass der Schlüsseldienst unterwegs sei. Mira dankte ihr, was sie lächeln ließ.

»Darf ich Ihnen vielleicht einen Kaffee bringen? Dann vergeht die Wartezeit schneller«, schlug Frau Breuer vor.

»Da sagen wir nicht Nein«, antwortete Philipp, bevor Mira ablehnen konnte.

Als Henrietta Breuer einige Minuten später wieder zurückkam, hielt sie nicht nur ein Tablett in den Händen, sondern hatte außerdem Oberbürgermeister Detlef Höllrigl im Schlepptau.

»Henrietta hat mir erzählt, was geschehen ist«, sagte er mit betroffener Miene.

Natürlich hatte sie das.

Frau Breuer verteilte den Kaffee und wuselte davon. Auch für Höllrigl hatte sie eine Tasse mitgebracht, und er setzte sich zu ihnen.

»Das ist ja furchtbar. Weiß man denn schon etwas über die naheren Umstände?«

»Nein. Wie war denn Ihr Verhältnis zu Karl-Heinz Märker?«

»Er war fast wie ein Sohn für mich. Ich wollte ihn unserer Partei in den nächsten Tagen als nächsten Bürgermeisterkandidaten vorschlagen. Ich selbst möchte nicht mehr antreten, wissen Sie.«

»Aha, Sie verstanden sich also gut.«

»Sehr gut! Um nicht zu sagen ausgezeichnet.«

Höllrigls Überschwang ließ Mira misstrauisch werden. Sie hätte wetten können, dass die beiden erst vor Kurzem aneinandergeraten waren und er jetzt ein schlechtes Gewissen hatte. Oder hatte er gar etwas zu verbergen?

»Sie waren also eine Art Vaterfigur für ihn?«, hakte sie nach.

»Ich sagte ja, er war wie ein Sohn für mich. Und ich denke, dass er mich auch mochte.« Er lachte etwas künstlich. »Wir sind jetzt nicht so die Typen, die ständig ihre Gefühle bekunden, wissen Sie. Aber wir kamen auf jeden Fall super miteinander aus. Mit dem Karl-Heinz konnte man lachen und gut arbeiten.«

»Haben Sie auch Ihre Freizeit miteinander verbracht?«

»Nicht regelmäßig. Es hat ja jeder so seine Verpflichtungen, nicht wahr? Aber er war mit seiner Frau Claudia vor einem guten Monat auf meinem Geburtstag. Und früher haben wir zusammen Golf gespielt. Das geht bei mir nur gerade nicht so gut wegen der Hüfte.« Er verzog leidend das Gesicht.

»Was haben Sie denn am Samstagabend gemacht?«

Höllrigl hatte bisher das beständige Lächeln eines netten Opas gezeigt. Nun wurde er schlagartig ernst, seine Miene fast ärgerlich. »Sie wollen mich doch nicht verdächtigen? Sie fragen gerade nach meinem Alibi, oder?«

»Ja, das tue ich.«

Höllrigls Kiefer mahlten, und er bedachte sie mit einem geradezu verächtlichen Blick. Interessant, wie schnell sich seine Stimmung änderte.

»Also?«, fragte Mira unbeeindruckt.

»Ich habe keins«, presste er hervor.

»Wo waren Sie am Samstagabend?«

»Zu Hause war ich, aber allein. Meine Frau war mit ihren Freundinnen im Kino. Sie wollte unbedingt diesen depperten Barbiefilm anschauen, bevor er nicht mehr läuft. Danach sind sie ins Enchilada, Cocktails trinken.«

Mira grinste in sich hinein. »Barbie« hatte auch sie ins Kino gelockt, obwohl sie erstens lieber Serien guckte und zweitens am liebsten auf dem heimischen Sofa. Im Gegensatz zu Detlef Höllrigl war Nils allerdings mitgekommen und hatte sich köstlich amüsiert. Tja, hätte der Oberbürgermeister sich mal besser nicht so geziert, dann hätte er jetzt ein Alibi.

Ob er als Täter in Frage kam, da war Mira sich noch unschlüssig. Denn jemand, der wegen seiner angeschlagenen Hüfte nicht mehr Golf spielen konnte, würde auch seine Probleme haben, Märker vom Tatort, wo auch immer der sein mochte, in ein Auto und schließlich auf den Parkplatz zu verfrachten, auf dem man ihn gefunden hatte. Zumindest hätte Höllrigl Hilfe gebraucht.

Mira wechselte das Thema. »Sie sind ja bestens in das politische Leben hier in Bayreuth integriert. Hatte Herr Märker Konkurrenten oder gar Feinde? Jemand, der ihn aus dem Weg haben wollte?«

»Nein, da fällt mir niemand ein«, antwortete Höllrigl prompt. Zu prompt für Miras Geschmack.

Sie überlegte. »Da gab es doch diese Rangelei mit Herrn Bierhoff.«

Höllrigl schüttelte vehement den Kopf. »Marvin hat nichts damit zu tun, hundertprozentig nicht. Das ist ein ganz höflicher und integrer Mensch. Das kann ich mir beim besten Willen nicht vorstellen.«

Es klopfte an der Tür, und ein Mann trat ein, der von oben bis unten in Schwarz gekleidet war und sogar eine dunkle Sonnenbrille trug. In einem dieser Filme, die Philipp so gern guckte, wäre er wohl als Geheimagent durchgegangen. Doch es handelte sich um den Mann vom Schlüsseldienst. Das Schlösserknacken war dem Guten womöglich ein bisschen zu Kopf gestiegen.

Mira begrüßte ihn und erklärte, worum es ging. Er schien recht angetan von diesem Auftrag, was den Geheimagenteneindruck noch unterstrich.

»Sie wollen den Schrank öffnen lassen? Das geht doch

nicht«, echauffierte sich der Oberbürgermeister. »Karl-Heinz hatte ja mit Sicherheit einen Grund, ihn zu verschließen und niemandem einen Ersatzschlüssel zu geben.«

Mira grinste. »Ja, das will ich hoffen.« Dann bat sie Höllrigl, den Raum zu verlassen. Er fügte sich nur widerwillig.

42

Nur Philipp, Mira und der Schlüsseldienst-Agent blieben in Märkers Büro zurück. Auch Henrietta Breuer guckte ganz und gar nicht erfreut, als sie vor ihrer Nase die Tür ins Schloss drückten. Bestimmt stand sie nun mit Oberbürgermeister Höllrigl lauschend davor.

Mira und Philipp beobachteten gespannt, wie der Fachmann vor dem Aktenschrank in die Hocke ging und sich an dem Schloss zu schaffen machte. Er lieferte ihnen sogar noch eine kleine Show, indem er erst einmal alle seine Finger einzeln knacken ließ. Nach diesem Spektakel dauerte es nur wenige Sekunden, und er drückte die Schiebetür auf.

Mira beugte sich verwundert vor, weil sie im ersten Moment ihren Augen nicht traute. Sie hatte auf Akten mit brisantem Inhalt gehofft oder einen zweiten Laptop, den sie untersuchen konnten. Stattdessen hatte Märker hier ein eigenes kleines Kunstlager angelegt.

»Das sind Bilder«, stellte Philipp irritiert fest.

»Gut beobachtet, Sherlock.«

Er nahm sich einige Sekunden, um ihr einen vorwurfsvollen Blick zuzuwerfen, und starrte dann wieder unverwandt auf die Leinwände im Aktenschrank.

Mira ging in die Hocke und zog eines der Gemälde heraus. Es war im farbenfrohen Stil von Claudia Märker gemalt und zeigte eine Fliege mit Zylinder. Mira hielt es hoch, um es mit dem großen Löwenkopf zu vergleichen, der hinter dem Schreibtisch prangte. Sie war zwar keine Kunstkennerin, die Pinselführung oder Ähnliches analysieren konnte, doch für Mira lag auf der Hand, dass Märkers Frau auch die gerade gefundenen Bilder gemalt haben musste. Sie legte die Fliege oben auf dem halbhohen Aktenschrank ab und griff sich das nächste Bild, einen Grashüpfer mit geblümtem Kopftuch.

Es folgten ein Regenwurm mit Melone und ein Hirschkäfer, an dessen rechter geweihartiger Mandibel ein Strohhut baumelte.

»Wieso hat er die denn alle hier im Schrank versteckt? So schlecht sind sie doch gar nicht«, murmelte Philipp.

»Ich habe keine Ahnung. Das sollten wir wohl am besten seine Frau fragen. Ich möchte wetten, dass sie die Bilder gemalt hat.«

Mira wandte sich an den Herrn vom Schlüsseldienst. »Ich muss wohl nicht extra erwähnen, dass wir uns hier in einer laufenden Ermittlung befinden und Sie bitte Stillschweigen bewahren über alles, was Sie heute hier gesehen und gehört haben, oder?«

»Natürlich nicht.« Er wirkte beflissen, fast feierlich. Er schien sich nach wie vor sehr in seiner Rolle zu gefallen. Mira reichte ihm ihre Karte für die Rechnung.

Als er hinausging, sah Mira Henrietta Breuer vor der Tür stehen. Und die fühlte sich nicht einmal ertappt, sondern spähte mit unverhohlener Neugier zu ihnen herein.

»Was machen wir nun mit den Bildern?«, wollte Philipp wissen.

»Das ist eine gute Frage. Wir könnten sie einfach hierlassen. Irgendjemand wird dieses Büro ja demnächst ausräumen«, überlegte Mira. »Oder wir bringen sie zu Claudia Märker. Vielleicht hängt sie daran, und sie sind ein kleiner Trost für sie. Vielleicht hat sie ja sogar eine Ausstellung damit geplant, und sie sind deshalb hier, wer weiß. Auf jeden Fall wird sie sicherlich froh sein, sie unbeschadet zurückzubekommen.«

Der Vorschlag gefiel Philipp. Er war eben im besten Sinne des Wortes ein Gutmensch. Sogleich zog er los, um Tüten oder eine Schachtel zu organisieren.

Mira schloss die Tür hinter ihm und ließ sich in der Besprechungsecke nieder. Ihr Handydisplay zeigte schon seit dem Vorabend einen entgangenen Anruf ihrer Schwester an, und nun nutzte sie die ruhige Minute, um Leni zurückzurufen. Ihr Anruf kam aber leider nicht besonders gelegen. Statt ihrer Schwester hörte sie nämlich erst einmal einen lautstarken Tumult.

»Hallo?«

»Hi, Mira. Entschuldige bitte, ich hol gerade die Kids ab. Was gibt's?«

»Das wollte ich dich fragen. Du hast gestern angerufen.«

»Ach ja, natürlich. Ich wollte wissen, wie der Stand ist. Hast du den kleinen Kater nun adoptiert, damit du endlich den Umzug zu deinem Nils in Angriff nehmen kannst? Fabian, wieso ziehst du denn jetzt deine Schuhe aus?«

»Ähm, ich bin dran.« Mira erzählte ihr von der verstorbenen Dame, der neugierigen Nachbarin und dem Immobilienmakler. In Kurzform, da sie nicht sicher war, wie aufnahmefähig Leni in Anbetracht ihres plötzlich schuhlosen kleinen Sohnes war. »Der Makler hat aber leider noch nicht zurückgerufen«, beendete sie ihren Bericht.

»Fabian!«

»Hörst du mir eigentlich zu?«

»Ich versuche es.«

Wenig später beendete Mira das Gespräch. Lenis Leben war völlig anders als ihr eigens. Aber wenn ihr oder Leni etwas auf der Seele lag, waren sie füreinander trotzdem die erste Anlaufstelle. Vielleicht gerade, weil sie so verschieden waren. So konnte die eine der anderen oft einen neuen Blickwinkel aufzeigen.

Miras Gedanken wanderten zurück zu Karl-Heinz Märker. Vielleicht hatte auch ihm etwas auf der Seele gelegen. Wenn es Probleme gab, könnte er das ja womöglich auch mit seinem Bruder besprochen haben. Natürlich hatten nicht alle Geschwister ein gutes Verhältnis, aber so harmonisch, wie sie die Familie beim Bamberger Blues- und Jazzfestival erlebt hatte, war es einen Versuch wert. Mira wäre morgen ohnehin zu Märkers Elternhaus gefahren, um die Mutter und den Bruder zu befragen. Vielleicht konnte sie das ja heute noch erledigen.

Philipp polterte mit einem großen Karton zur Tür herein und ließ sie zusammenzucken.

»Wo hast du denn den her?«, wollte Mira wissen, als sie sich von ihrem Schreck erholt hatte.

»Frag nicht«, meinte er schnaufend.

Mira kicherte angesichts seiner abgekämpften Erscheinung. »Hast du den etwa geklaut?«

»Nicht doch. Aber um ihn leer zu bekommen, musste ich die ganzen Ordner, die darin verstaut waren, ins Archiv tragen und einsortieren.«

»Sieh es positiv, so hast du mit einer Handlung gleich mehreren Leuten geholfen und fleißig Karmapunkte gesammelt.«

»Mein Karmakonto ist durchaus im grünen Bereich. Falls wir einen zweiten Karton brauchen, solltest also eher du gehen!«

Miras Karma wurde an diesem Tag nicht mehr aufgebessert, denn die Leinwände, insgesamt zehn an der Zahl, passten ziemlich genau in den Karton. Unter dem wachsamen Blick von Henrietta Breuer trugen sie ihn ohne eine Erklärung hinaus und verstauten ihn im Kofferraum ihres Autos.

Philipp wollte gerade einsteigen, da hielt Mira ihn zurück. »Warte mal, wenn wir schon hier sind, sollten wir vielleicht noch kurz bei Marvin Bierhoff vorbeischauen. Der Oberbürgermeister wollte uns zwar vom Gegenteil überzeugen, aber für mich ist Bierhoff durchaus verdächtig. Er hat uns ja selbst erzählt, wie angespannt sein Verhältnis zu Karl-Heinz Märker war.«

»Das war das mit dieser frechen E-Mail«, erinnerte sich Philipp. »Genau mein Humor.«

43

»Ja, Detlef hat es mir gerade erzählt. Das ist ja schrecklich«, sagte Marvin Bierhoff, als sie bei ihm anklopften. Der Flurfunk funktionierte hier im Rathaus wirklich außerordentlich gut. Da konnte selbst Sylvia sich noch eine Scheibe abschneiden.

»So? Was hat Herr Höllrigl Ihnen denn erzählt? Und wieso ist er mit der Information über Märkers Ableben geradewegs zu Ihnen gelaufen?«

Marvin Bierhoff zwinkerte ein paarmal unkontrolliert, weil ihm wohl klar wurde, dass seine Äußerung nicht unbedingt clever gewesen war. »Setzen Sie sich doch. Ich lasse Ihnen einen Kaffee bringen«, sagte er, ohne auf Miras Fragen einzugehen, und deutete einladend auf die Besprechungsecke.

»Nein, danke. Wir hatten gerade erst Kaffee. Beantworten Sie lieber unsere Fragen.«

Bierhoffs Anzug saß, wie schon bei ihrem letzten Besuch, tadellos. Und doch wirkte er heute bei Weitem nicht so weltmännisch. Märkers Tod brachte ihn aus dem Konzept. Oder war es womöglich eher das prompte Auftauchen der Polizei?

»Detlef hat das sicherlich nicht nur mir erzählt. Er war sichtlich geschockt über Karl-Heinz' Tod. Vielleicht hat er auch einfach nur jemanden zum Reden gebraucht.«

Für Mira klang das nach einer lahmen Ausrede.

»Herr Bierhoff, wo waren Sie am Samstagabend?«

»Ich war erst eine große Runde joggen, habe dann ein Bad genommen und bin früh ins Bett.«

»Das kann Ihre Familie ja sicherlich bezeugen, oder?«

»Leider nein«, meinte er zerknirscht. »Meine Frau und meine Tochter waren die Großeltern besuchen. Sie haben dort im Garten gegrillt. Danach riefen sie an, weil Mia, meine Tochter, gerne dort übernachten wollte. Und meine Frau ist dann halt auch mit dortgeblieben, damit sie nicht extra wieder hinfahren muss, um Mia abzuholen.«

»Warum sind Sie denn nicht mitgefahren zu diesem Familienabend?«

Bierhoff wand sich. »Wissen Sie, ich mag meine Schwiegereltern. Wirklich. Aber ich hatte halt diesmal einfach keine Lust.«

Okay, nun hatten sie in diesem Mordfall also tatsächlich schon zwei Verdächtige ohne Alibi: Claudia Märker hatte angegeben, allein zu Hause gewesen zu sein, während ihr Sohn Benni bei seiner Freundin war. Und sie hatte ihren Mann gestern angeblich nur deshalb nicht als vermisst gemeldet, weil sie einen Streit gehabt hatten und sie dachte, er würde schmollen. Worum es bei dem Streit gegangen war, hatte sie aber nicht sagen wollen. Und nun auch noch Marvin Bierhoff. Für einen Samstagabend fand Mira die Quote an Daheimgebliebenen beachtlich. Wirklich weiter brachten sie diese Aussagen allerdings auch nicht.

Claudia Märker reagierte bei Weitem nicht so erfreut, wie Mira erwartet hatte. Sie vermisse überhaupt keine Bilder, erklärte sie kopfschüttelnd und bat sie herein. Mira trug den großen Karton ins Wohnzimmer. Oben hörte sie eine Tür klappen, während sie durch den Flur gingen. Benjamin Märker war also anscheinend zu Hause, hatte aber nicht unbedingt Lust, mit ihnen zu sprechen.

Sie stellte den Karton auf den niedrigen Couchhocker, den Philipp beim letzten Mal zum Hochlegen seines Fußes genutzt hatte, und trat einen Schritt zurück, um Claudia Märker Platz zu machen, die sich mit fragender Miene näherte. Philipp folgte ihr leicht humpelnd, und Mira fragte sich, ob sein Fuß wirklich noch so schmerzte oder er die Karte nur ausspielte, um Mitleid und jederzeit einen Sitzplatz zu bekommen. Prompt ließ er sich ohne Einladung aufs Sofa plumpsen und legte den Fuß hoch.

Claudia Märker schlug die Laschen des Kartons zurück und spähte hinein. »Das darf doch nicht wahr sein!«

Was stimmte denn nicht mit den Bildern? Klar, über die Motivwahl konnte man streiten, aber Claudia Märker hatte sie ja selbst ausgesucht. Oder etwa nicht? Hatte ihr Mann womöglich Bilder von jemand anders gekauft, und sie war eifersüchtig?

»Sind die Gemälde doch nicht von Ihnen?«, fragte Mira verunsichert nach.

»Doch, doch. Hier sehen Sie meine Signatur.« Sie deutete auf einen völlig unleserlichen Schnörkel in der rechten unteren Ecke.

Ah ja.

»Aber diese Bilder gehören eigentlich nach Frankreich!«

»Wieso denn nach Frankreich?«

Claudia Märker seufzte, als würde das alles hier sie sehr anstrengen. Dann setzte sie sich in den Sessel, der neben dem Hocker mit der Bilderkiste stand. Mira nahm neben Philipp auf der Couch Platz.

»Vor einigen Jahren hatte ich hier in Bayreuth eine Ausstellung. Die kam auch gut an, es gab viele Besucher, und die Zeitung hat darüber berichtet. Aber leider hat niemand ein Bild gekauft.«

Das harte Los des Künstlerdaseins. Miras Schwester töpferte leidenschaftlich gerne. Doch auch sie hatte Probleme, ihre Waren an den Mann oder die Frau zu bringen, egal wie gut sie ihr gelangen.

»Karl-Heinz meinte, das liege gar nicht an meiner Kunst oder mir, sondern vielmehr an der Kundschaft. Die Deutschen wüssten das nicht zu schätzen, meinte er. Die seien nicht schöngeistig.«

Mira war eigentümlich gerührt ob Märkers tröstender Worte an seine Frau. Sie hatte ihn von einer ganz anderen Seite kennengelernt. Vielleicht war er doch gar kein so schlechter Kerl gewesen. »Und wie kommen Sie nun auf Frankreich?«, hakte sie nach.

»Karl-Heinz hat diese Bilderserie nach der Ausstellung dem Bürgermeister von Annecy gezeigt, und er hat alle zehn vom Fleck weg gekauft. Fast zwanzigtausend Euro habe ich dafür bekommen!«

Philipp pfiff durch die Zähne und nickte anerkennend.

Auf Mira wirkte diese ganze Story jedoch noch nicht rund. »Wie kommen Sie denn zum Bürgermeister von Annecy?«

»Ich gar nicht. Ich hatte keinen Kontakt zu dem Mann. Aber Karl-Heinz kannte ihn. Wissen Sie, Annecy ist die älteste Partnerstadt Bayreuths. Dadurch hat mein Mann ihn wohl irgendwie kennengelernt.«

»Aber wie kommen die Bilder jetzt in den Aktenschrank in seinem Büro?«, wollte Philipp wissen und stellte damit die Frage, die sich ihnen allen gerade aufdrängte.

Claudia Märkers Blick wanderte zurück zum Karton. »Ich habe absolut keine Ahnung. Vielleicht hat er sie reklamiert? Aber das ist schon Jahre her, und Karl-Heinz hätte mir das doch erzählt.« Sie nahm eine der Leinwände heraus, hielt sie ganz nah vor ihr Gesicht und betrachtete sie mit prüfendem Blick. »Und eine Beschädigung sehe ich auch nirgends.« Sie ließ die Leinwand sinken und blickte ratlos zwischen Philipp und Mira hin und her.

»Wir werden das für Sie klären«, meinte Philipp generös.

Ein scheues Lächeln huschte über Claudia Märkers Gesicht. Mira hingegen hätte Philipp am liebsten geboxt. Sie war sich ziemlich sicher, dass der Witwe die Wahrheit nicht gefallen würde. Denn die ganze Sache stank zum Himmel. Mira würde jede Wette eingehen, dass die Bilder nie verkauft worden waren. Karl-Heinz Märker hatte sich die Geschichte aus den Fingern gesaugt, um seine Frau zu trösten. Dass er dafür zwanzigtausend Euro hatte springen lassen, war allerdings beachtlich.

Mira lächelte unverbindlich, als sie sich verabschiedeten.

»Wo kommt denn diese plötzliche Hilfsbereitschaft her?«, fragte sie spitz, als sie wieder im Auto saßen und damit hundertprozentig außerhalb der Hörweite von Claudia Märker waren.

»Was heißt hier ›plötzlich‹?«, echauffierte sich Philipp.

Mira zog als Antwort eine Augenbraue in die Höhe.

»Du musst doch zugeben, dass diese Bildergeschichte interessant ist.«

»So interessant finde ich sie eigentlich nicht. Märker hat die Story vom Bürgermeister in Annecy erfunden und die Bilder versteckt.«

»Genau das glaube ich auch. Aber vielleicht steckt mehr dahinter. Deshalb will ich es genau wissen. Der Märker war ein Schlitzohr, von dem hätte ich noch viel lernen können.«

Mira lachte auf. »Sieh aber zu, dass du für die erfundenen Ausreden dann auch das nötige Kleingeld hast. Als Polizist wird das nicht so einfach. Vielleicht solltest du lieber in die Politik gehen.«

»Pah, netter Versuch, aber so leicht wirst du mich nicht los!«

44

Es war zum Verrücktwerden. Nun hatte Mira also zwei Mordfälle auf dem Tisch und kam in keinem von beiden weiter. Clemens Theobald hatte sie bislang auch nicht erreicht, um ihn zum verschwundenen Muscarin der Uni Bayreuth zu befragen. Hoffentlich würde wenigstens der SpuSi-Bericht zum Fall Märker bald fertig sein und etwas Licht ins Dunkel bringen!

Sie wählte Sylvias Nummer, immer ihre erste Anlaufstelle im K7. Die Frau wusste alles und kannte jeden. Und wenn es einmal ausnahmsweise nicht so war, fand sie das Gewünschte innerhalb kürzester Zeit heraus.

»Hallöchen!«, trällerte Sylvia ins Telefon.

»Grüß dich. Sag mal, wie sieht es aus mit dem Bericht im Fall Märker?«

»Wir sind dran, Liebes. Es fehlen nur noch die Ergebnisse aus dem Labor. Bekommst du alles spätestens morgen, versprochen!«

»Das war es, was ich hören wollte. Danke.«

»Ach, und Mira?«

»Ja?«

»Wir wollten doch alle mal ins Liebesbier gehen. Hast du am Wochenende Zeit?«

»Ja, ich denke schon. Schick uns doch eine Einladung über Outlook. Dann sehen wir, wer alles Zeit hat. Falls es den anderen nicht passt, kannst du ja noch mal einen neuen Termin vorschlagen.«

Sylvias Murren nach war das nicht unbedingt die Antwort, die sie hatte hören wollen. Aber Mira beabsichtigte nicht, sich einspannen zu lassen. Schließlich war es Sylvias Idee gewesen, und Mira wusste auch gar nicht, wen sie alles einladen wollte.

Als Mira auflegte, ploppte eine neue E-Mail auf ihrem

Bildschirm auf. Sie war von Bettina Liebstöckel. Wunderbar, vielleicht kam nun etwas Schwung in die Sache.

Mira überflog die Zeilen. Die Cybercrime-Spezialistin hatte den Voice-Deepfake mit einem Kollegen diskutiert und regte an, diesbezüglich eventuell auch Forschungseinrichtungen zu überprüfen, wenn man in der Unternehmenswelt nicht weiterkomme. Außerdem, und das sei der eigentliche Grund ihrer Mail, habe sie auf Katharina Arnulfs Laptop eine interessante Konversation gefunden.

Mira öffnete das angehängte Chatprotokoll. Als ihr Blick auf den Nickname von Katharina Arnulfs Gesprächspartner fiel, schnappte sie nach Luft. Er lautete »5nach12«. Mira hatte ihn bereits auf Instagram gesehen, wo er Katharina Arnulfs Beitrag von der Fridays-for-Future-Demo kommentiert hatte. Sie hatte tatsächlich den richtigen Riecher gehabt, musste ihre Intuition in Zukunft aber anscheinend unbedingt wieder ernster nehmen.

Mira wählte die Nummer von Bettina Liebstöckel, die sofort ranging.

»Hallo, Streitberg hier.«

»Das ging schnell.«

»Ja, ich hab Ihre Mail gerade geöffnet. Können Sie für mich herausfinden, wer dieser ›5nach12‹ ist?«

»Ich bin schon dabei, doch das ist nicht so einfach. Der Kerl hat seine Spuren ganz gut verwischt. Aber ich werde ihn schon kriegen, kann nur ein bisschen dauern.«

»In Ordnung, melden Sie sich dann gleich, ja?«

»Natürlich.«

Beruhigt legte Mira auf und widmete sich wieder dem Chatprotokoll. Das Gespräch begann eher belanglos. Wie es aussah, hatten sich die beiden auf besagter Demo kennengelernt. 5nach12 betonte schon nach wenigen Nachrichten, ihr Kontakt müsse geheim bleiben, da er nicht gerne in der Öffentlichkeit stehe. Leider hatte das die arme Katharina Arnulf anscheinend nicht stutzig gemacht.

5nach12 hatte die junge Frau durchaus geschickt für sich eingenommen. Um den Kontakt nicht abreißen zu lassen, hatte er ihr immer wieder Links zu Umweltkatastrophen geschickt, auf die Katharina Arnulf in empörter Weise reagierte. Nach kurzer Zeit waren diese Links regionaler geworden. Ein Bericht über die Salzach, deren ursprünglicher Verlauf einem Wasserkraftwerk zum Opfer fallen sollte, erhöhte Nitratbelastung im Trinkwasser und, wenig verwunderlich, Märkers polemische Äußerung über die sogenannte Monstertrasse. Das war allem Anschein nach der Startpunkt gewesen, um sich und Katharina Arnulf auf Märker als Feindbild einzuschießen.

Aus dem Gespräch ging eindeutig hervor, dass der Giftanschlag auf den Stadtrat und das Beschmieren des Porsches Ideen von 5nach12 gewesen waren. In Katharina Arnulf hatte er sein Werkzeug gefunden. Das sprach die junge Frau zwar nicht frei, erklärte jedoch die Radikalisierung, die ihre Freundin angesprochen hatte.

Auch quälte sie gemäß dem, was sie hier geschrieben hatte, ein furchtbar schlechtes Gewissen, nachdem Frau Krauß ins Krankenhaus eingeliefert werden musste. Da war Katharina Arnulf bereits so weit gewesen, dass sie hatte aussteigen wollen. Doch 5nach12 hatte ihr gut zugeredet, man hätte das nicht vorhersehen können und dass sie in Zukunft vorsichtiger sein würden. So war auch die Idee entstanden, Märkers Porsche zu verunstalten. Schließlich kam dabei nur ein Gegenstand und kein Mensch zu Schaden.

Der Fremde konnte Katharina Arnulf erneut für seine Sache begeistern. Der Sportwagen sei ein Symbol für den achtlosen Umgang mit der Natur, schrieb er, für falsche Prioritäten und Egoismus. Die Aktion werde wachrütteln und Märker als Umweltsünder brandmarken, ohne dass jemand in Gefahr gerate.

Das Gespräch war äußerst aufschlussreich, und es erklärte sogar, warum die Umweltaktivistin hatte sterben müssen.

Mira schauderte, als sie die letzten Zeilen des Chats las. Sie waren an Katharina Arnulfs Todestag geschrieben worden.

Kathi2005: Ich bin aufgeflogen. Die Polizei hat mein Auto und war bei meinen Eltern. Ich habe gegenüber der Kommissarin zugegeben, dass ich das mit dem Porsche und den Krapfen war. Morgen gehe ich noch mal hin und mache meine Aussage. Aber keine Sorge, ich werde kein Wort über dich verraten. Ich bin froh, dass ich dich getroffen habe, und stolz auf das, was wir getan haben, weil es richtig war. Aber jetzt muss ich mit den Aktionen aufhören und sehen, dass ich mit einem blauen Auge aus der Sache rauskomme.
5nach12: Bitte wirf nicht voreilig hin. Lass uns wenigstens noch einmal in Ruhe über alles reden. Das bist du mir schuldig.
Kathi2005: Na gut. Dann kann ich dir auch das Handy zurückgeben. Aber ich werde mich nicht überreden lassen. Wo und wann?
5nach12: Heute Abend um halb sieben an der Mistelbrücke.

Zum Glück war Bettina Liebstöckel schon dabei, herauszufinden, wer dieser 5nach12 war. Dass Mira hier eindeutige Hinweise darauf hatte, dass die Person hinter dem Nickname der Mörder im Fall Arnulf war und sie trotzdem nichts tun konnte, zehrte an ihren Nerven.

»Ich habe gerade mit dem Bürgermeister von Annecy telefoniert«, erzählte Philipp, der kurz weg gewesen war, als er ins Büro zurückkam.

»So? Wo bist du dafür denn gewesen?«

»Bei Guido Haferl. Er spricht sehr gut Französisch.«

»Und was habt ihr herausgefunden?«

»Der Mann – sorry, er hat einen unaussprechlichen Namen, den ich schon wieder vergessen habe – kennt weder einen Karl-Heinz Märker noch dessen Frau. Und Bilder aus Deutschland hat er auch noch nie gekauft.«

»Da lagen wir also richtig mit unserem Verdacht. Das darfst du jetzt allerdings unserer Witwe verklickern.«

45

»Wenn Märkers Mutter und Bruder jetzt auch kein Alibi haben, werde ich langsam grantig«, grummelte Mira vor sich hin, als sie auf der A 70 in Richtung Bamberg fuhren.

»Besser, keiner hat ein Alibi, als alle«, gab Philipp pragmatisch zurück.

Märkers Elternhaus war ein kleiner Hof im Westen von Bamberg. Er war schon ziemlich in die Jahre gekommen, dafür hatte man einen sehr hübschen Blick auf die Altenburg. Bamberg nannte sich bisweilen auch die Stadt der sieben Hügel, und das helle Gebäudeensemble mit seinem schlanken Turm krönte einen davon. Mira kam nicht umhin, zur Burg hinaufzublicken. Noch leuchteten die wolkigen Baumkronen, die sie umgaben, in sattem Grün, doch es würde nur noch wenige Wochen dauern, bis die Herbstfärbung Einzug hielt. Dann würde der Ausblick sicherlich sogar noch etwas reizvoller sein.

Mira wandte sich erst von der Altenburg ab, als sie Schritte hinter sich hörte. Sie drehte sich um und erkannte den Mann vom Blues- und Jazzfestival wieder. Er schüttelte ihr und Philipp die Hände und stellte sich als Märkers Bruder Thomas vor.

»Schön haben Sie es hier«, sagte Mira.

»Das kommt ganz darauf an, in welche Richtung man schaut.« Er hatte anscheinend mitbekommen, dass sie die Burg in der Ferne bewundert hatte. »Bevor wir reingehen, habe ich noch eine Bitte an Sie«, ergänzte er. »Meine Mutter weiß noch nichts von Karl-Heinz' Tod. Es geht ihr nicht so gut, sie hat Demenz, wissen Sie. Ich möchte es ihr schonend beibringen, und bisher hatte ich irgendwie noch nicht die richtige Gelegenheit.«

Mira war versucht zu antworten, dass es für solch ein Gespräch wohl nie die richtige Gelegenheit gab, beschränkte sich jedoch auf ein Nicken. Sie hatte größten Respekt vor Leuten, die sich um alte oder kranke Angehörige kümmerten, und würde ihm sicherlich nicht vorschreiben, wie und wann er seiner Mutter diesen Verlust erklärte. »Wollen wir dann woandershin gehen, um zu reden?«

»Nein, ich kann sie nicht allein lassen. Kommen Sie ruhig rein. Ich habe ihr den Fernseher eingeschaltet. Da ist sie erst einmal eine Weile abgelenkt.«

Philipp rieb sich die Handgelenke. Er schien sich angesichts der Situation mit Märkers Mutter irgendwie unbehaglich zu fühlen.

Thomas Märker gab ihnen ein Zeichen, ihm zu folgen, und ging zurück zur hölzernen Haustür. Mira sah sich nicht nach Philipp um, als sie den kleinen Hausflur betraten, doch sicherlich verstärkte die altertümliche Einrichtung des Bauernhauses sein Unbehagen noch. Der Flur war weiß gestrichen, und mit einer Malerrolle waren auf die weiße Wand blaue Blümchen aufgebracht worden. Mira kannte diese Art der Wandbemalung nur aus alten Bauernhäusern, fand sie aber recht hübsch. Die Decke war niedrig, und eine Garderobe aus dunklem Holz stand zwischen zwei Türen eingepfercht. Die Haustür blieb zwar einen Spalt offen, doch ohne ein Fenster war es natürlich düster in dem schmalen Raum. Rechts führte eine steile Holztreppe nach oben, links war die Wand großflächig mit vergilbten Heiligenbildern behängt. Alles in allem war es einfach beklemmend hier, da halfen auch die hübschen blauen Blümchen nicht.

Thomas Märker führte sie in die Küche. Zwar präsentierten sich die Schränke in einem hellen Beige, doch dunkle Sichtbalken an der niedrigen Decke drückten auf das Gemüt wie tief hängende Gewitterwolken. Es war offensichtlich, dass Thomas Märker zwar hier wohnte, jedoch nie irgendetwas verändert hatte. Mira kam sich vor wie in einem Freilandmuseum.

Aus dem Nebenzimmer schallte Volksmusik. Entweder

feierte Mama Märker dort gerade eine Party, oder sie hörte nicht mehr gut.

»Setzen Sie sich.« Märker deutete auf die rustikale Eckbank.

Mira machte den Anfang, damit Philipp mit seinem angeschlagenen Fuß nicht hineinkriechen musste, und stieß sich prompt den Kopf an der mit Stoff bezogenen Lampe. Der Schirm war zu leicht, als dass es wehgetan hätte, doch das nun wackelnde Ding schickte gespenstische Schatten durch den Raum. Obwohl es mitten am Tag war, drang nur wenig Licht durch die kleinen Sprossenfenster, die außerdem dringend eine Reinigung gebraucht hätten. Mira dachte sehnsüchtig an das Desinfektionsgel in ihrer Tasche. Doch bestimmt würde es Thomas Märker verärgern, wenn sie es jetzt hervorholte.

Er hatte zwei Kannen vorbereitet, eine mit Tee und eine mit Kaffee. Geblümte Tassen warteten daneben auf ihren Einsatz. Mira warf möglichst unauffällig einen Blick hinein. Sie waren sauber. Auch stand kein dreckiges Geschirr herum, obwohl die altmodische Küche sicherlich keine Geschirrspülmaschine hatte. Der Tisch wirkte ebenfalls sauber, der Fußboden hingegen war mit kleinen Rindenstückchen übersät. Thomas Märker hatte anscheinend passend zum heutigen meteorologischen Herbstbeginn Holz für den Kachelofen hereingeholt.

»Bedienen Sie sich«, sagte er.

Philipp übernahm das und schenkte drei Tassen voll. Sie alle nahmen Kaffee, vielleicht würde Märkers Mutter später ja Lust auf einen Tee haben.

»Standen Ihr Bruder und Sie sich sehr nahe?«

»Wir sind zusammen aufgewachsen. Also ja, sicher.« Thomas Märkers Tonfall wollte nicht recht zu seiner Aussage passen. So sicher wie er war Mira daher nicht.

»Aber es gab auch Konflikte, nicht wahr?«

»Natürlich, die gibt es doch in jeder Familie.«

»Haben Sie eigentlich bemerkt, dass Ihr Bruder verschwunden war?«

»Nicht wirklich. Ich habe am Donnerstag versucht, ihn anzurufen. Mama wollte ihn so gerne sehen, deshalb hatte ich vor, ihn zu fragen, ob er am Wochenende nicht mal vorbeischauen könne. Er ging aber nicht ran. Samstagmittag hab ich ihn dann erreicht. Da war noch alles gut. Er meinte aber, er hätte keine Zeit.«

»Wie haben Sie dann das Wochenende verbracht?«

»Hier, wie immer. Ich lasse meine Mutter ungern allein. Einmal hat sie die Waschmaschine angemacht, ohne irgendwelche Wäsche drin. Was, wenn sie eines schönen Tages auf die Idee kommt, den Ofen anzuheizen? Ausgebüxt ist sie auch schon. Sie wollte nach Bayreuth zu Karl-Heinz laufen. Im Nachthemd.«

So, wie Thomas Märker den Zustand seiner Mutter beschrieb, war sie nicht das beste Alibi. Mira unterdrückte ein Seufzen. »Das ist bestimmt alles nicht einfach für Sie.«

»Man arrangiert sich.«

»Verzeihen Sie, dass ich so direkt frage, aber wie bekommen Sie Ihren Beruf und das alles hier unter einen Hut?«

»Gar nicht. Ich habe meine Wohnung und meine Doktorandenstelle aufgegeben, als meine Mutter nicht mehr eigenständig für sich sorgen konnte. Wir leben jetzt von ihrer Rente und der Pflegestufe.«

Beim Wort »Doktorandenstelle« schwappte eine Adrenalinwelle durch Miras Körper. Bettina Liebstöckel hatte schließlich gesagt, sie sollten auch Forschungseinrichtungen in Sachen Deepfakes unter die Lupe nehmen.

»Wo und an was haben Sie denn geforscht?«, fragte Philipp. Er hatte wohl ganz ähnliche Gedankengänge wie Mira.

»Hier in Bamberg. Ich bin Volkswirtschaftler.«

Mira wusste zwar nicht im Detail, was ein Volkswirtschaftler tat, doch er hatte sicherlich nichts mit Voice-Deepfakes zu tun. Auch Philipp ließ die Schultern hängen und lehnte sich wieder zurück. Mist!

46

Am Dienstagmorgen verschanzten sich Mira und Philipp im Besprechungszimmer, um nicht gestört zu werden. Sie wollten noch mal in Ruhe alle Details ihrer beiden Mordfälle durchgehen, um nichts zu übersehen oder gar durcheinanderzubringen.

»Siehst du, ich hätte wohl doch eine große Übersichtstafel machen sollen«, betonte Philipp. Bei ihrem letzten Fall hatte er sich noch künstlerisch ausgetobt, es aufgrund von Miras Sticheleien diesmal jedoch gelassen.

»Schon gut, schon gut«, lenkte sie ein. »Nächstes Mal machen wir das.«

Philipp nickte zufrieden.

»Also, im Fall Katharina Arnulf haben wir verschiedene Fingerabdrücke und DNA-Spuren am Tatort, was nicht verwunderlich ist, da es ein öffentlicher Ort ist. Zig Menschen kommen da jeden Tag vorbei, Jugendliche, die an der frischen Luft ein Bierchen zwitschern, Spaziergänger, Jogger et cetera.«

»Aber keiner der Abdrücke oder DNA-Spuren ist im System. Das bringt uns also erst mal nicht weiter«, ergänzte Philipp, während er sich Notizen machte.

»Richtig. Die beste Spur, die wir im Fall Katharina Arnulf haben, ist dieser ominöse 5nach12. Sie starb genau an dem Tag, an dem sie sich mit ihm am Tatort treffen wollte, die Uhrzeit passt ebenfalls zum Todeszeitpunkt. Womöglich musste sie sterben, weil sie aussteigen wollte. Die genauen Hintergründe werden wir wohl erst erfahren, wenn wir den Kerl festgenommen haben. Bettina Liebstöckel ist an ihm dran. Da können wir im Moment nicht viel tun.«

»Ich habe mich noch mal wegen der Prepaidnummer erkundigt, die Katharina Arnulf von ihrem Handy angerufen hat. Sie wurde lediglich für Telefonate mit ihr und diesen Voice-Deepfake-Anruf verwendet. Seit ihrem Todestag schweigt es.«

»Das werten wir mal als gutes Zeichen. Die Telefonate standen alle in zeitlichem Zusammenhang mit dem Giftanschlag auf den Stadtrat, dem Vandalismus an Märkers Porsche und Katharina Arnulfs Tod. Dass die Nummer jetzt nicht mehr verwendet wird, könnte bedeuten, dass auch keine Verbrechen mehr geplant sind.«

»Wollen wir es hoffen!«

»Okay, nun zum Fall Märker. Laut Obduktion wurde eine relativ lange, schlanke Klinge verwendet, so etwas wie ein Filetiermesser zum Beispiel. Das gibt auf der Suche nach dem Täter oder der Täterin leider nicht sehr viel her. Dem Einstichwinkel nach zu urteilen, suchen wir einen Rechtshänder, der ungefähr so groß ist wie Märker. Da aber keiner von unseren Verdächtigen besonders groß oder klein ist und die meisten Menschen nun mal Rechtshänder sind, führt uns dieses Indiz auch nicht zum Täter.«

»Märker ist bei vielen Leuten angeeckt, wie sollen wir da weitermachen?«, fragte Philipp.

»Ich habe mit Richter Eisenbeißer telefoniert und ihm die Situation geschildert. Da Märker als Politiker in der Öffentlichkeit stand, ist er geneigt, uns mit etwaigen Durchsuchungsbeschlüssen entgegenzukommen. Aber wir können nicht einfach alle Computer im Umfeld des Opfers einsammeln. Wir brauchen einen konkreten Hinweis.«

»Den wir nicht haben.«

Mira warf in einer hilflosen Geste die Hände in die Luft. »Nimm seinen Tischkalender ganz genau unter die Lupe. Wenn wir rausfinden, mit wem er in letzter Zeit verstärkt Kontakt hatte, führt uns das vielleicht in die richtige Richtung. Und mach noch mal Druck wegen der Verbindungsnachweise. Ich rufe die digitale Forensik an, ob in seinem Outlookkalender irgendetwas Interessantes steht.«

Sie blieben unschlüssig sitzen. Beiden war klar, dass sie einiges besprochen, einen Aspekt dabei aber ausgeblendet hatten.

Philipp war es schließlich, der den Elefanten im Raum beim Namen nannte. »Die beiden Fälle hängen zusammen«, sagte er.

»Ja, das glaube ich auch. Deshalb bin ich ja so froh, dass die fremde Prepaidnummer nicht mehr aktiv ist.«

»Du denkst, es könnte noch weitere Opfer geben?«

»Ganz ehrlich, ich habe keine Ahnung. Aber in diesen verzwickten Fällen müssen wir wohl tatsächlich mit allem rechnen.«

Zurück am Platz, verkündete Philipp freudig, dass die Verbindungsnachweise von Märkers Handy in der Zwischenzeit gekommen waren. Sofort begann er, sich durch die letzten Kontakte zu arbeiten, und reichte dafür Mira den Tischkalender.

In der Woche seines Todes hatte Märker am Donnerstag und Freitag zwei Termine durchgestrichen und Urlaub eingetragen. Einer lautete »Golfen mit Herrmann« und einer »Claudia mal wieder Blumen mitbringen«. Mira blätterte eine Woche zurück. Hier war am Mittwoch diese unglückselige Stadtratssitzung eingetragen. Das konnten aber doch unmöglich alle seine Termine gewesen sein. Mira griff zum Hörer. Zwar erreichte sie die Kollegin in der digitalen Forensik sofort, wurde aber vertröstet. Sie werde sich die Sache gleich nach ihrem Meeting anschauen, versprach sie. Okay, damit konnte Mira leben. Sie ging in die Abteilungsküche, um sich einen Kaffee zu holen. Wie es aussah, lag einer dieser Tage am Schreibtisch vor ihr, ohne Auswärtstermine. Da musste sie sich mit Koffein etwas in Schwung bringen.

Entsprechend gestärkt, googelte sie, welche Unis in Deutschland einen Informatiklehrstuhl hatten und sich mit KI im Allgemeinen und Voice-Deepfakes im Besonderen beschäftigten. Sie stieß auf eine Beratungsseite für Abiturientinnen und Abiturienten, die alle deutschen Hochschulen auflistete. Man konnte die Fachrichtung auswählen, und das System spuckte dann aus, wo man dieses Fach studieren konnte. Okay, Informatik schien inzwischen ein Standardstudiengang zu sein, es gab ihn quasi überall – schön für die Studierenden, schlecht für Miras Suche.

Sie änderte ihre Strategie. Erst einmal wollte sie sich die Hochschulen in der Umgebung anschauen. Der Mörder stammte ja vermutlich aus Franken. Wenn der Voice-Deepfake anonym im Darknet eingekauft worden war, dann würde sich diese Spur allerdings als Sackgasse erweisen. Säße sie noch allein im Büro und müsste sich für ihre teils etwas zweifelhaften Rituale nicht vor Philipp rechtfertigen – sie hätte auf Holz geklopft. Mira war nicht abergläubisch, aber ein paar Angewohnheiten aus ihrer Kindheit pflegte sie bis heute.

Sie besuchte die Website der Uni Bayreuth. Dort waren verschiedene Mitglieder des Instituts für Informatik genannt. Mira probierte es zuerst bei einem der Professoren. Als niemand ranging, nahm sie wahllos eine andere Nummer. Das Team der Lehrenden bestand ausschließlich aus Männern. Vielleicht war Miras Vorurteil also doch nicht so falsch gewesen, und Bettina Liebstöckel bildete eine glorreiche Ausnahme von der Regel.

Es meldete sich jemand, der Stimme nach ein junger Mann. Mira fragte ihn direkt, ob sie im Bereich KI und Voice-Deepfakes forschten.

»Ein spannendes Thema!«, rief er begeistert. »Erinnern Sie sich an das Video vom ukrainischen Präsidenten Selenskyj, in dem er sein Volk angeblich zur Kapitulation aufgerufen hat?«

Natürlich erinnerte Mira sich daran. Doch im März 2022 wäre sie noch nicht auf die Idee gekommen, dass sie sich bald beruflich mit diesem Thema würde herumschlagen müssen.

»Hm. Forschen Sie oder Ihre Kollegen auch auf diesem Gebiet?«

»Um KI kommt man heute quasi nicht mehr herum. Das Feld bietet beeindruckende Möglichkeiten. Unser Forschungsinteresse liegt aber nicht auf Deepfakes, sondern eher im Bereich der Robotik. Wieso fragen Sie, interessieren Sie sich für die ausgeschriebene Doktorandenstelle?«

»Nein, nein, aber Sie haben mir schon weitergeholfen, danke!« Mit diesen Worten legte sie auf und klickte sich zur Hofer Hochschule weiter. Dort entdeckte sie einen Professor mit dem Lehrgebiet Angewandte Künstliche Intelligenz. Na, das klang doch vielversprechend.

47

Irgendwie hatte Mira heute kein Glück mit den Professoren. Nach dem Bayreuther Lehrstuhlinhaber ging auch der Hofer Professor nicht ans Telefon. Mira schrieb ihm eine E-Mail mit der Bitte um Rückruf.

Dafür war Philipp weitergekommen und brachte sie bezüglich der Verbindungsnachweise auf den neuesten Stand.

»Auf Märkers Handy war es in den Tagen vor seinem Tod sehr ruhig«, erzählte er. »Also entweder läuft bei ihm alles eher über Mails und Messenger, oder er war nicht besonders wichtig – beziehungsweise nicht mehr. Ich habe übrigens auch die Verbindungsnachweise zum Märker'schen Festnetztelefon angefordert.«

»Du bemisst die Wichtigkeit einer Person an der Anzahl ihrer Telefonate?«

Philipp hielt kurz inne und überlegte. »Ja«, sagte er dann bestimmt.

»Okay, wie auch immer. Zeig mir, was wir haben.«

»Am Samstag, an dem er verstorben ist, taucht nur eine Nummer auf, mit Bamberger Vorwahl. Das passt zu der Aussage von Thomas Märker, dass sie miteinander telefoniert haben.«

»Sonst nichts an seinem letzten Tag?«

»Nichts.«

»Und die Tage vorher?«

»Am Freitag kein einziger Kontakt. Am Donnerstag hat er mit Oberbürgermeister Höllrigl telefoniert und mit einer Nummer, die ich einer großen regionalen Tageszeitung zuordnen konnte. Da muss ich aber noch final checken, wer das genau war. Interessant ist vielleicht auch, dass er von sich aus überhaupt niemanden kontaktiert hat. Bei den wenigen Telefonaten, die es gab, wurde er angerufen.«

»Märker wollte anscheinend seine Ruhe haben«, überlegte Mira. »Wir könnten uns mal auf dem Golfplatz umhören. Er war Mitglied im Bayreuther Golfclub draußen bei der Eremitage. In seinem Kalender steht ein ›Herrmann‹, mit dem er anscheinend öfter mal gespielt hat.«

»Können wir gerne machen. Ich muss aber vorher noch kurz ums Eck.«

Mira widmete sich wieder ihrem Bildschirm, während Philipp das Büro verließ. Sie rief die Website der Universität Bamberg auf. Auch hier konnte man natürlich Informatik studieren. Hoffentlich würden sich bald die digitale Forensik, Bettina Liebstöckel oder die SpuSi mit neuen Ergebnissen melden. Dieses Herumstochern im Nebel machte Mira ganz verrückt.

Sie stieß an der Uni Bamberg auf mehrere Informatiklehrstühle mit verschiedenen Spezialisierungen und überflog die gesamte Liste. Leider konnte sie als Laie nicht erkennen, in welchem Bereich Voice-Deepfakes angesiedelt waren, und so klickte sie sich mit wachsender Unlust und Ungeduld durch die verschiedenen Unterseiten. Sie landete auf dem Profil eines Mitarbeiters namens Hendrik Mull. In seinen Veröffentlichungen tauchte mit schöner Regelmäßigkeit der Begriff »Artificial Intelligence« auf. Mira studierte die Titel in seiner Publikationsliste. Sie waren allesamt auf Englisch verfasst worden. Im Alltag fühlte Mira sich grundsätzlich sicher in dieser Sprache. Hier bei den Fachartikeln sah es aber schon etwas anders aus. In einem Beitrag für eine Fachzeitschrift ging es anscheinend darum, wie man erkannte, ob es sich um eine echte Videoaufnahme oder ein KI-generiertes Video handelte. Mira dachte wieder an Selenskyjs angebliche Aufforderung zur Kapitulation. Es war wirklich ein mächtiges Instrument, mit dem die Informatik da gerade spielte.

Auch der nächste Artikel ging in eine ähnliche Richtung. Sie griff zum Hörer und wählte Hendrik Mulls Nummer.

Während es klingelte, scrollte Mira zu den früheren Artikeln hinunter.

»Adaption of English Speaking Deep Fake Softwares to German Market – Barriers and Chances«.

Jackpot! Wie es aussah, hatte sie wirklich einen Spezialisten gefunden. Am besten, sie vereinbarte direkt einen Termin mit ihm.

Ihr Blick blieb an der Bibliografie des Artikels hängen, und ihr Herz setzte einen Schlag aus. Mull hatte ihn nicht allein geschrieben, sondern zusammen mit dem Lehrstuhlinhaber, was sicherlich keine Besonderheit war. Doch da stand noch ein dritter Name.

»Thomas Märker«, keuchte Mira.

»Hallo? Hallo? Tut mir leid, Thomas Märker arbeitet schon lange nicht mehr hier. Ich bin Hendrik Mull«, antwortete der Angerufene. Mira brachte in ihrer Überraschung keinen Ton heraus. Sie legte einfach auf.

In diesem Moment kam Philipp von der Toilette zurück. »Na? Bereit für den Golfclub?«

»Vergiss den Golfclub!«

Er trat näher und betrachtete sie prüfend. »Was ist los? Geht es dir gut? Du siehst aus, als hättest du einen Geist gesehen.«

»Ich fühl mich auch so.« Sie deutete auf den Namen auf ihrem Monitor, der ihr eben so unerwartet ins Auge gesprungen war.

Philipp beugte sich vor. Er spielte an seiner silbernen Bartperle herum, während er auf den Bildschirm starrte und die Zeilen überflog. Es dauerte einen Moment, bis er begriff, was er las. »Oh, wow!« Auch er wirkte völlig überrumpelt. »Was heißt das jetzt?«

»Das heißt, dass Thomas Märker unser Anrufer sein könnte, vielleicht hat er sogar Katharina Arnulf umgebracht.«

»Um es seinem Bruder in die Schuhe zu schieben? Das nenn ich mal echte Geschwisterliebe.«

Mira dachte angestrengt nach. Wie so oft ermahnte sie sich, keine voreiligen Schlüsse zu ziehen. »Oder Karl-Heinz Märker war doch der Mörder, und sein Bruder wusste davon und hat den Anruf gemacht. Vielleicht wollte er anonym bleiben.«

»Das klingt mehr als unwahrscheinlich.«

»Ich weiß. So oder so hat er uns angelogen, als er meinte, er sei Volkswirtschaftler.«

»Wir sollten ihn uns vorknöpfen.«

»Ja, das sollten wir dringend tun.« Mira hielt inne. »Aber nicht allein, das ist zu riskant. Immerhin könnte es sein, dass der Mann ein Mörder ist. Ich rufe die Bamberger Kollegen an, dass sie sich als mögliche Verstärkung bereithalten sollen. Gibst du inzwischen Nils Bescheid? Vielleicht will er mitkommen.«

Das wäre Mira sehr recht. Schließlich war Philipp im Grunde nur ein halber Mitarbeiter, was sie in seinem Beisein aber lieber nicht laut aussprach. Sie hatten ihn voll in die Ermittlungen involviert, wogegen auch nichts sprach. Bei der Verhaftung eines mutmaßlichen Mörders hätte Mira aber gerne einen vollwertigen Partner an ihrer Seite. Sie dachte an ihren letzten großen Fall und korrigierte sich: einen vollwertigen Partner mit einer Waffe.

Die Bamberger Kollegen zeigten sich zum Glück sehr hilfsbereit. Sie boten direkt an, sofort hinzukommen, damit sie im Fall der Fälle schon vor Ort waren und unterstützen konnten. Also entweder waren sie wirklich nett, oder es hatte sich bis nach Bamberg herumgesprochen, dass das Bayreuther K1 im Moment etwas unterbesetzt war.

»Der Chef ist nicht am Platz. Ich habe ihm einen Zettel auf den Schreibtisch gelegt.«

Das musste für den Moment genügen. Wenn Nils das las, konnte er ja noch nachkommen. Mira schnallte sich ihre Dienstwaffe um. Nur zur Sicherheit, beruhigte sie sich selbst.

»Okay, also los.«

48

Der Weg nach Bamberg erschien Mira diesmal unerträglich lang. In ihrem Kopf spielte sie alle möglichen Szenarien durch, die sich aus der Annahme ergaben, dass Thomas Märker ein Deepfake-Spezialist war. Nach circa der Hälfte des Weges wurde sie dabei sogar richtig kreativ. Allerdings hatten alle Szenarien eines gemeinsam: Thomas Märker schnitt darin nicht gut ab. Es musste schließlich einen Grund geben, warum er sie bezüglich seiner Fachrichtung angelogen hatte.

Die Polizei hatte über den manipulierten Anruf im Fall Katharina Arnulf nichts nach außen gegeben. Aber natürlich könnte Thomas Märker das von seinem Bruder erfahren und deshalb gelogen haben. Sie würde ihn mit seiner Volkswirtschaft-Behauptung konfrontieren und sehen, wie er reagierte.

Vor dem Märker'schen Hof beschrieb der schmale Weg eine scharfe Biegung. Dort wollten die Bamberger Kollegen auf sie warten, und tatsächlich stand dort ein schwarzer Audi. Als Mira dahinter hielt, stieg auf der Beifahrerseite ein Mann aus. Er trug eine dunkelblaue Blousonjacke zu hellen Jeans und hatte ergrautes kurzes Haar. Mira kam er vage bekannt vor, vielleicht hatten sie mal eine Weiterbildung zusammen besucht.

Mira und Philipp stiegen ebenfalls aus. Der Mann stellte sich Philipp als Rudi vor. Sie begrüßte er mit einem »Servus, Mira!«, und da klingelte es. Mira hatte vor einigen Jahren einmal einen grenzüberschreitenden Fall mit ihm bearbeitet. Damals war sein Haar allerdings noch nicht grau und ein bisschen dichter gewesen. Sie hatte ihn als nett und zuverlässig in Erinnerung und war froh, dass er da war.

Sie wies ihn in groben Zügen in den Fall ein. Rudi hörte geduldig zu, nickte ab und an und stellte keine Fragen.

»Okay, lass uns gehen«, meinte er, als sie mit ihren Ausführungen fertig war, und sie setzten sich in Bewegung.

»Moment. Du wartest hier!«, sagte Mira zu Philipp und hielt ihn am Arm zurück.

»Das hast du jetzt nicht gesagt!«, rief er empört. »Ich war von Anfang an bei diesem Fall dabei, du kannst mich jetzt nicht einfach ausschließen. Ich will doch eh bei euch anfangen, ich bin fast fertig mit dem Studium. Was machen ein paar Monate schon für einen Unterschied?«

Mira rang mit sich. Sie blickte zu Rudi. Der zuckte mit den Schultern.

»Du hältst dich im Hintergrund, bleibst in der Nähe der Tür und haust ohne zu zögern ab, wenn ich es sage, verstanden?«

»Gut, gut, verstanden.«

Sie gingen weiter. Als sie an dem Audi vorbeikamen, sah Mira einen zweiten Mann am Steuer sitzen. Er tippte sich zum Gruß an die Stirn und blickte ihnen durch die Windschutzscheibe nach.

Der Hof lag trist und ruhig vor ihnen. Mira war froh, dass es keinen Hund gab. Sie gingen zielstrebig auf die Haustür zu. Philipp blieb wie versprochen zwei Schritte hinter ihnen. Die Klingel kreischte förmlich, als Rudi den Klingelknopf drückte.

Es dauerte einige Zeit, bis Mira hinter der kleinen geriffelten Glasscheibe, die rautenförmig in das Holz eingepasst war, eine Bewegung wahrnahm.

Thomas Märker schaute verwundert, bevor er ihnen zunickte. »Seien Sie bitte leise, meine Mutter macht gerade ihren Mittagsschlaf. Was gibt es denn noch?«

»Es sind weitere Fragen aufgetaucht. Dürfen wir bitte reinkommen? Wir werden uns auch bemühen, nicht zu laut zu sein.«

»Wenn's sein muss«, murmelte er und ließ sie ein.

Wie schon beim ersten Besuch führte Thomas Märker sie

in die Küche. Die war genauso aufgeräumt wie gestern, obwohl sie sich diesmal nicht angemeldet hatten. Philipp schloss die Küchentür betont leise hinter sich und blieb direkt daneben stehen, wie Mira ihn angewiesen hatte. Damit das nicht komisch auf Märker wirkte, verzichtete sie ebenfalls darauf, Platz zu nehmen, und Rudi tat es ihr gleich. So standen sie also im Kreis, und die Situation wirkte, schon bevor Mira zu sprechen begann, weit mehr wie eine Vernehmung als ihr letztes Gespräch. Thomas Märker blickte Mira fragend an.

»Sie haben uns erzählt, dass Sie Ihre Promotionsstelle aufgegeben haben, um sich Vollzeit um Ihre Mutter zu kümmern.«

»Das ist richtig.«

»Was allerdings nicht der Wahrheit entsprach, war die Fachrichtung, die Sie uns genannt haben. Ich habe heute mit einem Herrn Mull telefoniert. Der Name sagt Ihnen doch sicherlich etwas?«

Thomas Märker ließ sich Zeit mit seiner Antwort, doch in seinem Gesicht arbeitete es. Anscheinend wägte er gerade in Windeseile das Pro und Kontra verschiedener Ausreden ab. Mira war gespannt, für welche er sich entscheiden würde.

Er lachte etwas künstlich und deutete auf die Eckbank. »Setzen Sie sich doch erst mal.«

»Nein, danke. Beantworten Sie bitte die Frage.«

»Na, was denken Sie wohl? Weil ich genau das hier befürchtet habe!« Seine Selbstsicherheit kehrte langsam zurück, während er nacheinander auf Rudi, Mira und Philipp deutete.

»Erklären Sie uns das bitte«, hakte Mira nach.

»Karl-Heinz hat mir von diesem ominösen Anruf erzählt. Ich dachte mir gleich, dass das ein Voice-Deepfake gewesen sein muss. Deshalb war mir natürlich auch klar, dass ich irgendwie in die Schusslinie geraten könnte. Ich habe überlegt, mich zu melden, um Ihnen zuvorzukommen. Vielleicht hätte das einen besseren Eindruck gemacht und meine Chancen erhöht, in Ihren Augen nicht direkt als verdächtig zu gelten.

Aber als von dem Deepfake nichts an die Öffentlichkeit gelangte und ich somit sicher sein konnte, dass mich niemand ins Spiel bringen würde, dachte ich mir, ich lasse es darauf ankommen. Sie haben es aber ja anscheinend trotzdem herausgefunden.«

»Sie wollen uns also allen Ernstes erzählen, dass das reiner Zufall war?« Rudi zog eine Augenbraue nach oben und blickte Thomas Märker mit einem Willst-du-mich-verarschen-Blick an, der Horst Schimanski alle Ehre machte.

»Sie denken doch nicht, dass ich diese Frau umgebracht habe!«

»Herr Märker, ich möchte, dass Sie mit uns zurück in die Dienststelle fahren. Wir werden uns dort in Ruhe unterhalten und Ihre Aussage aufnehmen. Außerdem möchte ich Ihre Fingerabdrücke und Ihre DNA mit den Spuren am Tatort abgleichen. Sind Sie dazu bereit?«

»Das geht nicht. Sie wissen doch, dass ich meine Mutter nicht allein lassen kann.«

»Darum werden wir uns kümmern. Wir haben noch jemanden draußen, der in der Zwischenzeit aufpassen kann.«

Da wurde die Tür geöffnet. Sie traf Philipp in den Rücken, und er wich zu Seite. Im Rahmen tauchte eine alte Frau auf. Mira erkannte sie vom Jazzfestival sofort wieder. Ihre Haare standen allerdings etwas wirr vom Kopf ab, vermutlich ein Überbleibsel ihres Mittagsschlafes. Auch ihr Gesichtsausdruck war ganz anders. Vorletztes Wochenende hatte sie glücklich ausgesehen, geradezu beseelt. Jetzt wirkte sie verwirrt und ängstlich. »Karl-Heinz? Bist du das?«, fragte sie mit rauer Stimme und blickte sich verwundert um.

Hatte Thomas Märker ihr etwa immer noch nichts vom Tod seines Bruders erzählt? Oder hatte sie es nur wieder vergessen oder verdrängt?

»Karl-Heinz ist nicht hier. Entschuldige, dass wir dich aufgeweckt haben. Komm, ich bringe dich zurück ins Bett.«

Widerwillig blickte Mira den beiden nach. »Geh du bitte

schon mal raus. Diese ganze Situation hier ist mir zu unübersichtlich«, sagte sie zu Philipp.

Er protestierte nicht und verließ die Küche. Frau Märker lamentierte im Nebenzimmer, dass sie nicht ins Bett wolle und gar nicht mehr müde sei. Es folgte ein Rumpeln.

Mira wandte sich an den Bamberger Kollegen. »Geh du besser auch schon mal raus, damit er uns nicht abhauen kann. Ich schau mal nach nebenan.«

Rudi nickte, bog nach rechts in den Flur ab und verließ das Haus, um sich draußen zu postieren, während Mira die Gegenrichtung einschlug.

Sie klopfte an die Tür des Nebenzimmers und drückte die Klinke herunter, doch es war abgeschlossen. Sie klopfte erneut. »Hallo?«

Sie hörte ein Poltern von innen gegen die Tür. »Thomas, lass mich raus! Ich bin nicht mehr müde!«

»Frau Märker? Ist Thomas nicht mehr bei Ihnen?«

»Komm zurück, Thomas, ich bin nicht mehr müde!«

Miras Blick fiel auf den Schlüssel, der von außen im Schloss steckte. Verdammt. Wo war Thomas Märker denn plötzlich hin?

49

Mira stürzte nach draußen und rannte beinahe in Rudi hinein, der schräg vor der Haustür gestanden hatte. »Wo ist er?«, keuchte sie.

»Hier kam keiner raus«, meinte er verständnislos. »Was ist passiert?«

»Das wüsste ich auch gerne. Märker hat seine Mutter eingesperrt und ist weg. Wenn er nicht rauskam, muss er noch drin sein.« Mira richtete den Blick auf das Haus. »Es gibt hier doch keinen Hintereingang, oder?«

Rudi deutete auf eine Holztür. Sie gehörte zu einem kleinen Anbau, der vielleicht mal ein Stall gewesen war. Doch auch dort hätte niemand herauskommen können, ohne dass er es gesehen hätte. Sie verständigten sich mit knappen Worten über das weitere Vorgehen, und Rudi postierte sich etwas weiter mittig im Hof zwischen den beiden Türen, während Mira um das Haus rannte, um nach weiteren Ausgängen zu sehen.

Auf der Rückseite des Hauses erstreckte sich eine eher schmucklose frisch gemähte Rasenfläche. Zur Straße hin wurde der Garten von einer hohen Thujahecke vor Blicken geschützt. Das Grundstück bot jedoch keine effektiven Versteckmöglichkeiten. Und was das Wichtigste war, die Rückseite des Hauses hatte keine Tür und am Anbau hinten nicht einmal ein Fenster. Märker saß in der Falle.

»Ich geh noch mal rein«, sagte Mira zu Rudi, als sie wieder zurück war.

»Soll ich mitkommen?«

»Nein, behalte lieber die Ausgänge im Blick.«

Rudi wirkte nicht überzeugt. »Ich rufe Walther an, dass er dazukommen soll. Das Auto steht ja nicht weit weg. Dann können wir zusammen rein.«

»Gut.«

Obwohl der Audi der Bamberger Kripo direkt um die Ecke stand, kam Mira die Wartezeit viel zu lang vor. Thomas Märker war irgendwo da drin und veranstaltete Gott weiß was. Dass er getürmt war, konnte für Mira nur eines bedeuten: Er war nicht bloß verdächtig, er war schuldig. Doch was genau hatte er getan? Thomas Märker passte irgendwie nicht richtig ins Bild. Hatte er seinen Bruder vor Katharina Arnulf schützen wollen? Wieso dann der manipulierte Anruf? Oder hatte Miras positiver Eindruck auf dem Jazzfestival sie getrogen, und er hatte ihm vielmehr einen Mord anhängen wollen?

Endlich tauchte Walther auf. Rudi hatte ihn am Telefon schon kurz auf Stand gebracht. Nun ging er mit Mira ins Haus, während Walther die beiden Ausgänge bewachte. Als sie die Haustür erreichten, zog Rudi seine Waffe. Mira tat es ihm gleich. Sie pirschten durch den Flur. Die Küchentür links stand noch offen, der Raum war leer. Frau Märker hatte ihren Protest aufgegeben und schwieg, der Schlüssel steckte nach wie vor im Schloss ihrer Schlafzimmertür. Rudi knöpfte sich das Zimmer gegenüber vor. »Gesichert.«

Blieben noch der Gang nach hinten zum Anbau und die Treppe nach oben. Unschlüssig blickten die beiden sich an. »Wenn er die Holztreppe hochgelaufen wäre, hätte ich das doch hören müssen, oder? Die Haustür ist direkt daneben.«

Mira war sich unsicher, doch auch sie hielt es für wahrscheinlicher, dass Märker im Erdgeschoss geblieben war. Schließlich war der Weg nach oben eine Sackgasse.

Sie gingen in Richtung Anbau und stießen auf ein erstaunlich schickes Wohnzimmer, das unbenutzt wirkte, fast wie ein Museum. Dann kamen ein Badezimmer und auf der anderen Seite ein Raum voller Umzugskartons. Märker war in keinem der Zimmer zu entdecken. Durch das Fenster hinter den Kartons sah Mira Walther im Hof stehen. Der Anblick beruhigte sie.

Vor der Tür, die den Durchgang zum Anbau markierte, blieben sie stehen.

Mira drückte die Klinke hinunter. Es war abgesperrt.

»Hauen Sie ab!«, ertönte die Stimme von Thomas Märker hinter der verschlossenen Tür.

Rudi versuchte, ihm gut zuzureden. »Jetzt seien Sie doch bitte vernünftig.«

»Sie sollten lieber vernünftig sein und tun, was ich sage! Sonst stech ich Ihren Kollegen ab.«

Meine Güte, der Mann war in seiner Panik völlig übergeschnappt. Mira sah erneut aus dem Fenster hinter den Stapeln an Umzugskartons. Walther stand nach wie vor im Hof und war völlig unversehrt. Thomas Märker bluffte also nur. Es sei denn …

Wie in Zeitlupe machte sich in Miras Kopf ein Gedanke breit, der sie zu lähmen drohte.

Oh Gott. Philipp!

Mira hatte ihn doch extra rausgeschickt, um ihn in Sicherheit zu wissen. Hatte Märker es in den wenigen Sekunden, die Philipp früher aus der Küche rausgegangen war als Rudi und sie, tatsächlich geschafft, ihn in seine Gewalt zu bringen?

Mira wollte es nicht glauben. Während Rudi und Walther die Stellung hielten, rannte sie zu ihren Autos zurück. Doch da war kein Philipp. Nirgends. Nein, bitte, das durfte nicht wahr sein!

Ihr Handy vibrierte in ihrer Tasche. Es war Nils. »Hi, Schatz. Wie lief es mit Thomas Märker?«

»Schlechter als schlecht«, keuchte Mira. Das Rennen in Verbindung mit der Angst um Philipp raubte ihr den Atem. »Wir haben ihn mit seiner Falschaussage konfrontiert. Nun hat er sich im Haus verschanzt. Er hat Philipp in seiner Gewalt.«

Die Stille, die auf diesen Satz folgte, dehnte sich aus wie ein Luftballon im Vakuum.

»Ich rufe das SEK.«

Mira nickte, obwohl Nils das ja nicht sehen konnte, und legte auf. Sekunden später vibrierte ihr Telefon erneut. Sie war schon fast wieder beim Hof. Als sie Sylvias Namen auf dem Display sah, wollte sie sie erst wegdrücken, ging dann aber trotzdem ran. Die Kollegin plauderte zwar gerne, auf Miras Handy rief sie allerdings nur an, wenn es wichtig war.

»Ich habe die ausstehenden Laborergebnisse bekommen. An Karl-Heinz Märkers Leichnam wurden doch ein paar Haare gesichert«, meinte Sylvia nach einer kurzen Begrüßung.

»Hm.«

»Eines davon war nicht von ihm. Die DNA war nicht identisch, aber ähnlich.«

»Was meinst du damit?«, fragte Mira, weil ihr Verstand sich in Anbetracht der Situation komplizierten Gedankengängen verweigerte.

»Das Haar muss einem nahen Verwandten von Karl-Heinz Märker gehören.«

Thomas Märker hatte nicht nur behauptet, er sei Volkswirtschaftler, sondern auch, dass er seinen Bruder in den Tagen vor dessen Tod nicht gesehen hatte. Eine weitere Lüge.

»Und noch etwas«, sagte Sylvia. »Die DNA stimmt mit einer der Spuren im Fall Katharina Arnulf überein. Wir hatten es ja schon geahnt. Nun spricht auch die Spurenlage dafür, dass die beiden Morde von demselben Täter verübt wurden.«

Mira schluckte hart. Da sie gerade weder den Kopf noch die Zeit hatte, Sylvia über die Situation hier vor Ort aufzuklären, presste sie lediglich ein »Danke« heraus und legte auf. Fahrig steckte sie das Mobiltelefon zurück in die Gesäßtasche ihrer Jeans.

Kurz hatte Mira das Gefühl, der Hof, die Böschung, die Straße und die Altenburg in der Ferne würden anfangen, sich um sie herum zu drehen.

War Philipp in der Gewalt eines zweifachen Mörders?

50

Rastlos tigerte Mira im Hof auf und ab. Wo, verdammt noch mal, blieb denn das SEK? Sie ging zurück ins Haus zu Rudi. Der hatte sich etwas zurückgezogen, wie Thomas Märker gefordert hatte. Die Pistole hielt er nach wie vor in der Hand. Im vorderen Teil des Flurs hatten sie die Tür im Blick, waren jedoch außer Hörweite. Im Flüsterton erzählte sie ihm, was Sylvia ihr berichtet hatte und dass das SEK im Anmarsch war. Er nickte mit ernster Miene.

»Wir müssen Philipp da unversehrt rausholen«, murmelte Mira. Es klang wie ein Gebet.

Rudi räusperte sich unwohl. »Hast du etwas von deinem Praktikanten gehört, seit wir uns in der Küche getrennt haben?«

Mira starrte ihn an. Nein, das hatte sie nicht. Sie brauchte eine Sekunde, bis sie begriff, was das bedeuten konnte.

»Ich nämlich auch nicht. Thomas Märker hat hinter der Tür ein paarmal vor sich hin geschimpft. Eine zweite Stimme habe ich nicht gehört.«

Mein Gott, was sagte er denn da? Mira hatte überhaupt nicht in Betracht gezogen, dass sie Philipp bereits verloren haben konnten. Sie atmete zitternd ein.

Gemeinsam gingen sie zu der Tür zurück, die sie von Thomas Märker trennte.

»Philipp, geht es dir gut?«, rief Mira aufs Geratewohl.

Keine Antwort.

»Ohne ein Lebenszeichen meines Kollegen kommt eine Verhandlung nicht in Frage.« Beruhigt merkte sie, dass ihre Stimme bestimmter klang, als sie sich fühlte.

Mira lauschte. Auch Rudi sah angespannt aus.

»Ich bin unverletzt!«, hörte sie Philipp endlich rufen. Erleichtert atmete sie aus. Rudi lächelte ihr kurz zu.

»Dann werden wir jetzt also verhandeln?«, meldete sich Thomas Märker zu Wort.

Natürlich nicht. Aber Philipp zuliebe musste sie so tun, als ob.

»Lassen Sie meinen Kollegen gehen. Dann überlege ich, wie ich Ihnen helfen kann.«

Das Lachen, das durch die Holztür zu ihnen drang, jagte ihr einen Schauer über den Rücken. Es klang schrecklich gehässig und ein bisschen irre. Mira musste vorsichtig sein. Thomas Märker war womöglich zu allem bereit und nicht mehr Herr seiner Sinne.

»So läuft das nicht. Zeigen Sie sich gefälligst kooperativ. Immerhin habe ich eine Geisel, und Sie wollen doch, dass Ihr Kollege unverletzt bleibt, oder?«

Mira ballte die Hände zu Fäusten. »Ich halte das nicht für clever. Denken Sie nicht, zwei Morde sind genug?«

Dass Märker nichts darauf erwiderte, hatte etwas Gespenstisches. Das lag wohl daran, dass sein Schweigen einem Geständnis gleichkam. Er protestierte nicht gegen Miras Vorwürfe.

»Ich habe nichts mehr zu verlieren. Nur noch gewinnen kann ich«, sagte Märker nach einer Weile. Er hörte sich seltsam abgeklärt an.

»Warum musste Katharina Arnulf sterben? Hatten Sie Angst, dass sie Sie verrät?«

»Was fragen Sie denn so blöd, wenn Sie schon alles wissen? Sie war ein Risiko.«

»Sie hat Sie mit keiner Silbe erwähnt.«

»Ja, weil ich sie rechtzeitig aus dem Weg geräumt habe. Bestimmt hätten Sie die Kleine weichgekocht. Sie hatten den Vernehmungstermin doch schon ausgemacht. Ist es nicht so?«

Mira schluckte trocken. Nachdem sie den Chat gelesen hatte, hatte sie genau das befürchtet. Katharina hatte sterben müssen, weil sie ihr zu nahe gekommen waren. »Und Ihr Bruder?«

»Das wollte ich nicht.«

Sie meinte, echtes Bedauern in seiner Stimme zu hören. Oder versuchte er sie nur um den Finger zu wickeln?

»Was ist passiert?«

»Schauen Sie sich doch um, das ist passiert.«

»Was meinen Sie?«

»Alles hab ich aufgegeben. Und ich würde es für meine Mutter auch jederzeit wieder tun. Aber Karl-Heinz hat nur darüber gelacht und mich immer wieder auflaufen lassen. Dabei hätte er sich ein Pflegeheim locker leisten können. Dann wäre sie gut versorgt gewesen, und ich hätte meinen Job behalten oder wenigstens wieder aufnehmen können.«

»Sie wollten ihm schaden, weil er Sie nicht unterstützt hat?«

»Er hat mit seinem Geiz und seinem Desinteresse mein Leben zerstört. Sogar meine Lebensgefährtin ist mir davongelaufen, weil sie es hier nicht ausgehalten hat«, brauste Thomas Märker auf.

Mira empfand tatsächlich etwas Mitgefühl für den Mann. Er hatte viel geopfert, und am Ende war nun doch alles umsonst gewesen. Er würde ins Gefängnis gehen. Von dort aus konnte er sich nicht um seine Mutter kümmern.

»Wie kam es dazu, dass Ihr Bruder nun tot ist?«, fragte Mira weiter.

»Ich habe keine Lust mehr zu reden. Ein Auto will ich. Wenn ich unbehelligt über die Grenze gekommen bin, lasse ich Ihren Kollegen gehen.«

Mira schüttelte stumm den Kopf. Auf keinen Fall würde sie zulassen, dass er Philipp mitnahm.

In diesem Moment betrat eine schwarz vermummte Gestalt den Flur. Eigentlich hätte die Ankunft des SEK-Mannes Mira beruhigen sollen. Doch beim Anblick der Waffe, die er im Anschlag vor sich hertrug, bekam sie es erst recht mit der Angst zu tun.

»Er hat eine Geisel. Der Jüngere von beiden ist mein Kollege. Hören Sie? Schießen Sie auf keinen Fall auf den Jüngeren!«, flüsterte sie aufgebracht. Sie war einer Panikattacke nahe, als weitere SEK-Leute in den Flur strömten. Rudi gab seinen Posten auf, um ihnen Platz zu machen, und schob Mira aus dem Haus.

Draußen rannte Nils auf sie zu. Er kam irgendwo von der Straße her. Plötzlich war er da und nahm sie in den Arm.

»Wenn Philipp etwas passiert, werde ich mir das nie verzeihen«, flüsterte sie.

Ein lautes Krachen ließ sie herumfahren. Sofort ertönte ein zweiter Knall, so schnell hintereinander, dass es einem einzigen wütenden Donnergrollen glich. Die Holztür zum Anbau flog auf, etwas Rauch waberte über den Hof, und die SEK-Leute drangen mit schnellen, sicheren Schritten in das Gebäude ein.

Was hätte Mira darum gegeben, sehen zu können, was drinnen gerade passierte! Die Ungewissheit lag wie Blei auf ihren Schultern.

»Wir sollten etwas in Deckung gehen«, befand Nils und zog sie einige Schritte rückwärts.

Mira konnte sich kaum bewegen. All ihre Sinne waren auf die nun offene Stalltür gerichtet. Dahinter war es dunkel, hin und wieder machte sie schemenhafte Gestalten aus. War der zweite Knall die Innentür gewesen oder womöglich ein Schuss? Mira wusste es nicht. Sie hörte laute Rufe, konnte jedoch nichts verstehen.

»Die hätten da nicht einfach reinstürmen dürfen«, flüsterte sie.

Nils legte ihr behutsam die Hand auf die Schulter. »Beruhige dich. Thomas Märker hat, soweit wir wissen, keine Schusswaffe. Die Gefahr, dass irgendetwas schiefgeht, ist also äußerst gering. Es war das Beste, die Sache zügig zu beenden.«

Mira nickte mechanisch, obwohl sie nicht überzeugt war.

Da tauchte Philipp im Türrahmen auf. Ein SEK-Mann

führte ihn heraus, den Arm um seine Schultern gelegt. Das bedeutete doch hoffentlich nicht, dass er verletzt war?

Mira rannte ihm entgegen und riss ihn in eine Umarmung. »Es geht dir doch gut, oder?«

»Ja. Zumindest, wenn du mich nicht zerquetschst.«

Sein trockener Kommentar tröstete Mira mehr, als es jeder andere Satz vermocht hätte. Philipp sah unglaublich blass aus. Doch alles war gut.

51

Thomas Märker war geständig. Das war nach dem Chaos, das er veranstaltet hatte, das Mindeste, fand Mira. Er räumte auch ohne Zögern ein, dass er der gesuchte »5nach12« war. Bettina Liebstöckel wirkte fast etwas enttäuscht darüber, stand sie doch nach eigenen Angaben ganz kurz davor, ihn zu enttarnen. Mira war allerdings sicher, dass ihr Kampfgeist das verkraften würde.

Auch das Gift hatte er besorgt. Und Mira traute ihren Ohren kaum, als sie hörte, wie er an das Muscarin rangekommen war. Thomas Märker hatte die Zeit, wenn seine Mutter beim Arzt gewesen war, manchmal dazu genutzt, durch die Uni zu streifen. Ein bisschen Hochschulluft schnuppern, weil ihm sein Job so fehlte. Wie es schien, wollte er sein altes Leben einfach nicht ganz loslassen. Über einen Kontakt, den er nicht benennen wollte, hatte er dann erfahren, dass jemand an der Bayreuther Uni Muscarin zu verkaufen hatte. »Es war eher der Kick des Verbotenen, als dass ich damals schon den Plan gehabt hätte, es einzusetzen«, hatte Thomas Märker bei der Vernehmung dazu erzählt. Welch seltsame Wege das Schicksal doch manchmal ging.

Der Kauf war anonym abgewickelt worden, doch Thomas Märker hatte recherchiert. Er wollte wissen, mit wem er es zu tun hatte. Was er herausgefunden hatte, war das eigentlich Überraschende an der Geschichte: Der Verkäufer hieß nicht Clemens Theobald, wie Mira vermutet hatte, sondern Christian Kehl. Na warte, das würde definitiv noch ein Nachspiel für den ehemaligen Doktoranden haben.

Laut seiner Aussage hatte Thomas Märker seinen Bruder »nur« leiden lassen wollen. Er sollte am eigenen Leib erfahren, wie es war, wenn das Leben nicht immer nur leicht war, wenn die Leute sich von einem abwandten, wenn man nicht mehr im Rampenlicht stand, sondern neben der Bühne hockte.

»Als er am Nachmittag vor seinem Tod zu Besuch kam, dachte ich noch, die Läuterung würde ihn wieder näher zu seiner Familie zurückführen. Er war nämlich schon lange nicht mehr auf dem Hof gewesen, obwohl meine Mutter ständig nach ihm fragt. Doch als ich sagte, dass er nun sehe, wie es ist, wenn einem Beruf, Berufung und Prestige genommen werden, hat er mich ausgelacht. Den Bauch hat er sich gehalten vor Lachen. Er sagte: ›Und wenn ich in der Gosse lieg, bin ich immer noch besser als du.‹ Das Nächste, woran ich mich erinnere, ist das ganze viele Blut.«

Mira stoppte die Aufnahme und tippte die Aussage in das Vernehmungsprotokoll. Erst wenn alles aufgeschrieben und der vollständige Bericht abgegeben war, konnte sie einigermaßen mit ihren Fällen abschließen. Das war auch so ein Ritual für sie. Doch nun brauchte sie erst einmal etwas frische Luft. Sie würde die Mittagspause für einen kleinen Spaziergang nutzen. Das beständige Sitzen und Tippen machte müde, da würde ihr ein bisschen Bewegung sicherlich guttun.

Im Hinausgehen warf sie einen beinahe wehmütigen Blick auf Philipps leeren Schreibtisch. Er hatte sich trotz der fürchterlichen Situation, in die er gestern geraten war, wacker geschlagen und war nur unter Protest und auf Nils' Drängen hin heute einen Tag zu Hause geblieben, um sich etwas Ruhe und Erholung zu gönnen. Sollte er wirklich einmal fest hier bei ihnen im K1 anfangen, musste Mira endlich aufhören, ihn als Abteilungsküken zu betrachten. Das würde nicht einfach werden. Doch für Philipp war Mira sogar bereit, den ein oder anderen blöden Spruch ungesagt hinunterzuschlucken.

Draußen wehte ihr ein unerwartet frischer Wind um die Nase. Mira genoss die angenehme Brise. Der Sommer war lang, trocken und heiß gewesen. Heute war die Luft kühl, energisch in Bewegung und duftete nach Regen. Sie zog den Reißverschluss ihrer Lederjacke zu, vergrub die Hände in den Hosentaschen und spazierte die Ludwig-Thoma-Straße entlang in Richtung Süden. Sie wandte sich nach links und betrat wenige Minuten später den Tierpark Röhrensee, einen Park mit altem Baumbestand, verschiedenen naturnahen Tiergehegen, einem Kinderspielplatz und, wie der Name schon sagte, einem kleinen See in der Mitte. Nils joggte regelmäßig um das Gewässer herum, Mira besah sich lieber die Tiere. Vor allem der Chinesische Muntjak hatte es ihr angetan. Mit seinen Hörnchen und den Fangzähnen erinnerte der kleine Hirsch sie an ein Qilin, das asiatische Fabeltier, das als phantastisches Tierwesen im Film »Dumbledores Geheimnisse« eine Renaissance hatte erfahren dürfen.

Der scheue Muntjak hatte zwei neue Gefährtinnen aus dem Hofer Zoo bekommen. Neugierig suchte Mira das mit Bambus bewachsene Gehege nach den Tieren ab. Da brummte ihr Telefon. Mürrisch zog sie es aus der Jackentasche. Wenn sie hier so einen Lärm veranstaltete, würden die Chinesischen Muntjaks sich bestimmt nicht zeigen. Doch ihr Ärger verflog sofort, als sie sah, wer der Anrufer war. Seit Tagen wartete sie schließlich schon darauf, dass der Immobilienmakler endlich zurückrief. Vielleicht hätte sie sich doch als Kaufinteressentin ausgeben sollen, als sie auf seine Mailbox sprach. Sie setzte ihren Weg durch den Park fort und nahm den Anruf an.

»Grüß Sie. Sie hatten angerufen wegen dieser Katze.«

»Kater. Ja.«

»Also, ich hatte gerade einen Termin mit den beiden Erben. Da habe ich die Sache mal angesprochen. Annemarie Gröbner hatte tatsächlich eine Katze. Einen Kater. Grau getigert ist er wohl und recht klein geraten.«

Mira gefiel nicht, wie geschäftsmäßig, ja fast abfällig der Typ von Fips sprach. Fips war großartig und genau richtig so, wie er war.

»Möchten die Erben, dass ich ihnen den Kater bringe?«, fragte Mira verzagt. Insgeheim hatte sie dieses Gespräch nicht nur ungeduldig erwartet, sie hatte auch etwas Angst davor gehabt. Sie wusste, dass sie das Richtige tat, und doch schmerzte es sie, Fips womöglich zu verlieren.

»Bloß nicht!«

Irritiert hielt Mira inne. Sie starrte unverwandt auf die Flamingos, ohne sie richtig wahrzunehmen.

»Die beiden wollen den Kater nicht, auf keinen Fall. Sie sind viel zu häufig unterwegs für ein Haustier. Das geht gar nicht. Bringen Sie ihn ins Tierheim.«

Mira öffnete den Mund, klappte ihn jedoch wieder zu, ohne etwas zu sagen. Ihr Ärger über den doofen Makler wurde vom Herbstwind davongetragen. Sie bedankte sich für den Anruf und verabschiedete sich. Kaum hatte sie aufgelegt, machte Mira einen Luftsprung und jauchzte so laut, dass sich sogar einige Flamingos zu ihr umdrehten. Die Muntjaks hatte sie damit wohl für heute endgültig verschreckt. Aber das war völlig egal. Sie konnte Fips behalten, und das war das Einzige, was gerade zählte.

Mira machte sofort kehrt und eilte zur Dienststelle zurück. Sie konnte es kaum erwarten, Nils von dem Telefonat zu erzählen. Der Ärmste wartete ja noch immer geduldig auf ein Zeichen von ihr, ob und wann sie nun bei ihm einziehen würde. Sie freute sich auf das Zusammenleben mit Nils. Und mit Fips.

Mira klopfte an seine Bürotür und stellte erleichtert fest, dass er allein war. Sie schob sich hinein und schloss die Tür hinter sich. Nils lächelte sie offen an, freute sich sichtlich über ihren Besuch, obwohl er noch gar nicht ahnen konnte, was für gute Neuigkeiten sie dabeihatte. Mira setzte sich auf seinen Schoß, und er legte die Arme um sie.

»Hast du am Wochenende schon etwas vor?«, fragte sie ihn.

»Ich will es hoffen. Was schwebt dir denn vor?«

»Nun, ich könnte schon mal ein paar meiner Sachen zu dir ins Haus schaffen.«

Nils' Grinsen wurde breiter. »Das hört sich nach einem ganz phantastischen Wochenendplan an! Aber wolltest du nicht erst noch was klären wegen Fips?« Anscheinend traute er dem Frieden nicht. Kein Wunder, Mira hatte es ihm ja auch nicht immer leicht gemacht.

»Wollte ich und habe ich. Fips zieht auch mit zu dir. Wir können ihn behalten. Ist das nicht großartig?«

»Das ist es.« Er drückte sie an sich und gab ihr einen Kuss auf die Schläfe. »Ich kann es kaum erwarten.«

52

Das Liebesbier, eine Mischung aus Restaurant und Bar, gehörte zu den Lokalen mit dem schönsten Ambiente in ganz Bayreuth. Untergebracht in einem historischen Backsteingebäude, strahlte es nach wie vor die süffige Behaglichkeit einer Brauerei aus. Mit der umfassenden Sanierung der Räumlichkeiten hatte hier jedoch nicht nur viel Holz und Gemütlichkeit, sondern auch ein moderner Industriecharme Einzug gehalten.

»Steampunkig«, nannte es Nils.

»Echt cool«, urteilte Sylvia, die noch zwei Freundinnen aus der SpuSi im Schlepptau hatte.

Für Philipp war das Ambiente zweitrangig, ihm ging es in erster Linie um Bier und Steaks. Er war allem Anschein nach wieder ganz der Alte, und Mira war mehr als froh darüber.

Obwohl der Herbst sich bereits herangeschlichen hatte und vor allem die Abende schon recht kühl daherkamen, war der großzügige Außenbereich voll besetzt. Doch Sylvia hatte ihnen zum Glück drinnen einen Tisch reserviert.

Philipp deutete fasziniert auf einen kleinen Schaukühlschrank, in dem mehrere Fleischstücke zur Auswahl hingen und lagen. Mira genügte es im Grunde völlig, ihr Steak im gebratenen Zustand zu begutachten, doch sie tat ihm den Gefallen und ging mit ihm hin, um die Auslage zu inspizieren.

Mira musste unbedingt gleich mal in der Karte nachsehen, ob es hier auch vegetarische Gerichte gab. Sie aß zwar gerne Fleisch, wenn auch nicht extrem oft. Aber Leni war überzeugte Vegetarierin, und Mira würde ihre Schwester bei ihrem nächsten Besuch gerne mal hierher ausführen. Mit Steaks ließ sie sich natürlich nicht locken. Mit den gut hundert verschiedenen Biersorten schon eher.

Als Philipp alles ausgiebig begutachtet hatte und sie sich

auf den Weg zurück zu ihrem Platz machten, entdeckte Mira die Reporterin, die ihr vor einigen Tagen vor der Dienststelle aufgelauert hatte. Sie saß ein paar Tische weiter einem jungen Mann gegenüber. Als er seinen Kopf zur Seite drehte, erkannte sie ihn. Raffael Meier! Er war also die undichte Stelle, die die Journalistin mit nicht für die Presse bestimmten Informationen versorgte! Diese Entdeckung konnte Mira natürlich nicht einfach unkommentiert lassen.

Ehe sie sich überhaupt überlegt hatte, was sie sagen wollte, stapfte sie schon in einem Anflug grimmiger Entschlossenheit zu den beiden hinüber. Die Journalistin blickte mit erschrockener Miene zu ihr auf. Ob das nun an Miras wütendem Gesichtsausdruck lag oder daran, dass sie sich ertappt fühlte, war nicht eindeutig.

Mira rang sich ein falsches Lächeln ab und klopfte ihrem Kollegen aus dem K4 auf die Schulter. »Und ich habe mich schon gefragt, warum manche Bayreuther Journalistinnen gar so gut informiert sind. Waren deine Drogenstorys zu langweilig, oder dachtest du, es fällt weniger auf, wenn du Infos aus anderen Kommissariaten weitergibst?«

Raffael Meier schaute sie fragend an. Er wirkte nicht verärgert, sondern schien wirklich nicht recht zu verstehen, worauf Mira hinauswollte.

»So ist das nicht«, meldete sich seine Begleitung zögerlich zu Wort. Sie trat heute bei Weitem nicht so forsch auf wie bei ihrer letzten Begegnung. »Raffael hat nichts ausgeplaudert. Ich hab das eher zufällig mitbekommen, als ich ihn mal zur Mittagspause abgeholt hab«, gab sie kleinlaut zu.

»Was hast du mitbekommen?«, fragte Raffael irritiert nach.

»Ich lass euch mal allein. Wie es aussieht, habt ihr etwas Wichtiges zu besprechen«, meinte Mira.

Raffael atmete pustend aus. »Ja, das glaube ich auch. Was hast du getan, Schwesterchen?«

Jetzt fiel Mira auch die Ähnlichkeit der beiden auf. Sie waren beide dunkelblond, hatten graublaue Augen und einen ähnlichen Schwung der Oberlippe. Da Raffael aber ein sehr begehrter Junggeselle in der Dienststelle war, hatte Mira automatisch angenommen, die Dame sei sein Date.

Wie auch immer, Mira wandte sich zufrieden ab. Ob Freundin oder Schwester, er würde ein Hühnchen mit ihr rupfen, und damit war diese undichte Stelle wieder gekittet. Wenn sich doch nur alle Problemchen so einfach lösen lassen würden.

Als sie wieder an ihrem Tisch ankam, blickte Sylvia sie mitfühlend an. »Mach dir nichts draus, Mira. Wenn er dich so schnell ersetzt, hatte er dich sowieso nicht verdient.«

Während Mira noch irritiert dreinschaute, brach Philipp in schallendes Gelächter aus.

»Meinst du nicht, das wäre eine gute Gelegenheit, die arme Sylvia aufzuklären?«, rief er japsend.

Mira blickte fragend zu Nils, der ihr lächelnd zunickte. Okay, damit war die Stunde der Wahrheit wohl gekommen.

»Das ist nicht seine Freundin, sondern seine Schwester«, tastete Mira sich langsam an das Thema heran. »Und außerdem läuft nichts zwischen Raffael Meier und mir. Da war auch noch nie was.«

»Aber …« Sylvia sah ganz und gar nicht glücklich aus. Vermutlich hatte sie Gefallen an dieser kleinen Klatschgeschichte gefunden und wollte sie jetzt nicht einfach so aufgeben. »Aber Guido meinte doch …«

»Das war nur ein dummes Missverständnis. Ich wollte ihm eigentlich noch den Kopf waschen dafür, dass er so achtlos Gerüchte in die Welt setzt. Aber irgendwie ist das neben den Ermittlungen dann völlig untergegangen.«

»Hmm.« Sylvia zog eine Schnute. »Schade eigentlich. So eine Polizeiromanze, die hat schon was.«

»Da kann ich dich beruhigen«, sagte Mira und grinste Sylvia frech an. »Ich ziehe bald bei Nils ein.«

»Echt? Moment, was?« Mit Augen, groß wie Mantelknöpfe, schaute Sylvia von Mira zu Nils. Dann fuhr sie anklagend den Zeigefinger aus und deutete auf Philipp. »Und du hast es gewusst und mir nichts verraten. Na warte!«

»Natürlich habe ich nichts gesagt. Ich bin sehr vertrauenswürdig. Und fleißig und freundlich. Ich hoffe, das wissen hier auch alle!«

Mira kicherte. »Er möchte trotz allem anscheinend immer noch bei uns anfangen.«

Nils klopfte Philipp auf die Schulter. »Wir wissen dich durchaus zu schätzen, mein Lieber.«

Und dann erhoben sie ihre Gläser und stießen miteinander an, auf die Zukunft und auf alles, was sie ihnen bringen mochte.

Danksagung

Wie bei meinem Vorgängerkrimi »Die Toten von Bayreuth« habe ich auch diesmal die Zusammenarbeit mit dem Emons Verlag wieder sehr genossen. Insbesondere danke ich Stefanie Rahnfeld, Nina Schäfer und Sophie Olk, die alle ihren wertvollen Beitrag geleistet haben, damit wir nun dieses Buch in Händen halten können.

Die zweite Konstante, die meine Hauptkommissarin Mira Streitberg und mich weiter begleitet hat, war meine Lektorin Marit Obsen. Vielen Dank, dass ich wieder von Ihrem wachsamen Auge und wunderbarem Textgespür profitieren konnte.

Was meine Recherche betrifft, möchte ich zwei Anlaufstellen hervorheben, die mir das Autorinnenleben ein bisschen leichter gemacht haben:

Zum einen ist das die Pressestelle der Bayreuther Kriminalpolizei. Vielen Dank, dass ich Ihnen mit meinen Fragen anscheinend noch nicht auf die Nerven gehe und ich von Ihnen immer wieder Antworten aus erster Hand bekomme.

Zum anderen danke ich Herrn Torsten Grampp von Tennet für die aktuellen Informationen zum Netzausbauprojekt SuedOstLink.

Mein besonderer Dank jedoch gilt allen Leserinnen und Lesern, Bloggenden und Krimifans, die durch ihr Interesse und bestenfalls auch durch ihre Begeisterung Mira Streitberg und mich unterstützen. Darum möchte ich diese Danksagung mit einer Bitte beenden: Wenn Ihnen »Blutroter Main« gefallen hat, sprechen Sie darüber!

Herzlichst
Ihre Christina Wermescher

Christina Wermescher
DIE TOTEN VON BAYREUTH
Broschur, 256 Seiten
ISBN 978-3-7408-1791-6

Hauptkommissarin Mira Streitberg hat es nicht leicht. Nicht nur, dass sie in ihren Chef der Kripo Bayreuth verliebt ist und sich mit einem neuen Kollegen herumschlagen muss – plötzlich liegen auch gleich zwei grausame Mordfälle auf ihrem Tisch. Beide Opfer wurden eingesperrt und zurückgelassen, bis sie qualvoll zu Tode kamen. Einziges Indiz: eine rätselhafte Botschaft, die sich an den Tatorten fand. Kann Mira sie entschlüsseln, bevor der Täter erneut zuschlägt?

»Ein faszinierender Genre-Mix aus Polizeiroman und packendem Thriller.« Kulmbacher Land

www.emons-verlag.de